KB141903

그림자 여왕

重生之复仇影后

그림자 여왕

1부. 다시 태어난 팡란

추월 追月 장편소설 ― 송원미 옮김

팩토리나인

차례

제1장

환생

　　　　　　　날이 어둑어둑해지고 있을 무렵, 자삼령 고개를 굽이굽이 넘어가는 도로 위에 검은색 스포츠카 한 대가 질주하고 있었다. 조수석에 앉은 여자는 두꺼운 점퍼를 입고 모자와 마스크를 쓰고 있었다. 예쁜 두 눈만 보이는 가운데 왼쪽 눈 아래에 있는 눈물점은 아리따운 두 눈을 더 맑고 아름답도록 돋보이게 해 주었다.

　만약 누군가가 이곳에 있었더라면, 이 여인이 어젯밤 금상장 영화제에서 여우 주연상을 받은 배우 팡란(方冉)이라는 것을 분명 알아보았을 것이다.

　나는 듯 질주하던 스포츠카가 마침내 산 정상에 있는 병원 후문에 멈추어 섰다. 팡란이 조수석에서 내렸다. 어젯밤 시상식에서 황금색 이브닝드레스를 입고 아름다움을 뽐낸 은막의 여제, 팡란. 지금은 화장기 없는 창백한 작은 얼굴이지만, 그녀의 내면으로부터 뿜어 나오는 우아함에서 여왕의 기품이 살짝 엿보였다.

운전석의 문이 열리고 뤄위안(罗远)이 내렸다. 그는 팡란보다 인지도가 떨어지는 배우로, 이곳저곳에서 그저 그런 배역을 맡는 삼류 배우에 지나지 않았다. 뤄위안은 쓰다듬으려는 듯 손을 뻗어 일부러 팡란의 모자를 툭 건드려 떨어뜨렸다. 동시에 모자 아래 숨어 있던 아름답고 작은 얼굴이 반쯤 모습을 드러냈다.

이때 미리 구석에서 잠복하고 있던 파파라치가 흥분하여 카메라를 꺼내 들고는 미친 듯 셔터를 눌러 댔다. 은막의 여왕과 삼류 남배우의 스캔들이라니, 그야말로 대형 스캔들이었다!

"안색이 안 좋은 것 같은데."

걱정하는 듯한 목소리로 말하는 뤄위안의 눈빛은 고정되지 못하고 곳곳을 어지러이 헤매고 있었다. 심란한 팡란은 뤄위안의 말을 전혀 신경 쓸 겨를이 없었다. 그저 무의식중에 자신의 아랫배를 어루만질 뿐이었다. 여기 이 작은 생명은 안타깝게도 곧 그녀에게 이별을 고할 예정이었다.

"들어가자."

뤄위안이 재촉했다.

"여기 믿을 만한 곳이야?"

병원에 들어선 팡란은 눈썹을 찡그리며 조금 어수선해 보이는 진료실을 바라보았다.

"A시 대형 병원이랑 비교할 순 없겠지만 내가 다 확실히 알아놨어. 여기 산부인과 저우 선생님이 A시에서 가장 좋은 병원을 퇴직하고 온 사람이래. 의술이 뛰어나다고 하더라고. 제일 중요한 건……"

뤄위안이 목소리를 낮추고 말했다.

"여기가 좀 외지고 사람도 적어서 절대 소문날 일 없을 거야."

팡란은 담담히 고개를 끄덕였다.

그녀 역시 알고 있었다. 이제 막 '영화의 여제'라는 칭호를 얻어 한창 기세 좋은 시기에, 산부인과에 방문한 사진이 찍히기라도 한다면 정말 큰일이라는 걸.

진료 시간이 지난 때인지라 병원은 매우 조용했다. 외진 곳에 있는 데다 입원 환자도 별로 없어 당직실에는 간호사 둘뿐이었고, 다른 사람은 흔적도 찾아볼 수 없었다. 팡란은 진료 접수를 하는 대신 뤄위안과 함께 간호사실을 우회하여 모퉁이를 두 번 돌아 산부인과 의사 진료실에 도착했다.

"저우 선생님. 오래 기다리셨죠."

뤄위안이 문을 열고 들어가 예의 바르게 말했다. 백발이 성성한 저우 선생이 인자하고 선한 얼굴로 웃으며 말했다.

"괜찮습니다. ……팡 양이시죠?"

팡란이 마스크를 아래로 내리고 고개를 끄덕였다.

"안녕하세요."

"뤄 선생님께서 미리 보내 주신 진료 카드를 살펴봤습니다."

저우 선생이 말했다.

"임신 4주 차인데 태아의 성장 상태가 좋네요. 아이를 원치 않는 게 확실합니까?"

팡란의 표정이 어두워졌다.

"지금 제가 아이를 갖는 건 확실히 좋지 않아서요."

지금 막 인기의 절정에 오른 팡란은 혼전 임신 스캔들을 견뎌 낼 수 없었다. 게다가 아이의 아빠인 뤄위안도 아직 연예계에서 이렇다 할 성과를 내지 못하고 있었다. 만약 팡란이 아이를 낳겠다고 고집했다가는 뤄위안이 가정에 얽매여 버릴 테니, 팡란은 결국 사랑하는 뤄위안을 위해 아이를 희생할 수밖에 없었다.

저우 선생이 짧게 한숨을 내쉬었다.

"초산이라…… 지우게 되면 나중에 임신하는 데 영향이 있을지도 모릅니다. 다시 한번 잘 생각해 보세요."

팡란의 안색이 한층 더 어두워졌다. 팡란은 맑은 두 눈으로 초조한 듯 고개를 들어 뤄위안을 바라보았지만, 뤄위안의 단호한 모습에 이렇게 말할 수밖에 없었다.

"자…… 잘 생각해 봤어요."

"그래요. 따라오시죠."

팡란을 초음파실로 데려간 저우 선생이 간호사를 불러 혈액 검사를 마쳤다.

모든 준비를 마친 팡란은 마침내 수술실 문을 열고 들어갔다. 마취약의 기운이 퍼지고 정신이 몽롱해졌다. 수술실의 불빛이 팡란의 두 눈을 날카롭게 찔러 대자 순간 눈물이 찔끔 흘러나왔다. 팡란은 마음속에 자리 잡은 슬픔을 무시하려 애쓰며 천천히 눈을 감았다. 정신이 흐릿한 가운데 온몸에 극심한 고통이 느껴지기 시작했다. 소리를 지르고 싶었지만 안타깝게도 아무 말도 할 수 없었다. 저우 선생이 크게 외치는 소리만 들릴 뿐이었다.

"망했어, 출혈이 너무 심해! 빨리 혈액 센터 가서 혈액 가져와!"

수술실에서 다급한 발소리가 들려왔다. 팡란은 아무것도 보이지 않았고, 아픔도 느껴지지 않았다. 그저 어수선한 발소리들 뒤로 측정기에서 '띠-띠-' 하는 경고음만 전해질 따름이었다.

경고음이 귀를 찌르는 가운데 팡란은 몸이 가벼워지는 것을 느꼈다. 다시 눈을 떴을 때, 놀랍게도 자신이 흰 천에 덮여 수술실을 나오는 모습이 시야에 들어왔다……

೧

연예계에 한바탕 풍파가 몰아쳤다. 한때 이름을 날린 은막의 여왕 팡란이 뜻밖에도 여우 주연상을 받은 다음 날, 산부인과에서 수술 도중 수술대 위에서 숨을 거두다니!

사람들은 이 일을 연신 떠들어 댔고 관련 보도가 한 달째 각종 대형 매체 연예면의 헤드라인을 장식했다. 당사자인 뤄위안은 계속해서 말을 보태며 사건의 '진상'을 조금씩 '제자리'로 돌려놓았다.

"저는 팡란과 연인 사이가 아니라 좋은 친구였습니다. 아이의 아버지가 누구인지는 알지 못합니다. 그 사람이 돈 많은 권세가라는 것만 알지요. 팡란은 이런 선택을 하도록 강요받았고 어쩔 수 없이……."

뤄위안이 입장을 발표하자 한 연예 신문은 '은막의 여왕이 아이를 구실로 결혼을 강요. 재벌가에 입성하려던 꿈에 오히려 목숨을 잃다.'라는 제목의 장편 독점 보도를 게재했다.

기사가 나가고 믿는 사람도 있고 믿지 않는 사람도 있었다. 진실과 거짓 사이에 뤄위안의 인지도가 매우 높아졌지만 팡란의 명성은 나날이 추락했다.

팡란은 이 모든 상황을 두 눈으로 똑똑히 보고 있었다. 죽은 후 팡란의 영혼은 인간 세상을 7일 동안 떠돌았다. 비록 짧은 시간이었지만 이전의 7년간 봤던 것들보다 오히려 더 많이, 더 똑똑히 볼 수 있었다!

'뤄위안! 내 감정을 짓밟고 목숨까지 빼앗았어! 다시 태어난다면 널 가만두지 않겠어!'

팡란은 바드득 이를 갈며 분노했다. 안타깝지만 아무리 원망스러워도 지금 그녀는 영혼에 불과했고 아무것도 할 수 없었다. 이렇게 7일간 그녀는 아무런 목적 없이 떠돌아다녔다. 7일째 되는 날, 팡란은 온몸이 뜨거워지는 것을 느꼈다. 불타는 듯한 감각이 마치 그녀의 영혼을 불사르는 것만 같았다. 그녀는 고통을 견디지 못하고 신음했다.

"아……!"

"닝닝, 왜 그래? 악몽이라도 꾼 거야?"

귓가에 달콤한 여자의 목소리가 들려왔다. 눈을 뜨자, 평범하면서도 아늑한 방이 팡란의 시야에 들어왔다. 팡란은 분홍색 잠옷을 입고 침대에 누워 있었는데, 침대 옆에 같은 잠옷을 입은 예쁜 여자아이가 걱정스러운 얼굴로 그녀를 바라보고 있었다.

"악몽?"

머리가 멍해진 팡란은 차라리 이 모든 일이 악몽이기를 바랐다.

"온몸에 땀이 흥건하잖아!"

걱정스럽게 손을 뻗은 여자아이가 팡란의 이마를 짚어 보았다.

"세상에, 너무 뜨거워! 안 되겠다, 당장 병원에 가야겠어!"

"안 돼!"

병원을 떠올리니 일순간 팡란의 두 눈에 두려움이 번뜩였다. 가슴을 쥐어뜯는 듯한 아픔에 뼛속까지 부들부들 떨려 왔다. 심지어 손을 뻗어 곁에 있던 여자아이를 밀어냈다.

"가지 않겠다니, 병들어 죽을 셈이야?"

여자아이가 매우 화내며 소리쳤다. 하지만 팡란의 단호한 표정에 다시 일으킬 엄두가 나지 않았던 여자아이는 잠깐 사이에 꾀를 내었다.

"그래, 그럼 루이안 오빠 부를 테니까 오빠더러 생각해 보라고 하자."

여자아이는 말을 마치자마자 핸드폰을 꺼내 번호를 눌렀다.

"루이안 오빠. 저예요, 먀오페이페이(苗菲菲). 닝닝이 열이 높은데……."

저쪽에서 먀오페이페이가 핸드폰에 대고 늘어놓는 이야기들을 듣다 보니 팡란에게 심상치 않은 일이 생긴게 분명했다.

'닝닝? 루이안 오빠? 먀오페이페이? 이게 다 누구야?'

의혹이 계속되는 사이, 팡란은 뒤돌아서서 거울 속에 비친 자신의 모습을 보자마자 깜짝 놀라고 말았다. 이 낯선 얼굴은 대체 누구지?

혹시, 나…… 다시 태어난 거야?

팡란은 충격에 빠진 나머지 머릿속이 복잡해져 오만가지 생각이 들었지만 안타깝게도 깊게 생각할 겨를이 없었다. 머리가 깨질 것만 같고 이마에서는 식은땀이 뚝뚝 떨어지고 있었다. 이 모습을 본 먀오페이페이가 전화를 끊고 재빨리 팡란을 부축해 눕히고는 찬물을 다시 받아와 땀도 닦아 주며 바삐 움직였다. 먀오페이페이는 부지런한 와중에 투덜거렸다.

"밤늦게까지 연습하지 말래도 안 듣더니! 낮에 강의 듣고 저녁에 연극부에 연습하러 가니까 하루에 얼마 못 자잖아. 아프지 않은 게 이상하지!"

팡란은 이번에는 꼼짝 못 하고 얌전히 침대에 누웠다. 먀오페이페이가 방 안에서 부산 떠는 것을 지켜보다 문득 마음속에 감동이 밀려왔다.

어릴 때부터 팡란은 부모님이 안 계셨다. 다행히 외모가 뛰어나 잡지 모델 일거리를 꽤 많이 잡았고, 일과 공부를 병행하며 대학교 영화학과 졸업장을 땄다. 그녀는 힘들게 일하면서 사회의 냉정함과 따뜻함을 두루 경험했다. 유명해지기 전에는 팡란을 돌봐 주는 사람 같은 건 없었고, 유명해진 후 팡란을 보살펴 준 사람들은 모두 그녀의 명성과 이익 때문이었다. 이렇게 조건 없이 마음 써 주는 것은 오랫동안 겪지 못한 일이었다…….

다시 뤄위안이 떠올랐다. 그녀가 가장 힘들고 외로울 때 뤄위안을 알게 되었다. 뤄위안이 그녀에게 해 주는 달콤한 말들과 그녀에게 쏟아붓는 온갖 정성에 그녀는 마침내 진실한 사랑을 만났다고 생각했다. 그런데 눈앞에 두고도 속내를 알아보지 못할 줄이야…….

"닝닝, 안 오빠 왔어!"

먀오페이페이가 반가워하는 소리에 팡란은 마음속 가득 차오른 억울한 생각들을 멈추었다. 문을 열고 들어오는 먀오페이페이 뒤로 젊은 남자 두 명이 따라 들어왔다. 앞에 있는 남자는 정장 차림으로, 준수한 외모였지만 표정에서 결단력이 엿보이는 것을 보니 분명 대단히 유능한 사람이었다. 뒤에 서 있는 남자는 매우 기품있고 우아해 보였는데, 금테로 된 안경을 쓰고 웃는 얼굴이 매우 부드럽게 느껴졌다.

"안 오빠. 오빠 여동생 좀 어떻게 해 봐요! 이렇게 아픈데도 무리한다니까요!"

먀오페이페이가 양복을 입은 남자에게 말했다. 분명 그가 '안 오빠'였다.

'이 여자의 오빠인가 본데? 그래…… 남자 친구만 아니면 돼.'

팡란은 안도의 한숨을 내쉬었다. 가슴에 사무치는 사랑의 아픔을 겪은 터라 팡란은 아직 '새 남친'을 대할 준비가 되어 있지 않았다.

구루이안(顾瑞安)이 다가와 아픈 얼굴로 침대에 누워 있는 여자아이에게 화를 냈다.

"구닝안(顾宁安)! 너 또 이렇게 제멋대로 굴었다간 집으로 데리고 가 버린다! 다시는 극단에서 쓸데없는 짓 하게 안 돼!"

팡란은 어찌 된 영문인지 알 수 없어 일단 우울한 표정을 짓고 억울한 척을 할 수밖에 없었다.

"오빠, 내가 잘못했어……."

"흥."

구루이안은 새침하게 코웃음 쳤다. 그는 여동생의 측은한 모습을 보고 있자니 심한 말을 하려 해도 입이 떨어지지 않아, 돌아서서 뒤에 있는 사람에게 말했다.

"치스양, 얼른 살펴봐."

팡란은 그제야 치스양(齐斯扬)이란 이름의 안경 쓴 남자가 손에 구급상자를 들고 있다는 걸 알아차렸다. 치스양은 구급상자에서 전자 체온계를 꺼내 능숙하게 팡란의 귓속에 대고 온도를 쟀다.

"삼십구 도야. 우선 약을 좀 먹자. 지켜보다가 한 시간이 지나도 열이 내리지 않으면 병원에 가야 해."

말을 마친 치스양은 구급상자에서 해열제를 꺼냈다. 먀오페이페이가 얼른 물을 가져와 팡란이 약을 먹는 것을 도왔다.

"페이페이가 돌보게 우리는 밖으로 나가자."

치스양이 말했다. 구루이안은 성인 남자 둘이 여자아이 침실에 있는 게 그다지 좋지 않다고 생각되어 치스양을 따라 나갔다. 두 사람은 밖에서 낮은 목소리로 여러 이야기를 했지만 팡란의 귀에는 잘 들리지 않았다. 팡란은 약효가 올라오는 바람에 온몸이 매우 노곤해져 어느새 잠이 들었다.

다시 깨어났을 때 팡란은 여전히 방 안에 누워 있었다.

'정말 다시 태어났구나.'

팡란은 그제야 실감했다. 팡란은 해가 중천에 뜰 때까지 잤다. 먀오페이페이는 특별히 기숙사에 외출을 신청해서 팡란을 간호해 주었다. 먀오페이페이는 팡란이 깨어난 걸 보고 치스양이 분부한 대로 우선 전자 체온계를 귀에 대고 온도를 쟀다.

"어, 열이 내렸네."

먀오페이페이는 중얼거리면서 마음을 놓았다.

"오……오빠는?"

팡란은 목이 다 쉰 바람에 목구멍이 아팠다. 먀오페이페이는 따듯한 물을 살뜰히 건네주면서 답했다.

"오빠랑 치 선생님은 너 열 내리는 거 보자마자 돌아갔어. 너는 참 복에 겨운 줄도 모르는구나. 멀쩡한 구씨 집안 장녀가 무슨 연극부를 하겠다고 돌아다니는 것도 모자라, 연극부 연습 때문에 기숙사까지 들어 와서는……."

먀오페이페이가 많은 이야기를 종알대는 동안 팡란은 한 자도 빼놓지 않고 귀를 기울여 들었다. 덕분에 몸의 주인에 대해 조금은 알게 되었다.

그녀는 '구닝안'으로 구루이안의 여동생이었다. 구루이안은 A시에서 명성이 자자한 청년 재벌이었는데, 겨우 35세에 A시

엔터업계의 일인자 자리에 올랐다. 게다가 구씨 집안도 대단하였는데, 아버지는 부동산 거물이었고 어머니는 비단 사업을 했으며 집안의 친척들 모두 재산과 명성이 드높았다. 이 정보는 팡란이 나중에 인터넷에서 검색해서 알아낸 것들이었다.

어쨌거나 구씨 집안은 부자 중의 부자 집안이었고 구닝안은 구씨 집안의 하나뿐인 딸이었다. 먀오페이페이의 말을 빌리자면 한마디로 10캐럿 다이아몬드 수저를 입에 물고 태어났을 거라고 했다.

팡란은 침착한 태도로 쓸 만한 정보들을 많이 알아낸 후 조금 마음을 놓았다. 그제야 어젯밤 몸에서 땀을 흘린 덕분에 온몸이 끈적거려 매우 불쾌한 기분이 들었다.

"나 목욕할래."

치 선생님이 목욕은 아픈 게 다 낫거든 하는 게 좋고 신신당부했음을 전하려다가, 구닝안의 마음도 이해했기에 먀오페이페이는 이렇게 말할 뿐이었다.

"그래요, 아가씨. 일단 기다리고 있어. 뜨거운 물 받아 줄게. 너 또 감기 걸리면 안 되잖아."

팡란은 웃음만 띤 채 아무 말도 하지 않았다. 이 먀오페이페이라는 아이는 늘 투덜대지만 실은 마음 여린 녀석으로, 마치 엄마처럼 무슨 일이든지 신경 써 주는 아이란 걸 알 수 있었다.

뜨거운 물에 편안하게 몸을 담그자 문득 격세지감이 들었다. 아니, 이건 확실히 새로운 세상이었다.

그녀는 거울 속의 낯선 얼굴을 바라보았다. 팡란의 아름다움

만은 못했지만 구닝안의 얼굴도 매우 예뻐서 또 다른 매력이 있었다. 맑고 투명한 두 눈동자에 부드럽고 보기 좋은 미소, 고생한번 해보지 않은 세상 물정 모르는 모습이 한눈에 들어왔다. 얼굴을 살펴보고 80% 정도 만족한 팡란은 몸매를 살펴보고 120% 만족했다. 나올 데는 나오고 들어갈 데는 들어간, 매우 훌륭하고 늘씬한 몸매였다. 심지어 전생에 팡란이 힘들게 유지했던 몸매보다 더 나았다. 특히 늘씬한 두 다리는 그야말로 각선미를 자랑하고 있었다.

"장 봐 올게. 먹고 싶은 거 있으면 문자 해."

문밖에서 먀오페이페이가 말했다.

"응."

팡란이 대꾸했다.

목욕을 마치고 말끔한 옷으로 갈아입은 팡란은 그제야 구닝안의 핸드폰이 침대 머리맡에 놓여 있는 것을 알아차렸다. 핸드폰을 들고 손이 가는 대로 비밀번호 '0610'을 찍고 나서 바보 같다는 생각에 웃음이 나왔다. 예전 비밀번호로 어떻게 잠금을 풀 수 있겠어. 이렇게 생각하고 있던 찰나 핸드폰 배경 화면이 보였다. 잠금이 풀린 것이다.

'구닝안도 생일이 6월 10일인가?' 팡란은 속으로 생각했다.

팡란은 손이 가는 대로 핸드폰을 뒤적거렸다. 주소록에 등록된 연락처는 간소했는데, 가족을 제외하면 동기들이나 연극부 부원들로 특별한 건 없었다. 문자 메시지나 SNS의 내용도 정말 단순해서 독서나 일상생활에 관한 내용뿐이었다. 저장된 사진 역시 몇 안 되는 반면, 뜻밖에도 많은 고전 연극 영상들이 저장되어 있었고 문서함에도 온통 연극 대본밖에 없었다.

보아하니 이 구닝안이라는 아이는 연극광인 것 같았다. 이 점은 오히려 원래의 팡란과 꽤나 맞는 부분이었다. 서 있는 무대가 다를 뿐, 두 사람 모두 연기를 좋아했다. 이렇게 생각하고 있을 때 핸드폰이 '딩동' 하고 울렸다. 팡란은 발신자 표시를 보았다.

'잘 보일 것'?

팡란은 잠시 망설이다 전화를 받았다.

"안녕하세요. 실례지만 구닝안 씨 되시나요?"

전화에서 듣기 좋은 여성의 목소리가 들려왔다.

"네."

"〈휘녀〉 오디션에 합격하신 것을 축하드립니다. 모레 오전에 촬영 팀에 가서 등록해 주세요. 자세한 주소와 배역은 잠시 후에 이메일로 보내 드릴게요."

'〈휘녀〉? 익숙한 이름인데?'

팡란은 전화를 끊고 이메일을 열었다. 메일함에 제작진이 보내온 메일이 있었는데, 촬영 팀에 합류할 시간, 장소 그리고 배우와 스태프 인원 목록이 첨부되어 있었다. 〈휘녀〉의 감독은 리치앤샨이었다. 리치앤샨은 명성이 드높은 국제적인 감독으로 팡란은 전생에 그와 함께 일한 적이 있었다. 팡란 자신도 리치앤샨의 영화 〈휘산〉으로 여우 주연상 트로피를 거머쥐었으니, 리 감독은 그녀의 가장 중요한 연기 지도자라 할 수 있었다.

〈휘산〉을 다 찍었을 때 리감독은 일찍이 〈휘녀〉를 언급한 적이 있었는데, 〈휘산〉의 제2부이니만큼 팡란에게 계속 여자 주인공 역할을 맡길 거라 했었고 팡란도 당연히 그리하겠다 답했었다. 하지만 세상사 덧없게도 다시 함께 일할 기회는 이제 없다…….

팡란은 복잡한 생각을 억지로 그만두고 메일을 계속해서 읽었다. 문득 배우 리스트에서 한 사람의 이름이 그녀의 눈에 들어왔다. 뤄위안! 벌써 그와 만나게 될 줄이야. 팡란의 눈 속에서 어두운 빛이 반짝 스치고 지나갔다.

'뤄위안과의 만남에 있어 절대 준비 없는 싸움을 해선 안 돼.'

팡란은 마음속으로 거듭 생각했다.

뤄위안은 잔머리가 뛰어나 겉으로는 본인의 마음을 잘 드러내지 않지만, 인간관계에서 소위 말하는 '신사다운 매너'를 뽐내는 걸 좋아했다. 만약 촬영장에서 무턱대고 뤄위안을 지적한다면, 뤄위안은 그녀에게 화를 내기는커녕 오히려 자신의 '넓은 아량'을 드러내기 위해 그녀를 더 배려함으로써 많은 사람들에게 좋은 평판을 받을 것이다. 절대 팡란이 다시 보고 싶은 장면이 아니었다. 그날 밤 팡란은 구체적인 계획을 세웠다.

꿈꾸

다음 날 촬영 팀에 합류하기로 약속한 시각이 다가왔다. 그녀는 아침 일찍 일어나 옷을 빌리러 먀오페이페이에게 갔다. 평소답지 않은 행동에 먀오페이페이의 눈이 휘둥그레졌다.

"이보세요, 아가씨. 네 옷장에 있는 옷 한 벌이면 내 옷 열 벌은 살 수 있을 텐데요. 내 옷은 입어 뭐 하게?"

팡란은 빈정거리며 웃었다.

"내 옷들이 너무 비싸서 그래. 촬영 팀에 처음 가는 데다 신인인데 이목을 끌어서 허영기 있다는 인상을 주면 안 좋잖아."

먀오페이페이 생각에도 〈휘녀〉의 감독은 명성이 드높은 리치앤샨 감독이었고, 리 감독은 사람이 점잖으며 소박한지라 논란을 일으키는 걸 싫어했다.

"그래. 네가 '하루아침에 스타'가 되기 위해서라면 봐줘야지. 옷장에 있는 옷 마음대로 골라. 우리 닝 여신님, 나중에 대단한 스타가 되시거든 이 동생 이끌어 주는 걸 잊으시면 안 돼요."

먀오페이페이가 농담하며 웃었다. 팡란은 옷을 고르면서 되받아쳤다.

"됐거든. 대사 몇 마디밖에 없는 배역이야."

"그것도 쉽지 않잖아. 리 감독은 수준 높은 연기를 엄격하게 요구하기로 유명해. 그 사람 작품은 결코 아무나 할 수 있는 게 아니라고. 얼마나 많은 여배우가 리 감독 작품에서 조연 역할을 하고 싶어도 못 하는데……."

"어? 네가 그걸 어떻게 알아?"

"너희 연극부에서 들었지! 네가 무대 위에서 연습할 동안 나는 아래에서 가십거리 많이 들었어. 전에 린샤오탕(林曉棠)이 〈화추〉의 조연 자리를 얻으려고 리 감독을 찾아갔는데 거절당했다고……."

이 일은 팡란도 이제야 알게 됐다. 린샤오탕은 트렌디 드라마에서 여자 주인공을 몇 번 연기했는데, 대작이었지만 안타깝게도 시청률이 높지 않았고 흥행에 실패했다. 데뷔하자마자 연이어 여자 주인공을 맡아서 그런지 업계 사람들의 평가는 매우 평범했지만, 린샤오탕은 평소 스스로를 매우 높게 평가했다.

몇 년 전, 리치앤샨 감독이 〈화추〉를 찍을 때 하녀 역할을 연기할 배우가 마땅치 않아 팡란을 부른 적이 있었다. 그때 팡란은 아직 유명한 레벨이 아니었기 때문에 그 배역을 연기할 수 있어 다행으로 여겼다. 하지만 아쉽게도 오디션 전날 뤄위안이 팡란에게 밥을 먹자고 했고, 술을 많이 마셨다가 늦잠을 자는 바람에 기회를 놓치고 말았다. 듣자 하니 나중에 린샤오탕이 이 하녀 역할을 얻기 위해 리 감독을 찾아갔으나 거절당했다고 한다. 마침 한 연예지가 이 사건을 부풀려서 근거 없는 말들을 써 댔는데, 팡란과 린샤오탕에 대해 머리부터 발끝까지 비교하는 내용이었다. 그때 팡란은 여기저기서 작은 역할을 하는 배우였기 때문에 거만한 린샤오탕은 화가 단단히 났고, 그 후에 다른 곳에서 팡란이 린샤오탕을 만났을 때 싫은 내색을 적잖이 보였었다. 그때는 이 일이 우연에 불과해 보였으나, 인제 보니 뤄위안이 꾀를 써서 일부러 오디션 전날 자신을 잡아 둔 것일지도 모른다는 생각이 들었다.

여기까지 생각한 순간 팡란의 가슴이 싸늘해졌다.

"아유, 그 외투는 힘줘서 잡으면 안 돼. 잘 주름지는데다가 다리미도 없단 말이야."

먀오페이페이가 갑자기 소리쳤다. 팡란은 그제야 자신이 외투를 꽉 잡아서 구김이 간 것을 알아챘다. 팡란은 다급히 손을 뗐다.

"미안. 이거 입을래. 입고 나면 드라이해서 줄게."

"됐어. 나한테 무슨 예의를 차리고 그래. 얼른 갔다 와. 이러다가 늦겠어!"

팡란은 시간이 많이 남지 않은 것을 보고는 서둘러서 옷을 갈 아입고 황급히 문을 나섰다.

〈휘녀〉의 제작진 미팅은 루이황 스튜디오 모처의 술집에서 이 루어졌다. 팡란은 예정된 시간보다 20분 일찍 도착했다. 이르지 도 늦지도 않은 시간이었다. 그녀가 들어갔을 때 리치앤샨은 다 른 스태프들과 함께 있었다.

"아, 구닝안이지?"

팡란이 인사를 하기도 전에 리 감독이 먼저 입을 열었다.

"네. 안녕하세요, 감독님."

팡란은 시원스레 인사를 하되 매우 겸손하고 예의 바른 태도 로 말했다.

리치앤샨은 고개를 끄덕였다. 다른 사람은 몰랐지만 리 감독은 구닝안이 구루이안의 여동생이라는 것을 알고 있었다. 구루이안 은 여동생이 오디션을 본다는 말을 듣고 리감독에게 직접 전화 를 걸었다. 무슨 뜻인지 뻔히 알 수 있었고, 리치앤샨 역시 그 뜻 을 거절하지 않았다. 리 감독은 촬영할 때는 엄격했지만 그렇다 고 융통성 없이 고집부리는 사람은 아니었다. 이왕 이렇게 된 김에 구닝안에게 작은 배역을 주고 루이황 엔터의 적극적인 지원을 받는다면 그야말로 수지맞는 거래였다.

이런 내막을 전혀 몰랐던 팡란은 조용히 구석에서 대본을 보고 있었다. 몇 줄 읽기도 전에 〈휘녀〉의 배우들이 연이어 도착하기 시작했다.

팡란은 신인이었기 때문에 먼저 일어나서 모두에게 인사했다.

"안녕하세요. 구닝안입니다. 잘 부탁드립니다."

〈휘녀〉 대부분 배역의 배우들은 지난 편인 〈휘산〉의 라인업을 이어받아 변화가 없었다. 다만, 극 중 여주인공인 청휘 역할은 팡란에서 실력 있는 여배우 페이웬(裴雯)으로 바뀌었고 쑹이(宋祎)가 연기하는 새로운 악역 한 명이 추가되었다. 페이웬과 쑹이에 대해 말하자면 누구나 다 아는 유명한 배우들이었다. 페이웬은 올해 서른으로 한때 연예계 최연소 여우 주연상을 받은 배우였다. 연기에 타고난 재능이 있을 뿐만 아니라 맡은 일에 최선을 다하고 성격도 좋아서 업계 사람들 사이에 평판이 매우 좋았다. 쑹이는 페이웬과 비슷한 나이였는데 벌써 세 개 영화제에서 남우 주연상을 받았다.

팡란은 쑹이를 보고 조금 의아한 생각이 들었다. 쑹이는 악역을 맡았는데, 그것도 서브 남주인 장챠오 역할이었다. 개런티가 높아 카메오를 제외하고는 조연 자리에서 물러난 지 오래였다.

'아, 그래도 이 두 사람과 함께 일할 수 있어 다행이다.' 마음속으로 생각을 끝내자마자 한 사람이 입구에 모습을 드러냈다.

"죄송합니다. 제가 좀 늦었죠."

반듯한 정장 차림의 뤄위안이었다. 몸짓은 서두르면서도 애써서 품위 있는 태도를 유지하고 있었다. 예전의 팡란은 뤄위안이 매우 교양 있다고 생각했다. 하지만 이제 와 보니 그건 역겨운 가면에 불과했다.

제2장
출연 계약

"이제 다 왔으니 시작할까요."

리 감독이 말했다.

"대부분 구면이니 소개는 따로 하지 않겠습니다. 우선 작가 선생님과 함께 대본 리딩을 하죠."

작가가 대본을 읽기 시작하자 모두들 뒤따라 펜을 들었다.

〈휘녀〉는 민국 시대 여인 청휘의 일생을 서술하는 전기였는데, 청휘는 집안과 나라에 대한 사랑과 한을 짊어진 인물로 이야기가 긴장감 넘치게 흘렀다. 광란은 일찍이 〈휘산〉을 연기하면서 작가의 극본에 대해 매우 감탄했었다. 그런데 오늘 〈휘녀〉를 읽어 보니 놀랍게도 전편보다 뛰어났고, 자세히 곱씹었을 때 깨닫는 바도 꽤 많았다. 이런 생각을 하고 있을 무렵, 작가가 지문을 읽는 소리가 들려왔다.

"쫓겨서 집으로 돌아온 청휘는 죽음을 피할 수 없으리라 여겼다. 허나 여동생 정릉이 그녀를 지하실로 밀어 넣어 몸을 숨겨 주고 자신은 나가서 장챠오를 접대할 줄 누가 알았겠는가……."

작가는 여기까지 읽다 멈추고 구닝안을 바라보았다. 팡란은 재빨리 뜻을 알아채고 이번에 연기하는 역할인 정룽의 대사를 담담하게 읽기 시작했다.

"나리. 명령서 없이 군인을 이끌고 집 안을 수색하는 건 민가에 무단으로 침입하는 것이 아닌지요?"

팡란은 또렷하면서도 씩씩한 말투 안에 은근히 비꼬는 느낌을 넣어 읽었다. 한마디로 열다섯 소녀 정룽의 성격이 드러났다.

리치앤샨 감독은 자신도 모르게 팡란을 바라보았다. 구닝안이 연극을 좋아한다고는 들었지만 어린 여자애의 작심삼일 열정이라 생각했다. 하지만 리딩을 들어보니 결코 하루아침에 단련된 것이 아니었다. 그는 순간 마음속으로 구닝안을 높게 평가했다.

악역 탐관 장챠오를 연기하는 쑹이가 이어서 대사를 읽었다.

"무단 침입? 나는 많은 군사를 거느리고 왔다. 어딜 봐서 무단 침입이란 말이냐!"

쑹이가 3개 영화제에서 상을 받은 건 과연 거짓이 아니었다. 그는 외모와 연기력을 동시에 갖춘, 배우 중에서도 보기 드문 인물이었다. 그가 대사를 읽자 장챠오의 포악함과 악랄함이 느껴졌다. 팡란이 계속해서 읽었다.

"하! 우리 정씨 집안은 대대로 청렴한 상인으로, 집안을 돌보고 지키는 사람도 늙은 종 몇에 불과합니다. 그들이 지금 이 광경을 보고 숨어 버렸으니, 나리께서 들어오시려거든 차라리 절 밟고 가시는 게 어떻겠습니까?"

"오?"

장챠오가 의심을 드러냈다.

"믿는 구석이라도 있나 보지? 내 명령 한마디면 차 한 잔 마실 시간으로 너희 집안을 접수할 수 있다."

"제가 보기에 당신이 접수하는 건 우리 집안이 아니라 바로 총사령관님의 얼굴이에요!"

극 중에서 총사령관은 정씨 집안이 민국 경제에 이바지한 공로에 감동하여 '세상을 구하는 훌륭한 상인(济世良商)'이라는 현판을 직접 걸어 주었다. 이 현판은 바로 정룽이 선 문 안쪽 벽에 걸려 있었다. 악역 장챠오는 비록 잔인하고 포악했지만 높은 분에 대해서는 염려가 되었다. 정룽은 바로 이 점을 빌어 위기를 모면한 것이다. 몇 마디 짧은 대사였지만 쾅란이 설득력 있게 읽어 내려가니 짧은 분량도 매우 충분하게 느껴졌다. 쑹이 역시 막상막하로 한 글자 한 글자 맛이 살아나게 읽었다.

리 감독은 칭찬을 쏟아 냈다.

"좋아!"

여주인공 페이웬도 구닝안을 보고 장난치며 말했다.

"요 녀석 대사 읽는 기본이 제법 그럴싸한걸. 하마터면 이 늙은이 체면이 구겨질 뻔했어……."

뤄위안이 재빨리 말을 이었다.

"웬 누나, 이렇게나 어린데 '늙은이'라니요……."

페이웬은 가볍게 미소 지을 뿐, 아무 말도 하지 않았다. 뤄위안의 수작이 통하지 않은 게 분명했다. 구닝안은 뤄위안이 은근히 거절당하는 것을 보니 매우 통쾌했다.

'뭐위안, 진짜 재밌는 건 이제부터야!'

⁂

영화 대본이 짧은 편이 아니어서 간단하게 리딩 한 번 했을 뿐이지만 이미 날이 저물어 있었다. 관례에 따라 제작진은 단체로 회식을 열었다. 하지만 이런 회식은 크랭크 업 할 때와는 달라서 별로 중요하지 않았고 참석하는 것도 배우의 자유였다. 예전이었다면 팡란은 참석하지 않았을 것이다. 하지만 지금은 뭐위안의 상황을 파악하기 위해 참석이 불가피했다.

회식은 스튜디오 아래층으로 정해졌다. 사람들은 서로 인사치레하며 문을 나섰다. 팡란은 문 근처에 앉아 있었지만, 서열에 따라 조용히 기다렸다가 마지막으로 내려갔다. 아래층으로 가보니 공교롭게도 쑹이의 옆자리만 비어 있었다. 아마도 남우 주연상 수상 배우 쑹이의 오라가 너무 강렬해서 가까이 다가가려는 사람이 없는 것 같았다.

팡란은 조금 망설여졌다. 두려운 게 아니었다. 다만 그녀는 지금 신인이기 때문에 쑹이와 너무 가까워져도 자칫하면 괜히 아부하는 것으로 비춰질 수 있었다. 머뭇거리는 사이 마침 쑹이가 고개를 들어 팡란을 바라보았다.

쑹이의 얼굴은 잘생긴 연예계 안에서도 매우 훌륭한 얼굴이었다. 검처럼 날카로운 눈썹에 깊은 눈빛을 지닌 두 눈이 어우러져

다정하면서도 단호한 분위기가 완벽한 조화를 이루었다. 사람을 바라볼 때도 눈빛이 진지해 팡란 역시 그에게서 눈길을 거둘 수 없었다. 쑝이는 대단한 배우의 오라 따위 전혀 없이 씨익 웃으면서 팡란에게 의사를 표했다.

"여기 앉아. 싫지 않다면."

여기서 거절한다면 호의를 무시하는 것이었기에 팡란은 오히려 스스럼없이 웃는 얼굴로 답했다.

"그럼 실례하겠습니다."

팡란은 과거의 습관대로 입꼬리를 올릴 때 초롱초롱한 눈빛으로 상대를 바라보며 웃었다. 어딘가 익숙한 느낌에 쑝이는 놀라서 멍해졌지만, 뭔가 다른 생각을 더 하기도 전에 팡란이 이미 곁에 앉았다.

리치앤샨이 팡란을 불렀다.

"구닝안, 보통내기가 아니더라. 나이도 어린데 대사 읽는 기본기가 이렇게 탄탄하다니, 앞으로 착실히 연기한다면 앞날이 창창하겠어."

팡란이 웃으며 말했다.

"평소 학교에서 두서없이 배운 것들인데, 좋게 말씀해 주시니 정말 기분이 좋네요."

"오? 연기 전공이야? 어느 학교?"

쑝이가 물었다. 팡란은 황급히 손을 내저었다.

"아니요, 여러분처럼 연기를 전공한 건 아니에요. A대학에서 경제를 공부하는데 교내 연극부에서 공연하고 있어요."

"그것도 굉장한 거지."

페이웬이 이어서 말했다.

"나는 대사를 잘못 읽는 바람에 교수님께 호되게 벌 받은 적이 있었어. 학교 운동장에서 대사를 백 번 읊었지. '아버지, 아버지 얼굴에 기름 좀 봐요. 어르신 구두를 다시 닦아야겠어요.'"

"하하하."

박장대소가 터져 나왔다. 페이웬이 말한 대사는 유명한 연극 〈뇌우〉에 나오는 인물 사봉의 대사로, 이 연극은 연기과 학생이라면 반드시 배워야 하는 과목이었다.

이쪽 테이블에서 즐겁게 이야기하고 있을 때 구닝안은 옆 테이블에 앉은 뤄위안의 재미없어 보이는 모습을 주시했다. 팡란의 생각에는 아무래도 자존심 강한 뤄위안이 감독과 같은 테이블에 앉지 못해 마음이 불편한 것 같았다. 뤄위안이 언짢아하는 것만으로도 팡란은 기분이 좋아졌다. 이렇게 생각하면서 뤄위안을 다시 바라보았는데, 마침 뤄위안도 팡란이 자신을 보고 있는 것을 발견했다. 그는 무시하는 눈빛을 드러내고는 단 1초 만에 시선을 옮겨 버렸다.

팡란은 당황했다. 뤄위안을 싫어한다고 딱히 티를 낸 것도 아닌데 뤄위안은 어째서 구닝안에게 적의를 품고 있는 거지? 그러나 팡란이 모르는 것이 하나 있었다. 뤄위안은 보잘것없는 조연 역할의 신인 배우가 뜻밖에도 감독과 같은 테이블에 앉아서 시기하는 중이었던 것이다.

이런저런 생각을 하는 동안 요리가 나왔다. 감독은 페이웬 등과 남은 촬영 장면에 대해 이야기를 나누었고, 팡란은 신인의 자세에 걸맞게 끼어들지 말아야 할 대화는 끼지 않은 채 그저 웃으면서 맞장구만 쳤다.

　쑹이는 처음부터 자신도 모르게 팡란을 바라보고 있다가 마침내 먼저 말을 걸었다.

　"구닝안 씨는 어디 사람이야?"

　팡란은 깜짝 놀라서 구닝안의 배경대로 답했다.

　"우리 집은 지금 이 도시에 있지만, 고향은 쑤난이에요."

　"쑤난? 그럼 너희 집안에 혹시 연예계에서 일하는 사람은 있어?"

　쑹이가 기대 섞인 눈빛으로 팡란을 바라보며 물었다. 팡란은 영문을 알 수 없었지만 사실대로 답했다.

　"아니요. 쑹 선배님은 그런 걸 왜 물어보세요?"

　쑹이는 실망하여 고개를 내저었다.

　"아무것도 아니야. 그냥 네가 웃는 모습이 내 친구를 닮아서."

　팡란이 계속해서 말을 하려고 할 때, 핸드폰 벨 소리가 울렸다. 팡란은 실례하겠다고 말한 후 밖으로 뛰어가 전화를 받았다. 팡란은 사람들에게 연예계 거물 오빠가 있다는 걸 들키고 싶지 않아서 일부러 자리를 피했다.

　"오빠?"

　"먀오페이페이가 그러는데 너 아직 기숙사에 안 왔다더라? 촬영 팀 첫날은 괜찮았어? 저녁은 먹었고?"

낮고 묵직한 구루이안의 목소리가 들려왔다.

"내가 촬영하러 온 거 어떻게 알았어?"

먀오페이페이가 말해 준 걸 기억하고 있었다. 구루이안을 포함해서 구씨 집안은 그녀가 연예계에 발 들여놓는 걸 지지하지 않는다고. 그래서 팡란은 촬영 팀에 합류했다는 소식을 일부러 구루이안에게 말하지 않았다.

"어……"

구루이안은 혹시나 자신이 뒤에서 감독에게 연락했던 일을 여동생이 알게 될까 걱정되어 잠시 말을 멈추었다.

"먀오페이페이가 말해 줬어."

"아."

팡란이 말했다.

"오늘 꽤 괜찮았어. 회식이 있는데 곧 끝날 거야."

"그럼 내가 데리러 갈게. 나도 방금 퇴근했거든."

"됐어. 나 혼자 갈 수 있어."

구루이안이 온다면 분명 작지 않은 움직임이 있을 것이고, 그렇게 되면 구닝안의 배경이 노출될 테니 뤄위안에게 접근하기엔 좋지 않았다.

"다음 주 토요일 아버지 생신인 거 잊지 않았지?"

구루이안은 재빨리 화제를 바꾸며 말했다.

"어?"

팡란은 자신 없는 목소리로 말했다.

"그, 그럼……. 어떻게 잊어버려."

"그래, 그럼 촬영 마치고 집에 일찍 와. 너 나간 지 한 달이 다 되도록 한 번도 집에 안 왔잖아. 부모님 너 때문에 화나실 거야."

구루이안은 오빠로서 팡란을 타일렀다.

"응, 알겠어……."

팡란은 부리나케 몇 마디로 대충 얼버무리며 전화를 끊었다. 테이블로 돌아간 팡란의 머릿속에 회식 같은 건 없었다. 집으로 간다고? 구닝안의 아버지를 만난다고? 마음이 불안해졌다. 구닝 안의 부모님이 허점을 발견하면 어떡하나 걱정이 되는 한편 약간 주눅이 들기도 했다. 구웨이씨는 구닝안의 아버지였지만 구씨 집안의 실세이기도 했다. 명성이 드높은 사람이니 그분에게 생일 선물을 준비하는 것도 결코 쉬운 일이 아니었다. 하지만 이 일들은 또 다른 의문과 얽혀 있기도 했다.

'나는 대체 왜 구닝안의 몸에서 다시 깨어난 걸까? 원래 구닝안은 어디로 간 거지?'

걱정거리 가득한 팡란의 회식 자리가 끝나고, 사람들은 식당을 떠나 제각기 차를 몰고 떠났다. 팡란은 갑자기 조금 후회되었다. 루이황 스튜디오는 A시의 교외에 있었기 때문이다.

'이 시간에 돌아갈 차가 어디 있겠어. 어떻게 돌아가지?' 생각하며 머뭇거리고 있던 찰나, 검은색 밴 한 대가 팡란 곁에 멈춰 섰다. 뒷좌석 창문이 내려오자 쑹이의 잘생긴 얼굴이 나타났다.

"타. 여기선 택시 잡기 어려워. 데려다줄게."

"그럼……. 감사합니다."

팡란도 사양하지 않았다. 쑹이의 벤 공간은 매우 넓었다. 매니저가 앞 좌석에서 차를 운전하고 있었다. 팡란이 차에 타자 쑹이는 먼저 매니저를 소개해 주었다.

"이쪽은 내 매니저 리청이야."

쑹이가 매니저라고 소개했지만 팡란은 방심할 수 없었다. 배우 쑹이의 매니저 리청이 연예계에서 유명한 금메달급 브로커로 사교 수완이 일류인 걸 누가 모르겠는가.

팡란은 재빨리 인사했다.

"리 오빠, 안녕하세요. 저는 구닝안이에요. 닝닝이라고 부르시면 돼요."

팡란은 고개를 돌려 쑹이에게도 똑같이 말했다.

"쑹 선배님도 닝닝이라고 부르세요. 사양하지 마시고요."

쑹이가 미소 지었다.

"나한텐 사양하지 말라면서 너는 그대로잖아. 이렇게 하자. 널 닝닝이라 부를게. 넌 날 쑹 오빠라고 부르면 되겠다."

팡란이 답을 하기도 전에 매니저 리청이 농담을 꺼냈다.

"오, 쑹 오빠. 이 동생 리청도 앞으로 큰오빠가 잘 봐주실 거죠?"

쑹이는 손 옆에 있던 쿠션을 집어 들어 리청에게 내던졌다.

"운전이나 해!"

리청이 웃으며 말했다.

"예예, 여자 꼬시는 거 방해 안 할게요."

두 사람이 몇 마디 농담을 주고받으며 장난치는 걸 보고 팡란은 정말 신기했다. 연예계에서 명성 드높은 리청이 사석에서 이렇게 가벼울 줄이야.

쑹이도 마찬가지였다. 겉으로만 봐서는 얼음처럼 차갑게 생겼는데 실제 성격은 매우 부드러웠다. 팡란은 문득 머릿속에 한 가지 일이 떠올라 물어보았다.

"쑹 오빠. 아까 제 웃는 모습이 오빠 친구를 생각나게 한다고 그러셨죠? 그게 누구예요?"

순간 얼굴에서 웃음기를 거둔 쑹이의 미간에 쓸쓸함이 조금 묻어났다.

"너도 들어 본 적 있을 거야. 팡란이라고."

팡란은 놀라서 아무 말도 할 수 없었다. 팡란은 전생에 쑹이와 얽혔던 기억이 없었기 때문이다. 쑹이가 자신의 이름을 말하자 팡란은 깜짝 놀라고 말았다. 자신이 비록 전생에 잘나가는 배우였지만 인맥은 매우 좁아서 소속사 식구를 제외하면 연예계에 친한 친구가 거의 없었다. 이것 역시 뤄위안과 사귀는 일이 알려지는 것을 원치 않아 최대한 사람들을 피한 것이 원인이었다. 쑹이처럼 뛰어난 사람과 함께 일한 적이 있었다면 팡란이 기억하지 못할 리 없었다.

의아한 팡란은 쑹이에게 캐물었다.

"쑹 오빠, 팡란 선배님이랑은 어떻게 아는 사이였어요?"

쑹이가 쓴웃음을 지었다.

"잘 아는 사이는 아니었어. 파티에서 몇 번 봤을 뿐이야."

이 말에 더욱 의문이 들 뿐이었다. 하지만 쑹이의 표정을 보니 굳이 더 말하고 싶지 않은 것 같아 팡란도 더 묻지 않았다. 앞으로 천천히 알아 갈 셈이었다. 이때 리청이 끼어들었다.

"닝닝, 너 대학 기숙사에 살아?"

팡란은 리청이 화제를 돌리려는 것을 눈치채고 맞춰 주었다.

"네, 요 앞 길목에서 좌회전하면 도착이에요. 청 오빠 감사해요."

차가 부드럽게 곡선을 돌며 A대학 정문에 멈추어 섰다. 팡란은 두 사람과 인사를 나누고 교문에 들어섰다. 리청은 팡란이 멀어지기를 기다렸다가 다시 시동을 걸었다. 리청이 가볍게 한숨을 내쉬며 뒷좌석을 향해 말했다.

"너무 많이 생각하지 마. 지나간 일은 잊어버려. 이번 촬영 페이웬이랑 호흡 잘 맞춰 봐. 페이웬은 좋은 사람이야. 내 생각엔 너희 둘 잘 어울릴 거 같은데."

쑹이는 그제야 리청이 어째서 자신에게 이 작품을 물어다 주었는지 알게 되었다. 쑹이가 살며시 미간을 찌푸렸다.

"팡란의 죽음이 뭔가 그리 단순하지 않다는 생각이 들어……."

리청이 말을 받아 주지 않자 차 안은 다시 조용해졌다. 두 사람은 각자 마음에 걱정거리를 품은 바람에 누군가가 차를 미행하고 있다는 걸 눈치채지 못했다…….

꽃

대작 〈휘녀〉에서 팡란은 단역이라 출연 분량이 두 신밖에 되지 않아 다음 날 촬영이 없었다. 기숙사에서 해가 중천에 뜰 때까지 잠에 빠져 있었는데, 먀오페이페이가 그녀를 흔들어 깨웠다.

"닝닝, 아직도 자는 거야? 큰일 났어!"

먀오페이페이가 핸드폰을 들고서 팡란의 이불을 젖혔다. 팡란이 겨우 눈을 뜨고 중얼거렸다.

"뭐가 큰일이라는 거야?"

먀오페이페이가 핸드폰을 팡란에게 건네주었다.

"직접 봐! 너랑 쑹이가 웨이보 실검에 올랐어!"

"뭐라고?"

팡란이 깜짝 놀라 핸드폰을 받아 보았다. 헐! 웨이보 인기 검색어 TOP 10 중에 그녀와 쑹이가 다섯 개나 차지하고 있었다.

"톱배우 쑹이, 여자 친구 노출"

"쑹이, 여대생과 열애?"

"쑹이 여자 친구 신분은 학생?"

"쑹이 새로운 연애 중"

"쑹이 여자 친구는 누구?"

보기만 해도 머리가 어지러웠다.

"이게 다 무슨 소리야? 어제 늦었는데 차가 없어서 쑹이가 태워 줬을 뿐이라고."

"앗! 사진이 있어!"

먀오페이페이가 화면을 아래로 내렸다. 팡란이 살펴보니 웨이보 톱뉴스 외에 사진 한 장을 첨부한 새로운 기사가 난 상태였다.

A대학교 정문에서 쑹이가 차창에 얼굴을 반쯤 내민 채 차에 앉아 있고 긴 머리의 여자가 차 밖에 서 있는데, 두 사람 얼굴이 서로 가까이 붙은 바람에 마치 키스하는 것처럼 보였다. 길게 늘

어뜨린 머리카락이 여자의 얼굴을 가렸지만 먀오페이페이는 자신이 빌려준 옷을 기억했기에 한눈에 구닝안임을 알아보았다.

"각도 때문에 이렇게 보이는 거야, 그냥 잘 가라는 인사를 했을 뿐이라고."

순간 숨이 막혀 왔다. 파파라치들은 사진을 찍을 땐, 착시를 이용해 교묘한 사진을 찍곤 했다. 팡란은 이를 진작 알고 있었지만 구닝안이 무명이었기 때문에 경계심을 풀고 만 것이다. 예전의 성격 같았더라면 쑹이의 차를 타는 일은 절대 없었을 것이었다.

"스캔들이 진짜든 가짜든 상관없이 믿는 사람들이 있기 마련이야. 지금 학교 입구에 기자들이 엄청나게 몰려와서 사진 속 여자가 누군지 알아보고 있는 거 알아?"

"어?"

팡란은 조금 마음이 놓였다.

"얼굴이 제대로 나오지 않아서 다행이네. 우린 그냥 모른 척하면 돼."

먀오페이페이가 계속해서 웨이보를 살펴보았다.

"그런데 쑹이 소속사는 왜 아무런 입장문도 안 내는 거지?"

쑹이는 톱 배우였지만 스캔들이 거의 없었고 사실로 밝혀진 연애는 더욱 없었다. 예전에 린샤오탕이라는 배우가 쑹이의 화제성을 노리고 수작을 부렸을 때도 쑹이의 소속사가 곧바로 웨이보에 성명문을 올려 린샤오탕의 체면을 구긴 적이 있었다.

스캔들이 터진 지 이미 반나절이 지났으니, 상식대로라면 쑹이 소속사의 반응이 이렇게 느릴 리가 없었다.

'이상하다. 이런 경우가 없는데.'

먀오페이페이가 핸드폰을 보며 중얼거렸다. 팡란 역시 이 상황을 이해할 수 없었다. 그런데 갑자기 먀오페이페이가 놀라서 소리쳤다.

"아! 쑹이 웨이보 올라왔어!"

팡란이 핸드폰을 집어 들고 보니 쑹이의 웨이보에는 달랑 이렇게만 쓰여 있었다.

'좋은 아침!'

이어서 쑹이의 소속사가 재빨리 이 웨이보를 리웨이보 하며 댓글을 달았다.

'늦었어. 점심이야.'

평범하기 짝이 없는 대화였다. 새 웨이보를 업데이트한 타이밍으로 보아 쑹이와 소속사는 웨이보에 떠도는 소문을 알고 있는 것이 분명했지만 어떤 해명도 하지 않았다.

이는 두 가지 가능성이 있었다. 하나는 뉴스가 가짜라서 해명할 필요가 없다고 여긴 것이고, 다른 하나는 쑹이가 암묵적으로 연애를 인정하는 것이었다. 순식간에 소속사 웨이보 계정에 두 무리로 나뉘어 댓글이 달리기 시작했다.

한쪽은 울면서 연애하는 것이 아니라고 명확히 밝혀 달라 아우성쳤고, 다른 쪽은 톱 배우의 솔로 탈출을 축하하고 있었다. 팡란은 손이 가는 대로 몇 페이지를 넘겨 보았다. 아무도 '쑹이 여자친구'의 정체를 궁금해하는 것 같지 않았다. 우연히 떠들어대는 것 역시 터무니없는 말들이었다. 팡란은 완전히 마음을 놓았다.

쑹이의 생각이 무엇이든 상관없이 팡란은 자신이 할 일을 잘하기만 하면 됐다. 두려울 게 없었다. 만에 하나 무슨 일이 있다 해도 구닝안에게는 오빠인 구루이안이 있었다. 다시금 연예계 거물 오빠가 있다는 게 정말 다행이라는 생각이 들었다. 무얼 하든 마음이 든든했다.

다시 웨이보를 뒤져 보았지만, 후속으로 터지는 기사는 없었다. 웨이보를 닫기 전 팡란의 손이 쑹이 웨이보 계정에 잠시 머물렀다. 그렇게 웨이보를 닫자마자 핸드폰이 울려왔다.

팡란은 전화를 받고 풀 죽은 목소리로 말했다.

"오빠……."

구루이안이 단도직입적으로 팡란에게 물었다.

"쑹이 스캔들에 있는 여자 친구가 너야?"

"어젯밤에 데려다줬을 뿐이야. 사진은 파파라치가 교묘하게 찍은 거고. 우리 아무 사이도 아니야."

팡란은 단숨에 해명을 늘어놓았다. 구루이안은 조금 마음이 놓였다.

"그럴 것 같았어. 넌 처신을 잘하는 아이니까."

팡란이 눈을 희번덕이며 말했다.

"그럼 왜 전화한 건데?"

"음……."

구루이안은 입에서 나오는 대로 아무렇게나 둘러댔다.

"그냥 물어본 거야. 너 기사 난 거 정리해 줄까 싶어서."

팡란은 곰곰이 생각해 보았다.

"지금은 그럴 필요 없어. 사진에 얼굴이 찍힌 것도 아니고. 만약 적극적으로 삭제했다간 오히려 의심 살 거야."

구루이안도 당연히 이러한 생리를 알고 있었다. 구루이안이 만약 기사를 정리하고 싶었다면 전화를 걸기도 전에 벌써 기사를 삭제했을 것이었다. 안심할 만한 답을 얻은 후 구루이안은 전화를 끊고 다시 쏭이에게 전화를 걸었다. 쏭이는 오늘 촬영이 있었던 길이라, 한 장면을 찍고 내려오자마자 전화를 받았다.

"무슨 일이야?"

전화를 받는 쏭이의 목소리는 담담하면서도 스스럼없었다. 목소리만으로도 구루이안과 아주 잘 아는 사이라는 것을 알 수 있었다.

"뭐 하나 물어보자. 어젯밤에 내 여동생 학교로 데려다줬냐?"

구루이안이 노발대발하며 말했다.

"여동생?"

쏭이는 순간 혼란스러웠다.

"구닝안 말이야."

"아…… 그 애가 네 동생이었구나."

쏭이는 곰곰이 생각한 끝에 이해가 되었다.

"네 여동생은 너랑 전혀 안 닮아서 그런지 꽤 귀엽더라."

구루이안이 씩씩댔다.

"집적댈 생각 마. 그런 스캔들이 났으면 명확히 해명해야지. 그리고 내 여동생 끌어들이지 마."

쏭이가 웃었다.

"구 대표께서 이렇게 여동생을 아낄 줄은 몰랐네. 안심해. 청형이 그 파파라치 필름 사 왔는데 쓸 만한 사진은 없었어. 딱 한 장만 교묘하게 찍힌 거니까 앞으로 별일 없을 거야."

구루이안은 쏭이가 십 년 전부터 자신과 맞서기를 좋아했지만, 큰일에서는 대충 넘어가는 일이 없다는 걸 알고 있었기에 마음을 놓았다.

"페이웬이랑 작품 같이한다며? 언제 결혼 축하주 마실 수 있으려나……."

"그럴 일 없어!"

쏭이는 구루이안의 말이 끝나기도 전에 전화를 끊어 버렸다.

페이웬과 쏭이는 비슷한 나이로 같은 작품을 통해 데뷔했다. 십 년 전 수많은 신인 속에서 오늘날 성공한 사람은 페이웬과 쏭이 두 사람뿐이었다. 그런 이유로 매스컴과 업계 사람들은 항상 둘을 짝짓곤 했다. 쏭이는 페이웬이 마음에 들긴 했지만, 남녀 사이의 감정 같은 건 전혀 없었다. 오히려 페이웬이 쏭이에게 마음이 있는 것 같았다…….

쏭이는 눈살을 찌푸렸다. 됐어, 페이웬은 항상 처신을 잘했으니 우리 사이의 균형을 깨뜨릴 일은 없을 거야.

같은 시각, 페이웬은 화장을 고치며 웨이보를 보고 있었다. 아름다운 눈썹이 살짝 들썩였다. 그 스캔들 속의 사진은 전혀 신경 쓰이지 않았지만, 오히려 쏭이의 태도가 마음을 불안하게 만들었다. 쏭이가 스캔들을 해명하지 않다니, 무슨 뜻인 걸까?

제3장

스캔들

〈휘녀〉의 촬영 시간이 촉박했기에 팡란
은 다음 날 촬영 팀에 곧바로 합류했다.

제작진은 루이황 세트장 내 휴게실을 빌렸는데 기자재실과 주
요 배우들의 대기실 등으로 나누어졌다. 보통 세트장의 휴게실
구조는 거의 비슷했으며, 주요 출연진들의 대기실은 대본을 외우
고 연습하기 편하도록 모두 복도 가장 안쪽에 있었다.

팡란은 도착하자마자 묵묵히 안으로 걸어 들어갔다. 복도 끝에
도착하고 나서야 지금 자신은 탑 배우와 같은 대우를 받지 않으
므로 대기실이 바깥쪽에 있다는 것이 떠올랐다.

막 되돌아가려 할 때 주연 배우의 대기실 문이 열렸다. 팡란은
고개를 들고 제복을 입은 쑹이의 얼굴을 마주했다. 쑹이가 연기
하는 인물은 민국(民國)[1]시대 장교였다. 빳빳한 군복이 디자이너

---

1   중화민국이 중국 대륙을 통치한 시기(1911-1949)를 이르는 말

에 의해 몸에 딱 맞도록 섬세하게 고쳐진 상태였다. 갑자기 쑹이와 얼굴을 마주하게 된 광란은 소슬한 기운에 진심으로 흠칫 놀라고 말았다. 광란을 만난 쑹이의 눈에 장난기가 불쑥 어렸다.

"왔구나."

쑹이가 이렇게 인사를 건네자 마치 두 사람이 잘 아는 사이처럼 보였다. 광란은 쑹이의 곁에 있던 메이크업 아티스트와 스태프가 매우 흥미로운 듯 두 사람을 바라보고 있다는 것을 발견하자마자 문득 어제 터졌던 스캔들이 떠올랐다. 그녀가 어떤 옷을 입었는지 다른 사람은 몰라도 그저께 대본 리딩 때 함께했던 스태프들은 말을 안 했을 뿐, 알고 있었다. 진작 구닝안이라는 것을 알아챘을 것이었다. 여기까지 생각이 미친 광란은 황급히 정신을 차렸다.

"선배님, 바쁘신데 방해해 죄송합니다."

광란은 말을 마치고 재빨리 돌아서서 옆 대기실로 들어갔다. 그 모습을 본 쑹이는 속으로 웃었다. 이 여자아이가 자신과 확실히 선을 긋길 간절히 원하는 것을 보니 오히려 재미있다고 생각했다. 광란이 급히 서두르며 들어가 주변을 살펴보니 뜻밖에도 페이웬이 화장을 받고 있었다.

"어? 구닝안?"

페이웬이 거울에 비친 구닝안을 발견하며 인사했다. 광란은 그제야 자신이 잘못 들어온 것을 깨닫고 급히 사과했다.

"죄송합니다. 제가 마음에 급해서 방을 잘못 들어왔어요. 저는……."

"서둘러서 가지 않아도 돼. 밖에서 다들 화장 마무리하는 중이야. 나가면 또 오래 기다려야 할걸. 나는 곧 끝나니까 네가 여기 앉아 있어. 내 메이크업 선생님한테 나 하는 김에 너도 해 달라고 할게."

페이웬은 팡란이 말을 끝내기도 전에 구닝안을 불렀다.

"그……그렇게 해도 되나 싶은데…….""

"안될 게 뭐 있어. 참! 잘 왔어. 너 대사 잘 읽잖아. 나 대본 맞추는 것 좀 도와줘."

팡란은 지금 나간다면 쑹이를 마주칠 가능성이 크다는 생각에 얼른 승낙했다. 쑹이와 특별한 사이인 건 결코 아니었지만, 스캔들이 터진 후로 그를 볼 때마다 웨이보에 올라왔던 '그렇고 그래 보이는 사진'이 떠올라 갑자기 귀밑이 확 달아올랐고 매우 불편했다. 아무래도 일찍 해명하는 게 좋을듯했다. 적어도 스태프들에게는 두 사람이 남녀 관계가 절대 아니라는 걸 보여 줘야 했다. 팡란이 멍하니 있는 동안, 페이웬이 화장을 마쳤다.

영화는 여인 청휘의 열다섯에서 마흔다섯까지의 인생을 묘사하고 있었다. 페이웬의 분장은 그야말로 가장 어여쁜 서른 살 여인 청휘의 아름다움 그 자체였다. 몸에 딱 붙는 어두운 자줏빛 무늬 치파오가 그녀의 우아한 자태를 완벽하게 그려내고, 둘둘 휘감아 틀어 올린 검은 머리카락에 봄날의 다홍빛이 입술에 감도니 매우 아름다웠다.

팡란은 눈앞에 있는 사람과 극 중의 청휘를 마음속으로 남몰래 비교해 보았다. 만약 자신이 계속해서 청휘를 연기했다면 아마도 우아한 자태가 페이웬보다 못했을 것이다. 리 감독의 사람 보는 눈은 정말 탁월했다.

페이웬이 방긋 웃으며 자리에서 일어나 메이크업 아티스트에게 구닝안의 화장을 부탁했다. 그러는 동안 페이웬은 구닝안을 관찰했다. 미모로 따지자면 구닝안도 예쁘긴 했지만 이목구비가 단아한 편으로 미녀들이 넘쳐나는 연예계에서 결코 한눈에 시선을 끌 만한 아름다움은 아니었다. 하지만 분위기 면에서는 구닝안에게 강점이 있었다. 호리호리하고 날씬하여 무얼 하든지 더할 나위 없이 품위 있는 모습으로, 옅은 구름이 바람을 타고 잔잔히 흘러가는 듯한 분위기가 느껴졌다. 정말이지 미워할 수 없는 사람이라고 페이웬은 마음속으로 생각했다.

"몸 쓰는 게 참 좋은 거 같은데, 혹시 무용 배웠어?"

페이웬이 물었다.

"발레를 배운 적이 있긴 한데, 안 한 지 오래예요."

팡란이 답했다.

"어쩐지. 춤추는 애들 분위기는 다르다니까. 나도 그 나이 땐 그랬는데."

페이웬이 이렇게 말한 건 겸손을 차린 것으로, 당연히 페이웬에게도 누구와 비교해도 절대 지지 않는 자신만의 오라가 있었다. 팡란은 속을 훤히 꿰고 있었지만 페이웬의 말을 어떻게 받아주면 좋을까 고민하다 대본을 들고서 물었다.

"페이 선배님, 대본 맞춰 달라 하셨죠?"

"응."

페이웬도 대본을 들고 말했다.

"우리 이렇게 남처럼 굴지 말자. 영화에서 네가 내 동생이잖아. 그냥 웬 언니라고 불러."

페이웬이 이렇게 말하는 김에 팡란이 말을 보탰다.

"웬 언니, 그럼 언니도 저를 닝닝이라고 부르면 좋을 것 같아요."

두 사람이 호칭을 정리한 후 페이웬이 오늘 촬영할 장면을 펼쳤고 팡란은 대사를 맞춰 주었다. 사실 페이웬은 대사 맞춰 달라는 구실로 구닝안을 붙잡아 두고 사람됨을 살펴보려 했는데, 정말로 대사 맞추는 것에 정신 팔릴 줄은 몰랐다. 두 사람 모두 연기에 대한 집착이 강해, 연기 이야기를 시작한 이래로 자신들도 모르게 한참을 쉴 새 없이 떠들었다.

시간이 꽤 흘러 페이웬은 갈증을 느꼈다. 페이웬은 구닝안이 화장만 마치고 의상을 갈아입지 않은 것을 떠올리고는 재빨리 일어나 메이크업 아티스트에게 말했다.

"의상 팀에 가서 구닝안 의상 받아 와."

말을 마친 페이웬은 팡란에게 말했다.

"대사 맞추느라 까먹었네. 너무 오래 붙잡아 뒀어. 얼른 의상 갈아입어."

그때, 촬영 보조가 문을 두드리며 감독님이 페이웬과 극에 대해 할 이야기가 있어 부른다는 소식을 전해 주었다. 페이웬이 일어나며 말했다.

"나 먼저 가 볼게. 대기실 네 방처럼 써도 돼. 사양 말고 써."

한나절 같이 있는 동안 팡란은 페이웬이 상냥하면서도 대범한 성격이라는 걸 파악했다. 톱스타의 거만한 태도 같은 건 조금도 없이 오히려 솔직하고 시원시원해, 친하게 지내고 싶은 사람이었다. 따라서 팡란도 사양하지 않고 스스럼없이 감사의 말을 했다.

페이웬이 떠나고 얼마 지나지 않아 메이크업 아티스트가 팡란의 의상을 가져왔다. 메이크업 아티스트도 여자이긴 했지만 아무래도 익숙하지 않아 팡란은 그녀 앞에서 옷을 갈아입기가 쑥스러웠다. 다행히 대기실에 피팅 커튼이 있어 안쪽으로 걸어 들어가 커튼을 쳤다. 메이크업 아티스트는 구녕안을 보고는 자신이 할 일이 없다는 생각에 인사하고 커피를 마시러 밖으로 나갔다. 팡란은 커튼 안에서 치파오를 갈아입었다.

〈휘녀〉의 배경은 민국 시기였다. 정시 집안은 명망 높은 부호 집안이니 의상에도 매우 신경을 써야 했다. 팡란이 입은 치파오의 무늬 역시 정교하여 절대 평범한 자수 공예사가 수놓은 것이 아니었다. 아마 리 감독이 또 어느 자수의 대가를 찾아 손수 준비한 것 같았다. 밖에서 누군가가 매우 흥미롭게 바라보는 줄은 꿈에도 모르고 팡란은 안에서 옷을 갈아입었다.

쑹이가 대본을 들고서 대기실 문가에 나른히 기대어 섰다. 얇은 피팅 커튼이 아름다운 경치를 가리고는 있었지만, 미인의 자태까지 숨길 순 없었다. 커튼 속 그림자가 손을 뻗는 것이 보였다. 커튼 위에 외투가 걸려 있었다. 그리고 스웨터와 바지까지……. 이를 바라보던 쑹이는 아름다운 풍경을 상상하니 갑자기 몸이 조금 뜨거워지는 것 같았다. 때마침 팡란이 손을 뻗어 커튼을 건고 나왔다.

"왜 여기 있어요?"

나오자마자 쑹이를 마주친 팡란이 깜짝 놀랐다.

"어……."

쑹이는 순간 안절부절못하며 되물었다.

"너는 왜 여기 있는데?"

"웬 언니가 대본 연습 도와 달라고 하셔서요. 대기실도 빌려주셨어요."

"아하."

쑹이는 구닝안을 바라보며 아무것도 보지 못한 척 계속해서 말했다.

"페이웬 찾으러 왔어. 대사 고쳐야 할 장면이 있어서. 없나 봐?"

"감독님이 찾으셔서 갔어요."

"아."

쑹이는 말을 다 하고서도 떠날 뜻이 없어 보였다. 구닝안 그 자체로도 우아한 오라가 있었는데, 지금 치파오를 갈아입은 모습을 보니 더욱 아름답고 매력적이었다. 담박하고 우아한 기품이 넘쳐나는 가운데 자신을 바라보는 두 눈망울마저 애정 어린 듯 반짝이니 가슴이 두근두근 뛰었다. 묘한 것은 이 두 눈망울이 어딘가 매우 익숙하게 느껴지는 것이었다.

팡란은 쑹이가 아직도 떠나지 않은 것을 보고 어색한 마음에 쑹이를 다그쳤다.

"웬 언니 나간 지 얼마 안 됐어요. 지금 감독님이랑 있을 테니 그쪽으로 가서 찾아보시면 될 것 같은데요?"

쑹이가 미소 지었다.

"급한 일 아니야. 여기서 기다리지 뭐."

쑹이는 대답을 하고는 자연스럽게 의자를 당겨 앉았다.

광란의 아리따운 미간이 순간 비뚤어졌다. 하지만 안타깝게도 여기는 광란의 대기실이 아니었다. 문도 열려 있는 데다가 쑹이도 거리낌없이 행동하고 있어, 만약 광란이 나가라고 한다면 마음속에 걸리는 게 있어 보일 테니 자신이 한발 물러서서 말할 수밖에 없었다.

"그러면 여기서 기다리세요. 저는 나가 보겠습니다."

쑹이는 순간 눈을 가늘게 떴다가 눈 밑에 드러난 언짢음을 감추고 웃으며 말했다.

"왜 나가? 세트장 아직 준비 중이야. 나가서 더 산만하게 만들 셈은 아니겠지. 이리 와서 앉아. 페이웬이 없으니 네가 대본 연습 좀 도와줘."

'다들 왜 이렇게 대본 연습을 좋아하는 거야?'

광란은 마음속으로 눈을 번득였다.

쑹이의 역할인 장챠오는 비록 악역 남자 조연이었지만 등장할 때마다 결정적인 역할을 했고 시선을 끌었으며 여주인공에게 사랑에서 비롯된 원한을 품고 있었다. 오늘 촬영할 장면은 장챠오가 총사령관 공관에서 열린 무도회를 통해 청휘를 만나는 장면이었다. 이때의 장챠오는 서른을 넘긴 나이로, 지위가 탄탄하고 총사령관에게 없어선 안 될 조력자가 된 후였다. 하지만 청휘는 그에게 원한을 품어 총사령관 저택에 잠입해 첩이 되었다. 난징으로 막 부임한 장챠오는 아리땁기 그지없는 청휘를 만나자 오랫동안 억눌러 온 욕정이 다시 끓어올랐다. 장챠오는 총사령관의 수하와 첩이라는 신분상 금기를 무시하고 회랑 뒤쪽에서 청휘를 가로막았다.

장챠오의 목소리가 들려왔다.

"헤어진 몇 년 동안 더욱 아름다워지셨군요."

청휘가 그를 힐끗 스쳐보더니 엷은 미소를 띠었다.

"과찬이십니다, 장 선생님. 선생님은 총사령관님 아래에서 안정적으로 관직을 하고 계시니, 틀림없이 재능과 지혜가 다른 자들보다 뛰어나겠지요."

"하하."

장챠오가 비웃으며 앞으로 걸어가 나지막이 말했다.

"아가씨께서 총사령관님과 한 이불 덮고 편히 자는 것과는 비교할 수 없겠지요……."

쑹이가 이 대사를 읽을 때 앞으로 나오더니 가볍게 구닝안의 허리를 끌어안았다. 구닝안을 응시하는 눈빛이 온통 꾀와 장난칠 생각으로 가득 차 있었다. 정말로 극 중의 거만하고 음험한 장챠오 같았다. 꽝란은 단번에 넋을 잃고 말았다.

그때, '똑똑' 하며 대기실 문을 두드리는 노크 소리가 들려왔다. 꽝란은 순간 쑹이를 밀어냈다. 방금 자신이 극에 너무 빠져들었던 것이 원망스러웠다. '쑹이가 자신을 놀리다니…….'

촬영 보조는 문을 두드린 후에야 난처함을 느꼈다. 쑹이가 얼음처럼 차가운 눈빛으로 자신을 뚫어져라 바라보자 한층 더 긴장해 더듬거리며 말했다.

"그게…… 쑹 형님, 촬영 시작이라……."

쑹이는 눈썹을 추켜세우며 대본을 들고 밖으로 나갔다. 떠나기 전 저를 향해 웃어 보인 쑹이 때문에 팡란의 얼굴이 붉게 달아올랐다.

촬영 보조는 쑹이가 멀리 사라지는 것을 보며 마음속으로 비명을 질렀다. 방금 전 일로 미움을 샀을까 걱정되었다. 쑹이는 평소 친절하긴 했으나 화를 낼 때에는 무시무시했다. 노크하기 전에 잘 살펴보고 두드릴걸……. 그나저나 그저게 스캔들이 정말인가? 쑹이랑 구닝안 정말로 연애 중인 건가?

두 사람이 멀어지는 것을 보던 팡란은 재빨리 문을 닫고 거울을 바라보며 뜨겁게 달아오른 자신의 볼을 어루만졌다. 비록 자신이 생전에 은막의 여왕이긴 했으나 연애는 뤄위안 한 명뿐이었다. 게다가 뤄위안은 팡란을 매우 극진히 보살펴서 절대로 장난치는 일이 없었다. 팡란은 한참을 멍하니 있었다. 때마침 입구에서 스태프가 테스트 촬영을 해야 한다며 부르는 소리가 들려왔다. 팡란은 스태프를 따라 촬영장으로 갔다. 주연급 배우들의 테스트 샷은 홍보용으로 쓰여 유명한 사진작가들이 촬영했지만, 조연 배우들은 보통 영화 촬영장에서 마련한 스튜디오에서 일정이 되는대로 찍어 보관해 두었다.

팡란이 스튜디오에 도착했을 때 마침 뤄위안이 사진을 찍고 있었다. 뤄위안은 〈휘녀〉에서 쑹이 휘하의 부관(副官) 역할이었다. 등장하는 신이 많긴 했지만 모두 보조 역할이었고 대사도 몇 마디뿐이었다. 뤄위안은 장교 제복을 입은 차림이었는데, 몸을 곧게 펴고 매우 익숙한 듯 촬영에 임하고 있었다. 뤄위안도 잘생겼지만, 전신에서 풍기는 기품은 같은 제복을 입은 쑹이와 비교도 되지 않았다.

팡란은 흘긋 흘겨보고 시선을 돌렸다. 뤄위안을 평온한 마음으로 대할 자신이 없었다.

잠시 후 뤄위안이 촬영을 마치고 사진작가가 팡란에게 안으로 들어오라고 눈짓했다. 팡란은 입꼬리를 비틀어 올리고서 뤄위안의 어깨를 지나갈 때 실수인 척 아무도 눈치채지 못하게 뤄위안의 발등을 밟았다.

"쓰읍."

뤄위안이 순간 아픔에 팔짝 뛰며 눈을 부릅뜨고 팡란을 노려보았다. 팡란은 속이 뻥 뚫리는 것 같았다. 그러나 겉으로는 미안한 표정을 지으며 말했다.

"정말 죄송해요. 괜찮으세요?"

팡란은 하이힐을 신고 있었는데, 가느다란 힐로 뤄위안의 발등을 힘껏 밟았다. 아마도 뤄위안은 절름발이 고양이가 되었겠지. 하지만 팡란은 뤄위안이라는 가짜 신사의 성격을 아주 잘 알고 있었다. 이렇게나 많은 스태프가 보는 가운데 그녀를 난처하게 만들 리 없었다. 아니나 다를까 뤄위안은 고통에 온 얼굴을 일그러뜨리면서도 한껏 밝게 말했다.

"괜찮습니다. 얼른 촬영하러 가 보세요. 저는 대기실에 좀 갔다 올게요."

"정말 죄송해요. 그럼 먼저 가 보겠습니다."

팡란이 사과를 하긴 했지만, 눈빛에 전혀 진심이 담겨 있지 않았다. 뤄위안은 이를 보고 있자니 울화가 치밀었지만 성질부려서 좋을 건 없었다. 자신이 언제 구닝안 기분을 상하게라도 했나 생각하다가 너무 생각이 많은가 싶어 발을 절룩거리며 떠날 수밖에 없었다.

🐭

테스트 샷을 찍은 후 팡란은 대기실로 돌아가 자신의 차례를 기다렸다. 하지만 제작진이 첫 번째 촬영을 마치기를 기다리고 꼬박 하루가 거의 다 지나가도록 그녀를 부르러 오는 사람은 없었다. 답답한 나머지 결국 일어나 촬영장으로 갔는데, 하마터면 좋은 구경거리를 놓칠 뻔했다.

리치앤샨 감독이 딱딱하게 굳은 표정으로 뤄위안에게 큰 소리로 호통치는 모습이 보였다.

"동선도 몰라? 너는 부관이야. 군인이면 군인답게 단정하고 힘차게 걸어와서 장챠오 뒤에 소나무처럼 늠름하게 서 있어야지! 소나무 몰라?"

"픕."

팡란이 입을 가리고 살짝 웃었다. 하지만 쑹이에게 딱 걸릴 줄 누가 알았을까.

'이 여자애, 뭐가 그렇게 웃긴 거지?'

리치앤샨이 한동안 성질을 부리더니 안색을 펴고서 무전기를 켜고 말했다.

"각 팀 스탠바이, 다시 한번 찍는다."

스크립터가 허둥지둥 슬레이트를 치러 갔다. 쑹이와 페이엔은 이미 준비를 마친 상태였다. 이번 신은 장챠오가 난징에 돌아와 부임하는 것으로, 총사령관 공관에서 열린 술자리에 등장하는 장면이었다.

장챠오가 공관 입구에서 발걸음을 내디디고 들어오는 것을 보기만 해도 그 강렬한 오라는 말 할 것도 없었다. 오라에 인파가 저절로 갈라졌다. 장챠오가 너무 서두르지도, 너무 여유롭지도 않은 발걸음으로 총사령관 앞으로 걸어가 군대식 경례를 했다. 매우 단순한 장면인데도 장챠오 뒤에 있는 부관인 뤄이안이 기어코 실수를 저질렀다. 뤄이안은 꼿꼿이 서서 쑹이를 따라 앞으로 걸었다. 아마도 발등이 너무 아픈 탓인지 뤄이안의 얼굴은 안면 신경 마비라도 온 듯 바짝 굳어 있었다. '쌤통이네!' 광란은 마음속으로 슬쩍 웃었다.

광란은 뤄이안이 발을 다쳐서 연기를 못 하겠다고 말할 용기가 없다는 것을 잘 알고 있었다. 하지만 리치앤샨 감독은 원래부터 가차 없는 사람으로 유명했다. 게다가 연예계의 유명 배우 중에 거센 풍파를 거치지 않은 사람이 어디 있을까. 사소한 상처 따위에 우는소리를 할 수도 없었다. 뤄이안 앞에 있는 페이웬과 쑹이야말로 더없이 좋은 예였다.

팡란이 전생에 페이웬, 쑹이와 함께 일했던 적은 없었지만, 연예계에 알려진 두 사람의 직업의식에 대한 평가는 거짓이 아니었다. 들리는 말로는 페이웬이 한겨울에 물에 빠지는 장면을 열번 넘게 촬영했는데도 앓는 소리를 전혀 내지 않았다고 한다. 쑹이는 말할 것도 없었는데, 전에 낙마하여 갈비뼈가 부러졌지만 그대로 버티며 촬영을 했다고 한다. 정말이지 자기 자신에게 매우 지독한 사람이었다.

과거 기억들을 회상하느라 한창 정신 팔려 있을 때 리치앤샨의 고함이 들려왔다.

"컷! 여기까지. 다음 장면은 내일 계속 찍지."

모두 안도의 숨을 내쉬었다.

다들 물건들을 정리하고 각자 집으로 돌아갈 준비를 했다. 팡란은 꼬박 하루를 기다렸는데도 차례가 오지 않았다. 하지만 이런 일은 배우에게 늘 있는 일이었기에 마음에 두지 않았다.

"닝닝. 우리 대기실 가서 화장 지우자."

페이웬이 먼저 팡란을 불렀다.

"네, 웬 언니. 고마워요."

팡란도 사양하지 않았다. 쑹이가 두 사람 뒤를 따라오면서 놀려 댔다.

"둘이 언제 그렇게 친해진 거야?"

페이웬이 웃었다.

"두 사람만큼은 아닌걸. 만나고 첫날부터 바로 스캔들 났잖아."

팡란은 갑자기 얼굴이 붉게 달아올랐다. 겨우 잊고 있었는데 페이웬이 다시 꺼내다니!

쑹이는 오히려 뻔뻔하게 말했다.

"내가 너무 유명한 탓이지. 휴, 스크린 황제 노릇 하기도 너무 피곤하다니까."

페이웬이 이 말을 꺼낸 건 쑹이의 태도를 살펴보려는 것이었다. 하지만 쑹이가 적당히 둘러대고 넘어갈 줄은 생각도 하지 못했다. 세 사람은 이렇게 수습한 뒤, 더는 말을 꺼내지 않았다.

촬영장을 나설 때가 돼서야 팡란은 비가 내리고 있는 것을 알았다. 어쩐지 리 감독이 오늘 촬영을 일찍 마치더라니, 날씨가 좋지 않아서 그랬구나. 남은 장면은 야외 촬영이 필요해서 찍을 수 없었다.

입구에 서니 팡란의 눈앞에 난데없이 차 두 대가 멈추어 섰다. 그리고 창문이 쓱 하고 흔들리며 내려왔다. 앞의 차에는 페이웬이 타고 있었고, 뒤쪽 차에는 쑹이가 타고 있었다. 두 사람은 차를 사이에 두고서 머리를 내밀어 팡란을 불렀다.

"닝닝. 바래다줄게."

"닝닝아, 내가 데려다줄게."

두 사람은 차창을 사이에 두고서 서로를 마주 보더니 깜짝 놀라서 고개를 돌려 팡란을 바라보았다. 팡란은 머리가 어지러웠다. 하나는 스크린 황제였고, 하나는 스크린 여제였다. 누구 차에 타야 기분을 상하지 않게 할 수 없을까……

"뭐가 이리 시끄러워?"

리치앤샨이 안에서 나오자마자 이 장면을 보고 말았다.

"리 감독님."

세 명이 각자 인사했다. 리치앤샨이 페이웬에게 말했다.

"요 녀석, 너 뭐 하는 거야?"

리치앤샨은 페이웬보다 나이가 훨씬 많았고 거의 은사나 다름 없었기 때문에 페이웬을 '요 녀석'이라고 불렀다. 두 사람의 사이 는 꽤 친한 듯했다.

페이웬이 웃으며 대답했다.

"비가 오길래 닝닝이를 데려다주려고요."

리치앤샨은 쑹이에게로 눈길을 옮겼다.

"너 이 녀석, 너도 미인을 데려다주게?"

쑹이는 눈썹을 치켜떴다. 리치앤샨은 쑹이가 말을 하기도 전에 핀잔을 주었다.

"마침 잘됐다. 내 차가 고장 났으니까 닝닝이는 웬이 녀석 차 타고 가고, 너는 나랑 가자."

리치앤샨은 말을 끝내기가 무섭게 쑹이가 눈을 부라리는 것을 전혀 아랑곳하지 않고 문을 열고 차에 올랐다.

팡란은 한숨 돌리며 페이웬의 차에 올라탔다. 차가 없으니 정 말 불편하다는 생각이 절로 떠올랐다. 다음엔 구루이안에게 부탁 해 차를 한 대 구해야 할 것 같았다.

기숙사에 돌아온 팡란은 씻은 후 침대에 누워 웨이보를 뒤적거렸다. 쑹이가 새 게시물을 올린 것이 눈에 들어왔다.

[영감탱 –_– 여동생 집에 바래다주지도 못하게 하고]

아래에 쑹이와 리치앤샨의 셀카가 함께 올라와 있었다. 팡란은 오한이 들었다. 사진을 올리면 올리는 거지, 웬 '여동생'? 쑹이가 말하는 사람이 그녀인 걸까? 팡란은 고개를 절레절레 흔들었다. '생각이 너무 많은 거야……'

그녀와 쑹이는 겨우 두 번 만났을 뿐이었다. 쑹이 같은 영화 황제가 자신에게 반하다니. 믿을 수 없었다. 아마도 나쁜 마음을 숨기고 있는 것 같았다. 손이 가는 대로 댓글 창을 뒤적였다. 쑹이와 리치앤샨의 새 작품을 이야기하는 사람도 있었고, 여동생이 누구인지 추측하며 커플을 논하는 사람도 있었다.

ㄴ 쑹이가 말하는 여동생 페이웬 아닐까 싶은데 ^_ㅠ

ㄴ 쑹이랑 웬 언니가 드디어 다시 같은 작품 찍는구나. 페이웬, 좋은 소식 기대할게. 짝짝

ㄴ 쑹이랑 페이웬 일 년 이내 결혼 안 하면 청양고추 한 포대 먹겠음

팡란은 그제야 이해가 되었다. 쑹이와 페이웬은 항상 커플로 엮이곤 했다. 그럼 페이웬은 쑹이에게 마음이 있는 걸까? 그래서 오늘 페이웬이 팡란에게 호기심을 느끼고 자신의 대기실에 남겨 둔 걸지도 몰랐다. 다행히도 쑹이와 자신은 정말로 전혀 아무 사이도 아니었기 때문에 페이웬에게 미움을 사지 않았다. 솔직히 말하자면, 팡란은 정말로 페이웬이 마음에 들었기 때문에, 좋은 동료를 잃고 싶지 않았다.

웨이보 댓글 창에 페이웬의 웨이보 계정이 눈에 들어왔다. 뜻밖에 페이웬도 새 게시물을 올렸다.

"우리 여동생 예쁘지?"라는 글 아래에 치파오를 입은 팡란의 뒷모습 사진이 올라와 있었다. 팡란은 조금 의아했다. 언제 찍혔는지 알 수 없는 사진이었다. 하지만 이건 중요한 것이 아니다. 중요한 건 스크린의 여왕이 자발적으로 신인 배우를 포스팅하여 시선을 끌어 주었다는 점이었다. 신인인 구닝안의 입장에서 정말 큰 선물이었다. 두 사람이 이야기하는데, 동시에 같은 사람을 가리킨다니?

웨이보가 올라온 지 한 시간 만에 만 번이나 '좋아요'를 기록했고, 아래에 달린 댓글은 온통 '여동생'의 정체에 대한 궁금증으로 가득했다.

> ㄴ 와! 뒷모습 너무 예뻐요! 웬 언니, 여동생 웨이보 알려 주세요! 페이웬······.
> ㄴ 웨이보 올린 거 염장질인가. 쑹이랑 여동생 공개하기로 짠 거

임? 빠직!

ㄴ 부계 닉네임 '여동생'으로 바꾸러 감…….

보기만 해도 현기증이 나서 두 사람의 장단에 어찌 맞추어야
할지 알 수 없었다.

사실 팡란은 알지 못했다. 쑹이가 팡란을 언급했을 때 페이웬
이 이를 보고는 친근함을 보이기 위해 자신도 웨이보를 올린 것
이라는 것을.

제4장
여동생의 정체

두 사람이 이렇게 말을 꺼낸 덕분에 오히려 '여동생'의 정체는 다음 날 인기 검색어에 올랐고, 동시에 영화 〈휘녀〉의 사전 홍보도 순조롭게 진행되었다. 이 일들은 팡란도 예상하지 못했던 것이었다.

다음 날, 팡란은 촬영장에 도착하자마자 리치앤산에게 불려 갔고 홍보 팀과의 회의가 시작되었다. 리치앤산이 단도직입적으로 물었다.

"어제 웨이보 다들 봤겠지."

다들 고개를 끄덕였다. 리치앤산이 다시 말했다.

"좋은 홍보 계기가 된 것 같은데, 다들 어떻게 생각해?"

리감독이 말을 꺼내자 홍보 팀의 머리가 굴러가기 시작했다. 팀장이 구닝안을 뚫어지게 바라본 끝에 고개를 끄덕이며 말했다.

"좋아, 구닝안 운이 좋네. 이렇게 하죠. 구닝안의 정체와 배역은 비밀로 합시다. '여동생'으로 노이즈 마케팅을 하다가 결정적일 때 공개하는 거예요. 영화 시사회 때 공개하도록 하죠."

리치앤산이 고개를 끄덕였다.

"같은 생각이야. 앞으로 구닝안 신은 철저히 비공개로 찍어. 너희들은 외부인이랑 비밀 유지 계약서 쓰고. 구닝안 스틸컷 유출되지 않도록 특별히 신경 쓰고……."

사실 팡란은 영화의 노이즈 마케팅 수법에 익숙했다. 스캔들을 이용한 노이즈 마케팅이 아닌 이상 모두 맞춰 줄 수 있어서 리치앤산과 홍보팀이 기획한 일들을 반대하지 않았다. 사람들이 한참을 열 올리며 토론하는 걸 듣고 있으니 팡란은 매우 홀가분했다. 이 홍보 계획에서 팡란은 아무것도 할 필요가 없었다. 그저 얼굴을 감추고 신비로운 척만 하면 그만이었다.

며칠 후, 순조롭게 촬영을 마친 팡란은 홍보팀 일에 협조하여 얼굴이 드러나지 않는 사진 몇 장을 주었다. 동시에 쑹이와 페이웬도 웨이보에서 '여동생' 이야기를 여러 번 주고받으며 그 정체를 궁금해하도록 만들었다.

정신없이 바쁜 날들이 흘러가는 중에 주말이 다가왔다. 구닝안 아버지의 생일이었다. 팡란은 일찌감치 선물을 준비해 놓았다. 팡란의 촬영은 끝났기 때문에 제작진에게 따로 휴가 신청을 할 필요가 없었다. 구루이안이 오후에 구닝안을 데리러 왔고, 두 사람은 차를 타고 집으로 향했다.

"그런데 리 감독이 왜 갑자기 널 가지고 노이즈 마케팅할 생각을 했지?"

차에서 구루이안이 불쑥 물었다. 팡란은 구루이안이 '여동생' 이야기를 한다는 걸 알아채고 이유를 말해 주었다. 구루이안이 미소 지었다.

"리 감독 수완이 보통이 아니야. 영화에도, 배우들한테도 좋은 방법이야. 특히 너한테."

팡란이 머뭇거리며 말했다.

"사실…… 난 좀 걱정돼. 지금 네티즌들이 엄청나게 기대하고 있는데, 내가 누군지 알고 실망하면 어떡해."

팡란의 말을 들은 구루이안이 하하 폭소를 터뜨렸다.

"갑자기 웬 자격지심이야? 너 어렸을 때부터 한거만했잖아. 소꿉놀이할 때도 다른 애들이 칠선녀 하려고 하면 너는 서왕모 한다고 했잖아. 네가 가장 예쁘니 우두머리를 해야 한다면서. 하하하!"

팡란은 이 말을 듣고 얼굴이 화끈 달아올랐다. 팡란은 안절부절못하는 마음을 숨기고 말했다.

"또 그 얘기야? 오래전 일이잖아."

"아, 나이 드니까 옛날 일이 생각나네. 근데 넌 어릴 때랑 정말 다른 것 같아. 뭔가……."

구루이안은 눈썹을 비틀어 올리며 무슨 말을 할까 생각했다.

"많이 겸손해졌어."

"그래?"

팡란의 마음속에 비상벨이 울려 퍼졌다. 빈틈을 보일까 걱정된 팡란은 핑계를 대며 말했다.

"아마 연극부 들어간 후로 대단한 사람들을 많이 만나서 좀 변했나 봐."

구루이안이 고개를 끄덕였다.

"좋은 변화야. 집에 가면 연극부 이야기는 꺼내지도 마. 부모님 아직도 화가 많이 나셨으니까."

팡란은 재빨리 알겠다고 답했다.

구닝안 아버지의 생일 소식에 많은 사람이 앞다투어 선물을 보냈지만 구씨 집안은 모두 거절했다. 하지만 어쨌거나 사업가 집안이었기 때문에 손님 대접은 했다. 따라서 저녁에 작게 파티를 열어 손님을 초대했다. 작은 파티였지만 적잖은 사람들이 방문하여 저택 앞에 차량 행렬이 이어졌다. 구루이안이 출입 카드를 긁어 차고로 바로 들어가지 않았더라면, 이렇게 빨리 들어올 수 없을 것이었다.

사람들을 한바탕 맞이했던 구닝안의 아버지는 방에서 가족들과 이야기를 나누고 있었다. 구루이안 남매가 도착하자 가족들이 두 사람을 자리에 앉혔다. 가사 도우미들이 분주하게 옷을 가지고 오고, 차를 내왔다. 다행히 팡란은 전생에 높은 신분을 겪어 보았기 때문에 주눅들지는 않았다.

"너 정말로 집에 돌아오지 않을 셈이냐?"

구닝안의 아버지는 겉으로는 화를 냈지만, 딸을 만나니 매우 반가웠다. 팡란은 당연히 아버지의 표정을 읽을 수 있었기 때문에 웃는 얼굴로 말했다.

"아빠가 있는데 당연히 돌아와야죠."

"쳇! 네 마음속에 아빠 자리가 없는 것 같은데."

마치 아이처럼 질투하는 모양이었다.

팡란은 원래 구닝안의 아버지를 만나면 긴장할까 걱정했다. 하지만 지금 구 씨 아저씨가 딸 앞에서 그저 평범한 아버지에 지나지 않는 것을 보니 마음이 놓였다.

"그럴 리가요. 아빠는 내 마음속 가장 중요한 사람이에요."

그래서 재빨리 듣기 좋은 말들을 아낌없이 쏟아 냈다.

"꿀이라도 먹고 들어왔니? 입이 어쩜 이리 달콤해? 설마 너희 아빠한테 줄 선물 준비 안 해서 그런 건 아니지?"

구닝안의 어머니가 농담을 꺼냈다. 팡란은 서둘러서 선물을 꺼내 빙그레 웃었다.

"여기요, 어르신. 효도 선물이에요."

구닝안의 아버지가 한바탕 즐겁게 웃고는 선물 상자를 들고 뜯기 시작했다. 안에는 털양말이 한 켤레 있었는데, 색이 매우 아름다웠다. 바늘땀이 삐뚤빼뚤한 모양이, 어린아이가 직접 손으로 뜬 것 같았다.

팡란은 부끄러운 듯 머리를 긁적였다.

"뜨개질은 처음이라서요. 뜨개질 강의 볼 땐 쉬워 보였는데, 제대로 배우질 못했어요."

구닝안의 어머니는 오히려 웃으며 말했다.

"내 딸이 직접 짠 양말을 줄 줄이야!"

구닝안의 아버지는 바로 양말을 신었는데 양말이 발에 꽉 끼었다.

"네가 아빠를 아끼는 마음은 알겠다만 너무 인색했어. 털실 한 뭉치라 봐야 몇 푼 안 하잖니. 그래도 절약할 줄은 아는구나."

모두 웃음을 터뜨렸다. 팡란은 갑자기 눈시울이 뜨거워졌다. 이런 행복은 감히 바라지 못한 것이었는데, 지금 그 행복 가운데 있었다. 꿈이라면 영영 깨지 않기를 바랐다.

즐겁게 이야기를 나누던 중, 밖에서 파티가 시작될 참이었다. 아버지가 나가서 사회를 봐야 했기 때문에 다들 따라나섰다. 팡란은 방에 들어가 걸맞은 옷으로 갈아입었다. 어쨌든 자신은 지금, 구씨 집안의 외동딸이었다. 이런 자리에서 체면을 잃어선 안 됐다. 파티는 저택 1층 로비에서 열렸다. 계단을 내려가던 구닝안은 뜻밖에 한 사람을 마주쳤다.

"······쑹 선배님? 어쩐 일이세요?"

쑹이는 눈앞에 있는 사람을 바라보았다. 옅은 노란빛 원피스를 입은 구닝안이 보였다. 무릎 아래쪽으로 우아하게 떨어진 치맛자락 아래 아름다운 다리가 보였다. 이 녀석, 볼 때마다 정말 놀란단 말이지. 구루이안과 여러 해 동안 친분이 있었는데도 어쩜 이렇게 아름다운 여동생을 감춘 건지, 정말 모를 일이었다.

쑹이는 오늘 예복 형식의 양복을 입고 왔는데, 매우 활기찬 모습이었다. 자신을 정면으로 향하고 있는 눈빛에 난처해진 팡란이 말했다.

"내려가야 해요. 길을 막고 계시네요."

"가자. 나도 막 내려가려던 참이야."

새빨간 거짓말이었다. 따분해서 위층에 올라가 잠시 쉬려던 게 분명했다. 팡란은 신경 쓰지 않고 계단을 내려갔다. 멀지 않은 곳에 있는 구루이안을 불러서 기회를 틈타 쑹이를 떨어 낼 생각이었다.

"오빠."

팡란이 구루이안을 불렀다. 고개를 돌린 구루이안이 뭔가 말을 하려던 참에, 구닝안 뒤를 따라오는 쑹이를 보고 짜증 가득한 눈으로 말했다.

"뭐 하러 온 거야?"

쑹이가 생글생글 웃으며 말했다.

"구웨이 선생님 생신을 축하드리러 왔지."

구루이안은 믿지 않았다. 쑹이의 성격에 어찌 그런 일이 있겠는가? 구루이안은 코웃음 쳤다.

"보아하니 영화 황제 요즘 스케줄이 루이황 엔터에 있을 때만 못한가 본데?"

쑹이가 데뷔하고 처음 계약했던 회사는 바로 구루이안의 루이황 엔터였다. 따지고 보면 쑹이와 구루이안은 동고동락한 형제라고 할 수 있었다. 구루이안이 받쳐 주고, 쑹이 역시 스스로 노력하여 두 사람이 손을 맞잡은 지 불과 몇 년 만에 루이황 엔터는 명성을 떨쳤다. 구루이안은 쑹이가 원하는 지원이 있으면 무엇이든

해주었고, 계약 조항에서도 전례 없이 우대해 주었다. 심지어 연말 상여금은 스톡옵션 형태로 쏭이에게 주어졌다. 루이황 엔터가 파산하지 않는 한 쏭이는 적지 않은 배당 이익을 얻을 수 있었다. 하지만 쏭이는 계약이 만료되었을 때 루이황을 떠나 스스로 기획사를 차렸다. 구루이안 역시 거침없이 쏭이를 놓아주며 해약할 때에도 쏭이를 난처하게 하지 않았다. 하지만 아무래도 속으로는 언짢은 구석이 있어 쏭이를 볼수록 눈에 거슬렸다. 이런 일들을 분명하게 알지는 못했지만, 오빠와 쏭이가 서로를 못마땅해하면 가장 좋을 사람은 팡란이었다. 어차피 자신도 쏭이가 마음에 들지 않았기 때문이다.

쏭이가 가식 가득한 미소로 구루이안에게 답했다.

"구 대표님, 별말씀을 다 하시네요. 작은 기획사 차리니 참 편하더군요. 매년 루이황 엔터 배당금도 들어오고요."

구루이안의 얼굴이 굳어졌다. 이 말은 어떻게 보면 자신이 쏭이를 위해 일을 하는 것처럼 들릴 수도 있었다. 팡란이 상황을 원만하게 수습하려 할 때 옆에서 어떤 사람이 끼어들었다.

"두 사람, 좋은 술을 눈앞에 두고 마시기는커녕 서로 눈 부라리면서 뭐 하는 게야?"

말하는 사람은 인자하고 선한 인상의 중년 남자였다. 눈빛이 반짝이며 생기가 넘치니 젊을 적 굳세고 결단력 있는 사람이었을 것이 분명했다.

쏭이와 구루이안이 동시에 외쳤다.

"페이 숙부!"

페이홍지가 두 사람의 손에 샴페인을 한 잔씩 건네며 말했다.

"자 받거라. 여기서 싸우지 마. 시간이 있거든 여기 계신 아름다운 여성분들이나 살펴봐. 너희 둘 다 나이가 적지 않잖니. 내가 너희 나이였을 때 다 큰 아들이 있었어."

말을 마친 페이홍지는 두 사람이 답을 하기도 전에 구닝안을 보며 계속해서 이야기했다.

"가자, 닝닝아. 만난 김에 우리 아들 소개해 줄게. 너희 둘이 한자리에 모이는 게 왜 이리 어려운지. 진작 그랬어야 했어. 다른 집에서 채 가기 전에……."

팡란은 페이홍지의 뜻을 알아챘다. 페이 숙부는 아마도 구씨 집안과 친밀한 사이로 구닝안을 아들과 맺어 주려는 생각이었다. 내키지 않았지만, 팡란은 웃어른의 체면을 생각해서 따라갈 수밖에 없었다. 급히 떠나느라 쑹이의 감추어 둔 깊은 눈빛이 자신의 뒤를 쫓는 것을 보지 못했다. 그녀 대신 예리하게 알아차린 구루이안이 한 걸음 앞으로 나아가 멀어지는 구닝안의 뒷모습을 막아서며 말했다.

"여자들이 너랑 결혼하고 싶어서 줄을 섰을지 몰라도 내 동생한테는 관심 두지 마."

쑹이는 웃기 시작했다. 의미심장한 눈빛이 번뜩였다.

"원래는 별생각 없었는데, 네가 막으니까 더 해 보고 싶네."

쑹이가 멋스럽게 뒤돌아서 떠났다. 남겨진 구루이안은 그 자리에 서서 눈을 부라리며 화를 냈다.

페이 숙부를 따라 작은 홀에 다다른 팡란은 금테 안경을 쓴 남자가 소파에 앉아 있는 것을 보았다. 이 어수선한 파티 속 점잖은 모습은 곁에 있는 많은 여인의 눈길을 끌었다. '치 선생님?' 팡란의 마음에 의혹이 일었다. 지금까지 치스양이 구씨 집안의 개인 의사인 줄 알았기 때문이었다. 뜻밖에 치스양도 평범한 사람이 아니었다.

페이훙지가 앞으로 걸어갔다. 치스양은 이미 두 사람이 온 것을 알아채고 일어나 말했다.

"아버지."

벙글벙글 웃는 낯으로 페이훙지가 두 사람을 앉혀 놓고 소개해 주었다.

"얘가 구닝안이야. 어릴 적 너희들 항상 같이 놀았잖니. 닝닝이가 신부 연기를 하면 네가 신랑 역할을 하려고 다투곤 했는데……. 너희들 어느새 이렇게나 컸구나. 방금 귀국해서 닝닝이 보는 건 오늘이 처음이겠구나."

팡란이 웃었다.

"저희 이미 만났었어요. 얼마 전에 제가 열이 났을 때 저희 오빠가 선생님을 모셔 와서 진찰받았어요."

팡란은 이렇게 말하면서 한편으로는 궁금해졌다. 치스양이 페이 숙부의 아들이라면, 어째서 '페이' 성이 아닌 거지?

"어? 왜 그렇게 거리를 두니? 선생님이라니. 이름으로 부르면 된다. 나이 차이도 얼마 안 나고."

페이훙지의 뜻은 두 사람을 엮어 주려는 게 분명했다. 치스양도 미소를 지었다. 그러나 말투만 상냥했을 뿐, 눈가에 싸늘한 웃음기를 머금고 있었다.

"여러 해 동안 만나지 못했잖아요. 좀 어색하겠죠. 구닝안 씨, 안녕하세요."

치스양 역시 '구닝안 씨'라고 말하는 것으로 보아 확실히 알 수 있었다. 치스양 역시 결코 구닝안과 만날 뜻이 없었다.

한숨 돌린 팡란은 일부러 이렇게 말했다.

"오랜만이네. 마침 물어보고 싶은 게 있어."

페이훙지도 겸사겸사 자리를 피해 주었다.

"그럼 젊은이들끼리 이야기 나누거라. 늙은이가 방해해서 되겠니. 간다, 가."

페이훙지가 멀어지는 것을 보고 한시름 놓은 두 사람은 마주 보며 웃었다. 치스양이 갑자기 물었다.

"영화 찍으러 갔다며?"

"어떻게 알았어요? 우리 오빠가 말해 준 거예요?"

팡란이 물었다.

"그럼."

"아⋯⋯."

구루이안이 이야기한 것을 보면, 치스양이 영화 홍보에 문제를 일으키지 않을 믿을 만한 사람인 게 분명하다고 생각한 듯하여 계속해서 말했다.

"리치앤샨 감독님과 〈휘녀〉라는 영화를 찍었어요."

치스양은 아무렇지 않다는 듯 물었다.

"페이웬이랑 같이 찍는 거지?"

"맞아요. 페이 언니 연기를 정말 잘하세요. 사람도 너무 좋고요."

치스양은 어두워진 눈빛으로 말했다.

"귀국하자마자 페이웬에게 만나자고 연락했지만, 답이 없었어."

웬 언니한테 연락했다고? 팡란은 '치스양이 페이웬이랑 아는 사이인가?' 같은 의구심이 들었지만, 감히 함부로 물어볼 순 없었다. 웬 언니의 성은 '페이'였다. 설마 페이 숙부랑 무슨 관계라도 있는 걸까? 두 사람이 혹시 부녀지간? 페이 집안과 구씨 집안의 관계를 생각하면 페이웬이 구닝안을 몰랐을 리가 없었다. 정말 이상한 일이었다.

&

생일 파티는 너무 늦기 전에 끝났다. 하객들이 돌아간 후, 다들 각자의 방으로 들어가서 휴식을 취했다. 팡란은 당연히 구닝안의 방으로 향했다. 구씨 부부는 어린 딸을 매우 아끼는 게 분명했다. 구닝안의 방에는 명품 가구들이 빠짐없이 갖추어져 있었다. 방은 매우 넓었는데, 벽 한쪽이 CD와 영화 필름으로 가득 메워져 있었다. 한눈에 봐도 영화광인 걸 알 수 있었다.

침대 위쪽에는 가족사진이 한 장 놓인 채였다. 팡란은 사진을 들고서 아무 말 없이 한참 동안 바라보다가 문득 한숨을 내쉬었다. 다시 태어난 지 이주일. 팡란은 그동안 한 가지 문제를 피하고 있었다. 진짜 구닝안은 어디로 간 거지?

솔직히 말하자면, 팡란이 구닝안의 몸에서 다시 태어났을 때 처음 느낀 감정은 안도감이었다. 그 점을 제외하면 매번 거울 속 구닝안의 얼굴을 볼 때마다 안타깝게도 항상 깊은 의혹과 불안함이 들었다. 구닝안은 어디로 간 거지? 이렇게 구씨 가족을 속여도 되는 걸까? 이렇게 생각하고 있을 때 노크 소리가 들려왔다.

"닝닝아, 엄마가 밑으로 내려와서 제비집 먹으래."

구루이안의 목소리였다.

"알겠어."

팡란은 얼른 아래층으로 내려갔다. 구닝안의 어머니가 제비집 탕을 끓여 그녀에게도 억지로 한 잔을 마시게 했다.

"저녁 파티에서 제대로 먹을 수나 있었겠니. 분명 술을 마셨을 텐데. 자기 전에 뭐라도 조금 먹지 않으면 잘 때 속이 쓰릴 거야……."

구루이안이 찡그린 얼굴로 제비집을 마시는 것을 보고 팡란은 웃음이 나왔다.

거실에 있는 TV에서 광고가 끝나자 갑자기 연예 뉴스가 흘러나오기 시작했다. 팡란에 대한 보도가 나오기 전까지는 아무도 신경 쓰지 않았다. 팡란이 고개를 들었다. 그 뉴스에는 진실과 거짓이 섞여 있었고 대부분 추측성 보도였다. 몇 분이 지나자 뉴스에서 뤄위안의 단독 인터뷰를 내보냈다.

"팡란이 사망 전 병원에 입원했다고 하던데요. 뤄위안 씨께서 데려가신 겁니까?"

기자가 물었다.

"그렇습니다. 이 일에 대해서는 이미 공식 웨이보를 통해 설명 했습니다. 더는 묻지 말아 주시죠. 팡란 아이의 아버지가 누구냐 고요? 저도 모릅니다. 팡란은 이성 친구가 많은 편이었습니다. 다들 저를 붙잡고 늘어져도 소용없습니다. 어쨌든 한마디 하자면 팡란이 세상을 떠나 매우 슬픕니다. 하지만 저와 팡란은 여러분이 생각하시는 그런 사이는 아니었습니다……."

팡란은 볼수록 화가 났다. 뤄위안이 하는 말들은 온통 헛소리 뿐이었다. 그녀와의 관계를 부정할 뿐만 아니라, 자신의 혐의를 피하려고 구구절절 팡란의 사생활이 문란했다고 거짓말을 하고 있다니……. 인터뷰를 듣고 증오가 부글부글 끓어오른 팡란은 두 손으로 소파 가장자리를 꽉 붙잡았다. 하마터면 감정을 억누르지 못할뻔했다.

"닝닝아, 왜 그러니?"

구씨 아주머니가 팡란의 표정이 이상한 것을 보고 물었다.

"아무것도 아니에요."

팡란은 황급히 감정을 감추었다. 고개를 푹 숙인 팡란의 눈빛에 온갖 감정이 넘실거렸다. 복수하기 위해서는 반드시 구씨 집안의 힘을 빌어야 했다.

팡란은 복수가 끝나면 꼭 구씨 집안에 진실을 고백하고, 이들이 자신을 어떻게 처분하든 상관없이 모두 받아들이리라 다짐했다. 가슴에 박힌 가시가 너무 쓰려, 팡란은 오로지 이 모든 것을 얼른 끝내고 싶은 마음뿐이었다. 팡란은 명예와 이익을 위해 두 사람 사이의 감정을 배신한 뤄위안이 증오스러웠다. '뤄위안, 당신이 그리도 명예와 이익을 중요시한다면, 패가망신해서 다시는 일어서지 못하게 해 주겠어!'

꒰꒷

구씨 집에서 숙소로 돌아온 후, 팡란은 여러 가지 일들을 정리하기 시작했다. 뤄위안은 스타라이트 엔터테인먼트와 계약되어 있었다. 이 회사는 설립된 지 오래된 곳이었으나, 소속된 연예인 중 최상급은 없었다. B, C급 배우들로 버티는 곳이었는데, 어쩌면 뒤에서 눈에 보이지 않는 일들을 하고 있을지도 몰랐지만 팡란은 아직 정확히 알 수 없었다.

팡란은 예전 기억이 떠올랐다. 뤄위안이 술을 많이 마시고 전화로 매니저와 싸우며 '애초에 조작하지 말았어야지.'와 같은 말을 했었다. 그때 당시에는 전혀 신경 쓰지 않았었다. 하지만 지금 생각해 보니 혹시 스타라이트 엔터가 소속 연예인을 포장하기 위해 출신 배경을 위조했고, 뤄위안이 그중 하나였을지도 모른다는 생각이 들었다. 만약 팡란의 추측이 맞았다면, 이 일은 매우 쉽게 풀릴 것이었다.

팡란은 마음이 조급해졌다. 그녀는 사설 탐정 두 사람을 고용했다. 한 사람은 뤄위안의 뒷배경 조사를, 다른 한 사람은 스타라이트 엔터 소속 연예인들의 내막 조사를 시켰다.

제5장
예상치 못한 사고(1)

　　　　　모든 일을 진행한 후 팡란은 아무 일 없다는 듯 〈휘녀〉의 야외 촬영지인 쯔펑산에 갔다. 오늘은 후기 홍보 사진 촬영을 위해 홍보팀에서 팡란을 불렀다.

　도착하자마자 홍보팀 사람들이 화장을 재촉했다. 날씨가 좋은 때를 틈타 희미하면서도 아름다운 뒷모습을 몇 장 찍을 계획이었다. 의자에 앉아 화장을 받던 팡란은 은연중에 뤄위안을 살펴보았다. 뤄위안의 촬영도 요 이틀 사이면 끝나서 다음 스케줄은 무엇인지 알 수 없었다. 뤄위안은 메이크업을 끝내고 대본을 보기는커녕 온 촬영장을 돌아다녔다. 사진작가에게 가서 잡담했다가, 주연 배우를 찾아가 연기 가르침을 물었다가, 또 코디 선생님을 찾아가서 유행 패션을 물어보았다. 누구와 이야기하든 밝은 미소를 띠고서 주연 배우부터 스태프들까지 일일이 챙기니, 다들 뤄위안을 보고 매우 즐거워했다.

　지금에서야 생각해 보니 뤄위안도 단순한 인물은 아닌 듯했다.

애초에 자신이 눈이 멀어서 이런 얄팍한 사람에게 반했던 것을 마음속으로 탓할 뿐이었다.

"무슨 생각을 그렇게 해?"

어떤 목소리가 팡란의 생각을 가로막았다.

팡란이 고개를 들자 쑹이가 군복을 입고서 그녀의 뒤에 서 있었다. 극 중 차림새를 한 쑹이를 두 번째 보는 거였는데, 정말 잘생겼다는 것을 인정할 수밖에 없었다.

"아, 아무것도 아니에요, 쑹 선생님. 수고하세요."

하, 입을 열자마자 한다는 소리가 보내는 거라니. 쑹이는 살짝 마음이 언짢았지만, 오히려 더 친한 듯 웃는 얼굴로 말했다.

"내가 수고할 게 뭐 있다고. 오늘 두 신밖에 없는걸. 근데 어제 너희 집에서 술을 마셔서 그런지 머리가 아직 좀 아프네. 리 감독님한테 절대 들키면 안 돼. 욕먹을 거야."

쑹이의 작전이 먹혀들었다. 쑹이가 이 말을 하자 옆에 있던 메이크업 아티스트가 '쑹이가 구닝안 집에 갔다고? 어머나, 엄청난 소식이네……'라고 속으로 생각했다. 팡란은 금세 상황을 파악하고 급히 해명했다.

"어제 저희 아버지 생신이었어요. 그래서 쑹 선생님이 집에 오신 거예요."

팡란이 말하자 메이크업 아티스트의 머릿속이 더욱 복잡해졌다.

'구닝안 아버지 생신인데, 쑹이가 가서 축하한다고? 보통 관계가 아닌가 보네?'

구닝안의 신분을 솔직하게 말할 순 없었기 때문에, 일반적인 생일 축하 자리가 아니라 파티를 열었던 거라고만 말했다. 팡란은 메이크업 아티스트의 표정을 살펴보며 설득은 역부족이라는 것을 느꼈다. 말할수록 더 이상해지니 차라리 쑹이에게서 떨어져 있는 게 좋겠다고 생각했다.

쑹이는 팡란의 당황한 표정을 보고서 갑자기 마음이 편안해져, 자리를 뜨면서 한마디를 보탰다.

"아, 저녁에 너희 오빠 만나기로 했어."

팡란은 화가 나고 괴로웠다. 오빠와 쑹이 두 사람이 서로 싫어하는데 쑹이가 이런 말을 하다니, 고의가 아니면 뭐란 말이야! 아니나 다를까, 쑹이가 떠나자 메이크업 아티스트는 이런저런 말을 하기 시작했다.

"쑹이랑 전부터 아는 사이였구나. 어쩐지 첫날 널 학교로 데려다주더라니."

팡란은 억지로 웃으며 말했다.

"저희 오빠랑 비즈니스 관계로 아는 사이예요. 그래서 저를 여동생처럼 여기면서 이렇게 '돌봐' 주시는 거예요……."

연예인이 돈을 벌어 사업을 하고 투자를 하는 것은 매우 정상적인 일이었기 때문에, 다행히 메이크업 아티스트는 철석같이 믿으며 물었다.

"오빠가 무슨 사업 하는데? 쑹이가 투자할 정도면 회사가 꽤 큰가 봐."

"아니에요, 힘들게 일해서 돈을 조금 벌었을 뿐이에요."

팡란은 말을 얼버무렸다.

이날 팡란이 할 일은 전처럼 간단한 것들이었다. 홍보팀이 경치 좋은 곳을 찾으면 따라가 찍혀주면 됐다. 아름다우면서 희미한 사진을 몇 장 찍었다. 뒷모습이나 팔 같은 것은 보였지만 누군지 정체를 알 수 없는 사진이었다.

얼굴을 가리기 위해 소품 팀에서 비단부채를 만들어 보내 주었다. 팡란은 이 부채를 본 적이 있었다. 구닝안이 서예를 할 줄 안다는 것을 듣고 소품 팀이 특별히 그녀에게 부채에 글자를 쓰게 했다. 팡란의 원래 글씨는 시원스럽고 기개 있는 스타일로 나쁘지 않았다. 하지만 구닝안은 팡란과는 달랐는데, 정통 서예 교육을 받은 적이 있어 정통 소해서체를 쓸 줄 알았다.

팡란이 붓을 들었을 때, 마치 서예 능력을 타고난 듯한 느낌이 들어 붓끝을 따라 막힘없이 글을 써 내려갔다. 이러한 현상을 팡란은 이해할 수 없었다. 단지 추측할 뿐이었다. 아마도 자신의 영혼이 구닝안의 몸과 점점 더 잘 맞아 들어가 구닝안의 능력을 일부 갖게 된 것이라고. 하지만 이게 좋은 일인지는 알 수 없었다. 어쨌거나 복수를 마치면 원래의 자리로 돌아가 구닝안에게 몸을 돌려줄 생각이었다…….

팡란이 마음속으로 근심 걱정에 휩싸여 있을 때 홍보 팀장이 촬영 중인 사진작가 뒤에서 사진을 살펴보았다. 팀장은 아주 만족스러운 모습으로 몇 마디 칭찬을 건넸다.

"구닝안, 전에 모델 일 해 봤어? 포즈가 제법 능숙한걸."

예전에 광란은 돈을 벌기 위해 광고 모델 일을 했었다. 나중에 유명해지고 나서도 화보를 찍고, 잡지 표지를 장식하기도 했었다. 하지만 구닝안에게는 분명 없었던 일이었다.

광란은 급히 둘러댔다.

"능숙하기는요. 아마도 춤을 배운 덕분에 카메라가 낯설지 않아서 그런가 봐요."

팀장은 사실 아무 말이나 나오는 대로 칭찬한 것으로, 자세히 알아보려는 뜻은 전혀 없었다. 그랬기에 재빨리 사진을 몇 장 골라서 웨이보에 올렸다.

[〈휘녀〉 쯔펑산의 아름다움일까, 여동생의 아름다움일까?

PS. 부채에 있는 글씨는 여동생이 직접 쓴 거랍니다~]

아래쪽에 사진이 첨부되어 있었다. 물안개 피어오르는 쯔펑산의 작은 폭포 앞에서 치파오를 입은 여인이 반석 위에 단정히 앉아 한 손으로 부채질을 하고 있으니, 신선 같은 분위기가 물씬 풍겼다. 부채가 클로즈업되어 있었는데, 그 위에 적힌 네 줄의 수려한 소해서체 글자가 눈에 들어왔다.

꽃다운 나이 열다섯,

예주궁[2]의 신선이 요지[3]에 내려왔네.

---

2   도교 경전에 나오는 전설의 선궁
3   신선이 산다는 구슬의 연못

농옥[4]이 부는 퉁소 소리에 누각에 올라 달 바라보니,

왕소군[5]이 떠나기도 전에 비파 소리 애절하구나.

이 시는 송나라 문인 조언단[6]의 시에서 첫 네 구절을 따온 것으로, 휘녀 여주인공의 동생 청령이 막 열다섯을 넘긴 것과 맞춘 것이었다. 웨이보가 올라오자 쑹이와 페이웬이 경쟁적으로 댓글을 달았다.

  └ **쑹이** 재능 있는 여인이군.

  └ **페이웬** 글씨체는 그 사람과 같다는데, 눈물 나올 정도로 아름다워. 부러워서 배 아파.

두 댓글은 눈 깜짝할 새에 네티즌들이 '좋아요'를 눌러 상단으로 올라갔다. 다시 한번 댓글 창은 '여동생'에 대한 토론으로 불이 붙었다. 여인의 정체를 궁금해하거나, 영화를 떠우려는 짓거리니 거들떠볼 가치도 없다는 사람도 있었다. 하지만 팡란은 이런 것들을 전혀 신경 쓰지 않았다. 연예계에서 힘들었던 전생의 경험들이 이런 일쯤은 아무렇지도 않게 만들어 주었다.

---

4 진나라 모공의 딸로, 퉁소를 잘 불었는데 그 소리를 듣고 봉황새가 날아왔다고 함
5 흉노 선우에게 시집간 한나라 원제의 후궁
6 조언단(趙彥端, 1121~1175): 송나라 시인

나머지 일행이 일을 마치고 촬영 팀에 합류했다. 시간이 늦어 한 시간쯤 지나면 날이 어두워져 촬영이 어려울 것 같았다. 제작 진 쪽의 촬영 마무리 상황 역시 비슷할 거라 생각하며 촬영장에 도착했을 때, 분위기가 심상치 않았다. 리치앤샨 감독이 어두운 표정으로 모니터를 뚫어져라 바라보고 있었다.

오늘 찍은 장면은 악역 장챠오가 부하를 거느리고 산속에서 여주를 쫓아가 죽이는 장면이었다. 화면 속에서 쑹이와 부하들이 말을 몰아 가파른 산비탈을 올라가는데, 배우들의 말 타는 솜씨가 능숙했다. 하지만 뤄위안은 어두운 얼굴로 휘청대더니 거의 말에서 떨어질 뻔했다. 게다가 뤄위안의 역할은 부장이어서 쑹이의 바로 뒤에 있었기 때문에 쑹이를 찍을 때 얼굴이 화면에 나올 수밖에 없었다. 촬영본을 몇 번 돌려 본 리치앤샨 감독이 화가 나서 욕을 퍼부었다.

"뤄위안 이놈 자식아, 왜 이렇게 매가리가 없어!!! 리허설 땐 잘하더니, 왜 죽을상을 하고 앉아 있어! 못 찍겠어? 그렇게 할 거면 당장 꺼져!"

리치앤샨이 말을 심하게 한 데다, 많은 사람이 보는 앞에서 욕을 퍼부었기 때문에 뤄위안의 안색이 매우 어두워졌다. 하지만 그는 리 감독의 신분 때문에 성질을 꾹 눌러 담으며 굽힐 수밖에 없었다.

"죄송합니다, 감독님. 다시 해 보겠습니다."

리치앤샨도 화가 나서 내뱉은 것이었다. 뤄위안이 찍지 않으면 어쩌겠는가? 다들 추가 촬영 준비를 하기 시작했다. 이번에도 뤄위안의 표정은 좋지 않았지만, 전보다 참아 보려 노력했다. 원래 일행들은 순조롭게 산비탈을 달려 올라가고 있었는데, 쑹이의 말이 갑자기 뤄위안에게 가까이 다가갔다. 순간 뤄위안은 놀라서 표정이 다시 굳어졌다.

"NG! AD는 어디 갔어? 오늘 밤은 산에서 야영한다. 내일까지 이어서 찍을 거야!!"

결국 리치앤샨은 화가 나서 대본을 내던지고는 돌아서서 가 버렸다.

모두의 안색이 어두워졌다. 오늘 촬영분을 마쳐야 산에서 내려가 호텔에서 머물 수 있었다. 하지만 뤄위안이 실수를 연발하는 바람에 리치앤샨이 스태프들에게 산에서 야영할 것을 지시하고 말았다. 모두에게 민폐를 끼치게 된 것이다.

리치앤샨이 하룻밤 숙박비를 아끼려고 한 건 절대 아니었다. 촬영 장비가 너무 많아서 옮기는 것은 효율적이지 못했기 때문에, 아예 산에서 밤을 새우기로 한 것이었다. 어쨌든 여러 가지 돌발 상황에 대비해서 제작진은 많은 장비들을 가지고 왔는데, 그중엔 텐트도 있었다. 사람들이 제각기 흩어져 분주하게 텐트를 설치했다. 겉으로는 투덜대거나 대놓고 말하지는 않았지만, 뤄위안의 곁을 지나는 사람 중에 표정이 좋은 이는 단 한 명도 없었다.

방금 쑹이가 일부러 말을 몰아 몰래 방해했던 것은 아무도 발견하지 못했다. 카메라조차도 쑹이의 행동을 촬영하지 못했지만,

팡란은 뤄위안을 주시하고 있었기 때문에 똑똑히 보았다. 뤄위안을 방해한다고 해서 쑹이에게 이득이 있는 것도 아니었다. 오히려 촬영을 더 해야 하니, 일이 늘어날 뿐이었다. 게다가 자기가 한 짓이 발각되면 쑹이의 톱스타 이미지도 훼손될 것이었다. 팡란은 도무지 이해되지 않았다.

'쑹이가 대체 왜 저러는 거지?'

초봄의 산은 추운 공기가 흘러 으스스했다. 팡란은 원래 내일 촬영이 없어서 산에서 내려가도 되었지만, 산세가 험해서 같이 내려가는 사람 없이는 위험했기 때문에 촬영 팀과 함께 산에 머물렀다. 다행히 이번 산행에 따라온 스태프는 많지 않아서, 고생스럽긴 해도 텐트 몇 개에 나누어 밤을 보내기엔 충분했다.

산에서 불을 피울 수 없던 탓에 AD가 캠핑용 인덕션에 라면을 끓였다. 하지만 인덕션이 크지 않아서 한 번에 너덧 명만 먹을 수 있었다. 팡란은 한 끼 정도 굶는 건 별일 아니라 생각한 데다가 줄을 서기 귀찮아 먹는 것을 포기했다. 하지만 산에 불어오는 찬 바람을 우습게 보았다간, 뭐라도 먹지 않고서는 버틸 수 없을 것 같았기에 텐트를 막 나가려던 참이었다. 그러다가 텐트 밖에 사람 그림자가 비치는 것을 발견했다.

"누구세요?"

"나야."

쑹이의 목소리가 들려왔다.

"나와서 뭐라도 좀 먹어."

"네."

팡란은 답을 한 다음 외투를 걸치고 밖으로 나갔다. 쑹이는 촬영 의상을 갈아입고 흰 스웨터를 입고 있었다. 얼굴이 목폴라에 반쯤 숨어 있었는데, 달빛이 얼굴을 비추니 더 잘생겨 보였다. 하지만 지금의 모습은 예전에 밝게 빛났던 모습과는 달리 어딘가 따스함이 느껴졌다.

"뭘 멍하니 있어? 얼른 먹어."

쑹이가 들고 있는 보온병을 건네주었다.

"이게 뭐예요?"

쑹이가 라면을 먹으러 나오라고 부른 줄 알았는데, 보온병을 건네줄 줄은 생각지도 못했다. 보온병을 열어 보니 따뜻한 고기 죽 향기가 코를 찔렀다.

"산에 이걸 가져온 거예요?"

제작진과 달리 몸매 관리를 하는 많은 연예인은 대체로 고열량 음식을 먹을 수 없었다. 아마 쑹이도 그런 듯했다. 아니나 다를까, 쑹이가 고개를 끄덕였다.

"네가 라면은 못 먹을 것 같아서."

마음이 따뜻해진 팡란은 모처럼 적의 없는 미소를 지었다.

"제가 어디 가서 이런 귀한 대접을 받겠어요. 우리 집에서도 딸을 이렇게 예뻐하진 않아요."

쑹이는 넋을 잃고 구닝안의 미소를 바라보았다. 너무도 익숙한 미소였다. 밝게 웃는 입 모양과 환하게 빛나는 눈웃음. 기억 속의 그 사람과 겹쳐 보였다. 구닝안과 팡란 둘 다 미인이었지만, 이목구비가 닮은 것은 아니었다. 쑹이는 '사람이 친하게 지내면 서로의 표정과 행동이 닮아 간다.'는 말이 떠올랐다.

"왜 이렇게 빤히 쳐다보세요?"

팡란이 자신의 얼굴에 뭔가 묻은 줄 알고서 얼굴을 쓰다듬었다.

"너…… 정말 팡란 몰라?"

팡란의 가슴이 '철렁' 내려앉았다. 팡란은 애써 태연한 표정을 지었다.

"어떻게 모를 수가 있겠어요. 팡란 선배님 작품 정말 좋아했어요. 안타깝게도……."

"그런 뜻이 아니야. 내 말은, 두 사람 사석에서 만난 적 없어? 친구도 아니고?"

쑹이가 다급히 물었다.

"전혀 없어요."

팡란은 매우 침착하게 답했다. 쑹이가 더 이상 자신을 쳐다보지 않자 팡란은 한시름 놓았다. 하지만 그때 쑹이의 눈가에 의심이 번뜩였다.

"그런데 너 저번에 나한테 물어봤잖아. 팡란이랑 무슨 사이였냐고. 너랑 팡란이 같이 작품 했다는 말은 들어 본 적 없는데……."

팡란은 순간 기지를 발휘해 물었다.

"설마 두 사람 몰래 사귀는 사이였어요?"

이때, 쑹이의 얼굴에 깊은 상실감과 안타까움이 드러났다.

"그랬다면, 그랬다면 좋았을 텐데……."

살을 에는 듯한 산바람이 불어왔다. 두 사람 사이의 기류는 말로 표현할 수 없을 만큼 고요해졌다. 두 사람은 각자 다른 고민을 품고 있었다.

어색함을 깨기 위해 팡란이 불쑥 물었다.

"그런데…… 오늘 촬영할 때 어째서 뤄위안을 몰래 방해한 거예요?"

쑹이의 얼굴에 한줄기 어색함이 스쳐 지나갔다. 쑹이는 코를 만지작거리며 말했다.

"무슨 말이야? 내가 걔를 뭐 하러 방해해?"

팡란은 조용히 말했다.

"다른 사람은 못 봤을지 몰라도, 저는 아주 똑똑히 봤어요. 산비탈 올라갈 때 일부러 뤄위안을 방해하는 거……."

"쉿!"

쑹이가 말을 끊었다.

"너랑은 상관없는 일이야. 너는 신경 쓰지 않는 게 좋아."

팡란은 얼굴에 미소를 띠고 능글능글한 눈빛을 번뜩이며 말했다.

"상관있을지 누가 아나요? 뤄위안이 당하는 거 보니 솔직히 속이 시원했어요. 고마워요."

이번에 이해할 수 없는 건 쑹이였다.

"너희 둘…… 사이 안 좋아?"

팡란은 쑹이가 말한 것을 그대로 돌려주었다.

"선배랑은 상관없는 일이에요. 신경 쓰지 않는 게 좋을걸요."

자신이 한 말을 그대로 돌려받자 쑹이는 찡그린 표정을 지었다.

"뭐 해? 왜 서로 눈만 멀뚱멀뚱 쳐다보고 있어?"

그때, 거대한 패딩에 파묻힌 페이웬이 다가왔다.

"너희들 정말 스캔들이라도 내려고 그러니?"

쏭이는 그제야 정신이 들었다. 적지 않은 스태프들이 다들 멀리서 둘을 바라보고 있었다. 구닝안을 놀릴 마음이 사라진 쏭이가 손을 내저으며 말했다.

"둘이 얘기해. 난 가 볼게."

멀어지는 쏭이의 뒷모습을 보는 페이웬의 눈빛에 실의가 스쳐 지나갔다. 하지만 페이웬은 이내 정신을 차렸다.

"닝닝, 아직 밥 못 먹었지. 우리 매니저가 간식 가져왔는데……."

페이웬은 팡란이 들고 있는 보온병을 바라보았다. 페이웬은 그 보온병을 알고 있었다. 며칠 전 쏭이가 촬영할 때 쓰던 것이었다. 팡란이 아무리 세심하지 못하다 해도, 쏭이에 대한 페이웬의 마음은 알아챌 수 있었다. 팡란은 재빨리 핑계를 생각해 냈다.

"우리 오빠가 쏭이 선배님보고 저를 보살펴 달라고 부탁한 모양이에요. 우리 오빠가 정말 걱정하고 있거든요. 제가 무슨 세 살짜리 아이인 줄 안다니까요……."

"너희 오빠?"

"사실은……."

팡란은 주위를 둘러보았다. 아무도 두 사람을 주목하지 않는 것을 보고 목소리를 낮추어 말했다.

"구루이안이 우리 오빠예요."

"그래?"

페이웬은 조금 놀란 듯했지만 금방 납득하는 모양새였다.

"어쩐지. 쏭이는 오랫동안 연예계에 있었으니까. 아마 진정한 형제라고 할만한 건 구 대표뿐일 거야. 너는 구 대표의 여동생이니, 널 보살피는 게 당연하지."

팡란은 멋쩍은 듯 머리를 긁적였다.

"그런 배경이 있는 신인 배우라고 하면, 업계 사람들 눈에 좋지 않게 보일까 걱정돼서 신분을 숨겼어요. 언니를 속이려던 건 아니었어요."

페이웬이 시원스럽게 웃었다.

"전에 너한테 잘해 줘서 다행이야. 그렇지 않았다면 네가 너희 오빠한테 일렀을지도 모르잖아. 고생할 뻔했어."

페이웬이 이렇게 말하긴 했지만, 어딘가 마음속으로 걱정하는 모양새였다. 팡란이 웃으며 말했다.

"제가 모른다고 생각 마세요. 언니가 루이황 엔터 소속이긴 하지만, 루이황 주식도 많이 가지고 계시니 반은 주인인 셈이죠. 정말로 우리 오빠를 무서워할 리 없어요. 요 몇 년 동안은 언니도 적지 않게 버셨을 텐데……."

페이웬이 예쁜 눈을 크게 뜨고서 말했다.

"요 녀석, 돈 없으니 빌려 달라는 말이나 하지 마."

페이웬이 이렇게 말하면서 자리를 뜨려했다. 팡란은 갑자기 웃음을 터뜨리며 페이웬을 뒤쫓아갔다.

"웬언니, 가지 말아요. 택시 타게 2위안만 빌려줘요."

두 사람이 한바탕 장난치며 떠들자, 가라앉았던 제작진의 분위기가 활기를 띠었다. 팡란은 뒤에서 페이웬을 바라보며 속으로 감격했다. 이렇게나 시원시원한 성격의 페이웬도 감정의 고비를 피할 수 없다니, 참…….

쑹이라는 사람은 너무도 복잡해서 팡란이 꿰뚫어 볼 수는 없었지만, 페이웬은 그런 복잡한 사람은 아닌 듯했다. 그저 페이웬의 마지막이 행복하기만을 빌 뿐이었다.

ᘐ

모두 간단히 요기한 후 각자 쉴 준비를 했다. 저녁의 산바람이 기이하게 불어오더니 점점 더 거세졌다. 바람이 텐트에 부딪쳐 '후드득' 소리를 내는 바람에 숙면을 방해했다. 좋지 않은 예감에 팡란의 표정이 굳어졌다.

팡란은 일어나 텐트 밖으로 나왔다. 산꼭대기는 온통 새카맣고, 날이 흐린지 달빛조차 비추지 않았다. 뺨에 차가운 감각이 느껴져 만져보니 물방울이었다. 얼른 텐트로 들어가 옆에 있던 여성 스태프에게 다급히 말했다.

"얼른 일어나 보세요, 비가 내리려나 봐요."

옆에 있던 사람이 급히 일어났다. 비가 온다고? 쯔펑산은 산사태 지역이 아니어서 비가 내려도 사람은 걱정할 게 없었다. 하지만 장비가 비를 맞아서는 안 돼! 스태프가 다급히 외투를 걸쳤다. 두 사람이 텐트에서 나오자 빗방울이 머리 위로 마구 쏟아져 내렸다.

"큰일 났어! 카메라! 카메라!"

리치앤샨의 영화는 드넓은 풍경으로 유명했다. 밖에 대형 카메라가 몇 대 있었는데, 그 위에 덮어놓은 방수 천은 밤사이 끼는 안개를 대비하기 위한 것이었다. 그러나 비가 내리기 시작했기에 방수포는 오히려 무용지물이 되고 말았다.

비가 내릴수록 빗방울이 굵어졌다. 리치앤샨이 급히 일어나 사람들을 지휘하여 물건들을 텐트 앞으로 옮겼다. 주연 배우들도 몸을 아끼지 않고 일손을 도왔다. 쑹이도 차에서 내려 매니저 리청을 불러 도와주었다. 뤄위안도 나와서 스크립터와 함께 촬영 소품 상자를 들고 텐트로 뛰어갔다. 촬영 소품들이 매우 무거운 데다 산길이 미끄러워 주변이 잘 보이지 않았다. 그러던 중 상자를 들고 있던 누군가가 발을 헛디디며 균형을 잃고 넘어졌다. 그 바람에 옆에 서 있던 팡란이 떨어진 상자에 발을 찧고서 비명을 질렀다.

"아악!"

시끄럽게 내리는 빗소리가 팡란의 비명을 감추는 바람에 먼 곳에 있는 사람들은 듣지 못했지만, 뤄위안과 스크립터는 들을 수 있었다. 스크립터가 다급히 말했다.

"누구야?"

팡란이 고통을 참으며 말했다.

"저예요, 구닝안이요. 발을 찧었어요. 빨리 상자 좀 치워 주세요!"

스크립터가 이를 듣자마자 조급해했다.

"알았어요, 가만히 있어요! 뤄위안 씨, 좀 도와줘!"

뤄위안은 의미 모를 눈빛을 어두운 밤빛 속에 완벽하게 감추었다. 그는 침착한 목소리로 답하고는 앞으로 나아가 상자의 다른 쪽을 들어 올렸다. 하지만 늑장을 부리며 뭔가 꾸물대는 듯했다.

팡란이 심각한 고통 속에서 알 수 있는 건 뤄위안의 행동이 달팽이처럼 굼뜨다는 것뿐이었다. 그러나 안타깝게도 너무 아픈 나머지 말이 나오지 않아 땅바닥에 웅크리고 앉아 있을 수밖에 없었다. 스크립터가 재촉했다.

"얼른!"

뤄위안은 그제야 힘을 써서 스크립터와 함께 소품 상자를 들어 올려 한쪽으로 치웠다. 스크립터가 핸드폰을 꺼내 불을 켜고 구닝안이 땅바닥에 웅크리고 앉아 손으로 한쪽 발을 붙들고 있는 것을 보았다. 팡란은 너무 아파서 말도 나오지 않았다.

"구닝안 씨, 괜찮아요?"

스크립터가 초조해하며 소리쳤다. 이 외침에 핸드폰 불빛이 더해지자 사람들이 곧바로 모여들기 시작했다.

쑹이가 구닝안이 땅에 앉아 있는 것을 보더니 눈을 크게 뜨고서 다급히 달려왔다.

"무슨 일이야?"

"저희가 상자를 옮기다가 떨어뜨렸는데 구닝안 씨 발을 찧었습니다."

뤄위안이 눈살을 찌푸리며 걱정하는 척했다. 쑹이는 이런 것들을 따질 겨를이 없었다. 그는 핸드폰을 빌려서 구닝안의 부어오른 복사뼈를 보고 손을 뻗어 만져 보았다.

"악!"

팡란은 너무 아파서 눈물이 다 흘러내렸다.

"골절됐어. 부목으로 사용할 만한 판자가 있는지 찾아봐."

쏭이가 스크립터에게 명했다. 스크립터가 한마디 대꾸를 하고는 재빨리 소품 상자를 뒤져 판자 하나를 가지고 돌아왔다.

"이거 괜찮을까요? 극 중 소품인것 같은데."

쏭이가 손대중해 보더니 대답했다.

"괜찮아."

쏭이는 말하면서 머플러를 풀고 동시에 구닝안의 발을 바로 잡았다. 고통에 얼굴이 새파랗게 질린 팡란이 앓는 소리를 내뱉었다.

"조금만 참아."

쏭이가 한마디 위로를 건네고는 두 손으로 재빠르게 머플러로 대나무 판자를 구닝안의 발목에 휘감았다.

"임시로 고정해두는 거야. 일단 빨리 산에서 내려가야 해."

"이렇게 어둡고 비까지 내리는데 어떻게 내려가요?"

스크립터가 물었다.

쏭이는 두 팔을 뻗어 팡란을 공주처럼 안고서 텐트에 데려다주었다. 쏭이가 낮은 목소리로 말했다.

"너희 오빠한테 전화해서 헬기 보내 달라고 해. 네 신분은 숨길 수 없을 것 같네……."

"아니요, 그러지 말아요."

팡란은 고통을 참으며 말했다. 뤄위안에 대한 복수가 아직 진행되지도 않았는데, 이런 때에 신분을 드러내는 것은 좋지 않았다.

"너 발목이 부러졌어. 크게 다쳤다고!"

쑹이의 눈가에 단호함이 스쳐 지나갔다. 팡란은 손을 뻗어 쑹이의 소매를 끌어당기며 한 자 한 자 또박또박 물었다.

"전에 촬영할 때 갈비뼈 부러진 적 있죠. 그래도 끝까지 촬영했었잖아요. 왜 그랬어요?"

쑹이는 그녀를 노려보고 있었다. 그녀가 어째서 이 일을 꺼내는지 알지 못한 채 그저 답할 뿐이었다.

"그 작품은 반드시 찍어야만 했으니까."

팡란이 쓴웃음을 지으며 쑹이의 눈을 똑바로 바라보며 말했다.

"저도 그래요. 반드시 해야 할 일이 하나 있어요. 그 일이 이루어지기 전에는 제 신분을 드러낼 수 없어요. 그 일을 위해서라면, 뼈가 부러지는 것 정도는 참을 수 있어요."

팡란은 청산유수처럼 말을 했지만, 발목의 통증은 계속해서 그녀를 괴롭혔다. 쑹이는 진지하게 그녀의 눈을 바라보았다. 그녀의 눈빛에 서린 단호함을 발견한 쑹이는 자신이 눈앞에 있는 이여인은 정말이지, 알 수 없다는 생각이 들었다.

"뼈가 부러지는 고통은 아무것도 아니라고?"

쑹이가 싱긋 웃었다.

"거울이 있으면 네 표정이나 살펴봐. 새하얗게 질려서는."

팡란이 고통을 참으며 숨을 한 모금 들이마시고 계속 말했다.

"의대 나오셨다고 들었는데, 응급 처치 하시는 것 보니 정말인가 보네요. 뭐라도 좀 생각해 봐요. 우리 오빠가 저를 잘 보살펴 달라고 하지 않았어요?"

"여기는 아무것도 없는데, 내가 뭘 할 수 있겠어?"

쑹이가 차가운 말을 내뱉으며 주머니를 더듬기 시작했다. 팡란은 그가 핸드폰을 꺼내는 것을 보고 순간 손을 뻗어 막았다.

"우리 오빠한테 전화하지 말라고 했잖아요!"

"누가 너희 오빠한테 전화한대?"

쑹이가 가만히 팡란의 손을 잡고 내저었다.

"다쳤잖아. 좀 가만히 있어."

팡란은 입을 삐쭉 내밀고 더 이상 쑹이를 말리지 않았다. 쑹이가 전화를 걸자 전화 연결음이 두 번 울리기도 전에 상대방이 전화를 받았다.

"치스양? 어디야?"

쑹이가 물었다.

알고 보니 쑹이가 전화를 건 상대는 치스양이었다. 쑹이가 구루이안과 친분이 있는 이상, 치스양을 아는 것도 이상하지 않다고 팡란은 생각했다. 치스양이 답했다.

"한밤중에 전화해서 묻는다는 게, 뭐 하냐는 거야?"

쑹이는 전혀 농담할 기분이 아니었다.

"너희 병원 쯔펑산에서 멀지 않잖아. 구급차 보내서 사람 좀 데려갈 수 있나 해서. 산에서 촬영 중인데 구닝안 발목이 골절됐어."

치스양은 상황이 심각한 것을 듣고 곧바로 답했다.

"지금 병원이니까 당장 차 몰고 갈게."

"그래. 너희는 산 북쪽 도로에서 오니까 내가 운전해서 내려가면 중간에 만날 거야."

치스양이 답했다.

"좋아. 비오니까 산에서 내려올 때 안전 조심해."

쑹이가 전화를 끊고 구닝안에게 말했다.

"내 차로 병원까지 데려다줄게."

날이 매우 어두운 데다 비가 많이 내리고 있었기 때문에 차를 몰고 산에서 내려가는 것은 매우 위험한 행동이었다. 팡란은 망설여졌다.

"너무 위험해요. 제가 날이 밝을 때까지 좀 더 참아 볼게요."

쑹이의 안색이 어두워졌다.

"너 골절이 무슨 감기인 줄 알아? 참아 보겠다고? 골절이라고는 했지만, 구체적인 상태는 엑스레이를 찍어 봐야 알 수 있어. 만약 근육을 다쳤다면, 너 앞으로 외발 고양이가 될 수도 있다고!"

팡란은 쑹이의 말이 심각하다는 것을 듣고 아무 말도 할 수 없었다.

쑹이가 나가서 차에 시동을 걸었다. 엔진 소리와 헤드라이트 불빛에 사람들의 이목이 쏠렸다. 리치앤샨이 사람들을 지휘해 마지막으로 장비를 텐트로 옮겼을 때, 쑹이의 차 헤드라이트가 켜진 것을 보았다.

"뭐 하는 거야?"

리치앤샨에 멀리서 쑹이를 불렀다. 먼 곳에 있던 페이웬 역시 상황을 알고서 다가와 물었다.

"무슨 일이야?"

쑹이가 차 문을 열고 말했다.

"구닝안이 다쳤어. 산에서 내려가야 해."

제6장

예상치 못한 사고(2)

쑹이의 말에 다들 깜짝 놀랐다. 다들 장비를 챙기느라 어수선한 바람에 다친 사람이 있는지 몰랐기 때문이었다. 리치앤샨 역시 마음 쓰지 않을 수 없었다. 어쨌든 자신의 제작진 중에 다친 사람이 생겼고, 그 사람이 일반 사람도 아니었다. 리치앤샨이 다급히 물었다.

"뭐? 어디 다쳤는데?"

쑹이가 걸어가며 답했다.

"뤄위안, 쟤네가 상자 옮기다가 미끄러져서 구닝안 발에 상자를 떨어뜨렸어요. 상처가 심하니 얼른 병원에 가야 합니다."

페이웬이 뒤에서 눈을 크게 뜨고 소리쳤다.

"안 돼! 이 밤에 산에서 내려가는 건 너무 위험해. 비도 오고. 다른 방법을 생각해 봐."

리치앤샨이 핸드폰을 들고서 말했다.

"구닝안의 오빠한테 전화해 볼게."

쑹이가 텐트에 들어가 구닝안을 안고 나오며 조용히 리 감독에게 말했다.

"리 감독님. 전화하지 마세요. 구닝안이 신분 노출을 원치 않아요. 제가 데려다주겠습니다. 이미 친구에게 연락해서 구급차를 불렀어요. 산 중턱에서 만날 겁니다."

리치앤샨은 순간 미간을 찌푸리며 퉁명스럽게 말했다.

"그래도 안 돼. 비가 많이 와서 길이 미끄러워. 게다가 너무 어둡고 위험해."

쑹의 매니저 리청이 소식을 듣고 달려와 쑹이를 가로막았다.

"대배우님아, 우리 마음 좀 편하게 해 줄래? 내가 데려다줄게. 너는 여기 있어."

쑹이는 리 감독과 리청의 말을 들으면서 구닝안을 뒷좌석에 안전하게 내려놓고는 직접 운전석으로 향했다. 여러 해 동안 쑹이와 함께한 리청은 쑹이의 성격을 잘 알았기 때문에 더 말리기보다 조수석에 앉을 수밖에 없었다. 리청이 고개를 돌려 리치앤샨에게 말했다.

"됐어요, 제가 같이 가겠습니다. 리 감독님께선 산에서 대국을 주관하시지요."

리치앤샨은 화가 머리끝까지 차올라서 노발대발했다. 그는 이미 차 시동이 걸린 것을 보고 뒤에서 욕설을 퍼부었다.

"지금 차를 몰고 산에서 내려간다고? 죽고 싶어 환장했냐!"

리치앤샨의 고함이 사람들의 이목을 집중시켰다.

대배우 쑹이가 직접 차를 몰고 구닝안을 산 아래로 데려다준다고? 쯧쯧, 역시 두 사람 그렇고 그런 사이구먼.

이때 페이웬 역시 어두운 표정으로 재빨리 자신의 차로 달려가 시동을 걸었다. 페이웬의 매니저 리우링나가 눈치 빠르게 따라갔다. 리치앤산이 이를 듣고 쫓아가려 했지만 안타깝게도 멀리 떨어져 있어 따라잡을 수 없었다. 페이웬의 차가 출발했다.

"웬이, 이 녀석까지! 멈춰!"

리치앤산은 화가 나면서도 조급해졌다. 막을 수 없는 건 그렇다 처도, 두 사람의 돌발 행동에 감독 체면이 말이 아니었다. 페이웬이 차에서 소리쳤다.

"죄송해요, 리 감독님! 가서 살펴보고 올게요. 절대 내일 일정에 지장 없게 하겠습니다."

"그게 지금 무슨 소용이야!"

리치앤산은 화가 난 나머지 발을 굴러 댔지만 안타깝게도 이미 페이웬 마저 사라진 후였다.

산을 오르기는 쉬워도 내려가는 것은 어렵기 마련이었다. 쑹이는 매우 조심스럽게 비가 내리는 밤에 산길에서 차를 몰았다. 쯔평산의 가파른 산길에 핸들을 잡은 쑹이의 손은 계속해서 땀에 젖었지만, 차의 속도는 조금도 느려지지 않았다.

리청이 조수석에서 어두운 표정으로 길을 바라보며 말했다.

"조금만 천천히 가!"

리청은 이렇게 말하면서 백미러를 힐끗 쳐다보았다.

"어, 뒤에 왜 차가 따라오는 거지?"

쑹이 역시 따라오는 차를 바라보며 눈살을 찌푸리고 투덜댔다.

"정말 제멋대로라니까."

리청이 손을 뻗어 백미러에 묻은 빗방울을 닦고 뒤쪽의 차를 똑똑히 살펴보았다.

"페이웬 차 맞지? 왜 따라오는 거지?"

쑹이는 굳은 표정으로 아무런 말도 하지 않았다. 리청도 한숨을 내쉴 뿐, 별다른 말은 하지 않았다. 이미 어느 정도 눈치는 챘다. 페이웬은 쑹이에게 마음이 있었지만, 쑹이는 페이웬에게 전혀 마음이 없었다.

뒷좌석에 앉아 있는 팡란은 고통에 머리가 어지러워 지금 상황을 알아채지 못했다. 그저 온몸이 뜨거워지고 정신이 흐려지며 기절할 것 같다는 것만 느낄 뿐이었다. 이렇게 생각하면서 눈앞이 캄캄해진 팡란은 의식을 잃었다.

어둠 속에서 발목에 느껴지던 극심한 고통이 줄어든 대신, 관자놀이에 찌르는 듯 참을 수 없는 아픔이 찾아왔다. 어찌 된 일인지는 알 수 없었지만, 무언가 거대한 힘이 자신의 머릿속을 파고들어 오는 것 같은 감각만이 느껴졌다. 죽을 만큼 고통스러웠으나, 어둠 속에선 앓는 소리조차 낼 수 없었다.

잠시 후, 아픔이 갑자기 사라지더니 어떤 그림자가 가볍게 팡란의 곁에 가볍게 흩날리며 내려왔다.

"무서워하지 마. 나…… 구닝안이야."

그림자가 갑자기 입을 열었다. 매우 놀란 팡란이 그림자를 향해 말했다.

"어떻게 된 일이지?"

보일 듯 말 듯 사라질 것만 같이 희미한 그림자가 더듬더듬 말을 하기 시작했다.

"이제 나는 갈게. 앞으론 네가 구닝안이야."

팡란은 무의식중에 고개를 내저었다.

"아니야, 나는 팡란이야"

그림자가 잠시 멈추더니 무언가를 회상하는 듯하더니 한숨을 내쉬었다.

"네가 바로 구닝안이야. 앞으로 다 알게 될 거야. 지금 난 네게 신분을 돌려주는 것뿐이야."

팡란은 그림자가 하는 말을 한 자 한 자 똑똑히 들었지만, 도무지 이해할 수 없는 말뿐이었다. 팡란이 다시 물었다.

"무슨 말이야? 어디로 가는 건데?"

"내가 가야 할 곳으로. 네게 원래 몸의 기억을 전해 주려고 왔어. 마음을 편안히 가지고, 거부하지 마."

그림자의 목소리에는 일종의 안정감을 주는 힘이 느껴져 팡란은 자신도 모르게 마음을 놓았다. 다시 한번 머리에 찌르는 듯한 고통이 밀려들더니 순식간에 완전히 사라져 버렸다.

팡란은 차 뒷좌석에서 눈을 떴다.

순간 구닝안의 일생의 기억이 한 장면 한 장면 눈앞에 빠르게 스쳐 지나가며 팡란의 머릿속을 파고들어 왔다. 이 모든 상황을 감당하지 못하고 온 정신이 흐릿해져 있을 때, 갑자기 차가 멈추어 섰다. 창밖에서 짤막한 경적이 들려왔다. 쑹이가 문을 열고 치스양이 구급차에서 내리는 것을 바라보았다.

"생각보다 빨리 왔네?"

쑹이가 조금 놀란 듯 말하자 치스양이 답했다.

"마침, 병원에서 당직 서고 있었거든. 구닝안은?"

"뒤에 타고 있어."

쑹이가 뒷좌석 문을 열고 구닝안을 알아들었다. 치스양의 뒤로 간호사 둘이 구급차에서 내리더니 이동용 들것을 꺼내 왔다. 쑹이는 팡란을 조심스럽게 들것에 옮긴 후 치스양과 들고서 구급차로 이동시켰다.

"됐어. 내가 있으니까 넌 돌아가 봐."

치스양이 말했지만, 쑹이는 듣는 둥 마는 둥 한걸음에 구급차로 들어섰다.

"병원에 같이 갈게."

"나도!"

어떤 여인의 목소리가 들려오더니, 페이웬이 뒤따라 구급차에 올라탔다. 치스양은 그제야 페이웬을 바라보았다. 치스양의 눈가에 알 수 없는 감정이 스쳤지만, 지금은 그런 말을 할 때가 아니었다. 치스양은 얕은 한숨을 내쉬었다.

"그래."

구급차가 어두운 밤 속으로 사라지자, 리청이 차의 시동을 끄고 내려서 페이웬의 차로 옮겨탔다. 페이웬의 매니저 리우링나가 타고 있었다. 리청이 차 문을 닫고 리우링나를 바라보며 말했다.

"저희도 그만 가 보죠. 차 안에서 하룻밤 보내는 건 너무 위험하잖아요."

리우링나가 예쁜 눈을 크게 부릅떴다.

"그쪽 차 타고 가면 되지, 뭐 하러 왔어요?"

리청이 헤헤 웃으며 넉살 좋게 말했다.

"산이 너무 어두워서 혼자면 무섭다고요."

리우링나가 차갑게 웃고는 액셀을 밟아 버렸다.

"어어! 뭐 하는 짓이에요!"

리청이 놀라서 차 손잡이를 꽉 잡았다.

"무섭죠? 산 아래에 데려다줄게요. 산 밑에는 그쪽이랑 같이 있어 줄 사람 많을 거예요."

리청이 곤란한 얼굴로 말했다.

"아이고, 누님. 제가 잘못했어요. 얼른 멈춰요, 우리 차가 앞에 있는데 어떻게 하시려고요!"

리우링나가 다시 한번 액셀을 밟았다.

"시끄러워, 짜증 나 죽겠어! 너네 쑹이 차가 어떻게 되든 상관없지만, 우리 페이웬이 내일 뉴스 1면을 장식하는 건 안 돼."

리우링나는 쑹이가 주차해 둔 차를 추월해 지나갔다. 차 간의 간격이 너무 좁은 나머지 두 차의 사이드미러가 서로 부딪혀 부서지고 말았다. 리청은 놀라서 계속해서 소리쳤다.

"조금만 천천히……."

비 내리는 밤길, 리우링나는 앞쪽의 구급차를 쫓아 내달렸다.

하늘에 구멍이 난 듯 비가 쏟아져 내리는 가운데 구급차가 질주하듯 달려 쯔펑산에서 20km 떨어진 캉아이 병원에 도착했다. 캉아이 병원은 페이 가문의 개인 병원으로, 치스양은 귀국한 후 이곳에서 주치의로 있었다.

팡란이 CT실로 들어가자, 수많은 기억이 머릿속에서 뿜어져 나와 정신이 더욱더 흐릿해졌다. 치스양이 미리 불러 둔 당직 의사 몇몇이 CT 촬영 사진을 보고 있었다. 쑹이와 페이웬은 조용히 결과를 기다리고 있었다. 잠시 후, 치스양이 말했다.

"발목 골절인데, 쑹이가 제때 처리한 덕분에 뼛조각이 혈관을 건드리진 않았어. 곧 수술 들어갈 거야."

쑹이가 고개를 끄덕였다.

"그렇다니 다행이네. 여기서 기다릴게."

페이웬이 쑹이를 바라보며 말했다.

"다시 운전해서 가기엔 너무 위험해. 그냥 나도 여기서 같이 기다릴게."

두 사람은 수술실 앞에 앉아 있었다. 얼마 지나지 않아 '수술 중' 표시등에 불이 들어왔다.

두 사람이 있는 곳은 캉아이 병원의 VIP층으로, 보통 이곳을 오가는 사람들은 신분과 지위가 평범하지 않았기에 스크린 황제와 여제가 병원 복도 의자에 앉아 있어도 간호사들이 일사불란하게 일을 해냈다.

얼마 지나지 않아 복도 끝쪽에서 요란한 발걸음 소리가 들려왔다. 쑹이가 돌아보니 바로 리청과 리우링나였다. 리청이 먼저 물었다.

"구닝안은 괜찮아?"

쑹이가 답했다.

"수술 중이야. 치스양이 들어갔으니, 문제없을 거야. 그런데 다들 왜 온 거야?"

페이웬이 이어서 말했다.

"밖에 이렇게 비가 많이 쏟아지는데, 두 사람 위험하게 뭐 하러 온 거야."

리우링나가 예쁜 얼굴을 찡그리며 페이웬에게 불평했다.

"언니, 위험한 거 이제 알았어요?"

페이웬은 어색한 듯 헛기침을 내뱉었다. 리우링나가 계속해서 말했다.

"됐어. 두 사람 모자도 쓰지 않고 이렇게 달려온 거, 내일 뉴스 날까 봐 무섭지도 않아요?"

페이웬이 말했다.

"너무 급하게 오느라 그랬지. 하지만 캉아이 병원은 페이 집안 개인 병원이잖아. 게다가 여긴 VIP층이니까 몰래 사진 찍는 사람은 없을 거야."

'페이 집안'이라고 말할 때 페이웬의 표정에 약간의 어색함이 잠시 스쳐 지나갔지만, 금세 자취를 감추었다. 리우닝나가 어쩔 수 없다는 듯 말했다.

"그랬으면 좋겠네. 복도에서 기다리지 말자. 방금 간호사실에 계신 분이랑 인사했는데, 우리한테 치스양 선생님 방에 가서 쉬어도 된다고 그랬어. 두 사람 좀 자 둬요. 내일 아침에도 산에 가서 촬영하잖아요."

페이웬은 순간 얼굴을 찌푸렸다.

"하, 내일 촬영을 어떻게 잊을 수 있겠니!"

리우링나는 속으로 불평했다. 쑹이를 보겠다고 내 이름을 잊지 않은 것만 해도 다행이지…….

캉아이 병원은 시설이 뛰어난 것으로 유명한 곳이었다. 해외 최고 수준의 의료 기기는 말할 것도 없고, 의사 휴게실까지도 매우 쾌적했다. 치스양은 주치의였기 때문에, 화장실과 응접실이 있는 50평짜리 휴게실을 혼자서 누렸다.

쑹이가 응접실에 들어섰다. 크고 폭신한 소파가 눈에 들어오자 온몸에 피곤함이 엄습했다. 낮에 강도 높은 촬영 일정을 소화한

데다가, 밤에는 한바탕 소동이 있었으니 졸음이 밀려왔다.

"소파에 잠깐 누워 있을게. 페이웬, 너는 휴게실 침대에서 눈
좀 붙여."

쑹이가 말하며 소파에 몸을 뉘었다. 페이웬도 마찬가지로 피곤
했기에 사양하지 않았다.

"너무 피곤하네. 고마워."

리우링나가 뒤에서 손을 들어 시계를 보고는 당부했다.

"아침에 산으로 가야 해요. 네 시간 정도 주무시고 나면 제가 깨
우러 올게요."

네 시간 정도 자는 것도 사실 매우 힘든 일이었다. 하지만 두
사람 같은 배우들은 촬영 진도에 따라 며칠 밤을 뜬눈으로 지새
우는 것도 흔히 있는 일이었다. 후반에 작품 홍보를 할 때도 이
도시에서 저 도시로 옮겨 다니니, 비행기에서 부족한 잠을 보충
할 수밖에 없었다.

쑹이는 누워서 눈을 감았다가, 다시 눈을 뜨고 핸드폰으로 시
간을 확인했다. 잠깐 쉬었던 줄 알았는데, 벌써 네 시간이 지나 있
었다. 눈을 감자마자 이렇게 오래 잠들었다니.

눈을 비비고서 리청과 리우링나가 깨지 않도록 슬며시 문을
열었다. 그는 문을 나서자마자 치스양을 마주쳤다.

"안 그래도 가 보려던 참이었어. 수술은 잘됐어?"

치스양이 안경을 벗고 눈을 비볐다. 밤새도록 수술을 집도한
치스양의 눈은 온통 충혈되어 있었지만, 매우 밝은 표정이었다.

"잘됐어. 구닝안은 A1609 병실에 있는데, 아직 마취가 풀리지 않았어."

"알겠어. 가 볼게."

치스양은 쑹이를 바라보며 장난기 가득한 미소를 지었다.

"구닝안한테 특별히 관심이 많은가 봐? 수간호사가 그러는데 수술동의서에 네가 서명했다며?"

쑹이는 싱그레 웃고서 상당히 의미심장하게 말했다.

"페이웬은 휴게실에 있어."

이 말을 들은 치스양이 어이없다는 눈빛을 띠자 쑹이가 치스양의 어깨를 툭 쳤다.

"기회를 잡으라고."

치스양은 소리 없이 한숨을 내쉬며 사무실 문을 열었다. 바깥쪽에 리청과 리우링나가 소파 의자에 따로 자리를 잡고서 졸고 있었다. 안쪽의 휴게실을 페이웬이 쓰는 게 분명했다. 살금살금 안으로 걸어가 문을 열었다. 페이웬은 옷을 입은 채로 침대 위에 옆으로 누워 자고 있었다. 눈썹을 살짝 찌푸린 것을 보니 편안히 잠들지 못한 것 같았다. 앞으로 걸어가서 바닥에 떨어진 담요를 주워 페이웬을 살짝 덮어 주었다. 피곤함으로 가득한 눈빛 속에 한줄기 부드러움이 떠올랐지만, 안타깝게도 페이웬은 잠들어 전혀 눈치채지 못했다.

치스양은 그 자리에 몇 분간 소리 없이 서 있다가 다시 소리 없이 떠나갔다. 마치 오지 않았던 것처럼…….

A1609 병실은 복도 끝에서 두 번째 방으로, 매우 조용해 보였다. 온통 통유리로 된 벽면 사이로 병상 위에 누워 있는 작은 실루엣이 쑹이의 눈에 들어왔다. 쑹이가 조심스럽게 문을 열고 들어가자 간호사가 마침 구닝안에게 링거를 걸어 주고 있었다. 가느다란 주삿바늘이 하얗고 투명한 손등 위에 붙어 있는 것을 보니 쑹이의 눈에 측은함이 스며들었다.

간호사는 호기심에 쑹이를 한 번 훑어보았다. 속으로 두 사람이 어떤 사이인지 궁금했지만, 자신의 직업윤리에 따라 말을 꺼내지 않았다. 간호사는 매우 빨리 자신이 할 일을 끝내고 나갔다.

병상 위의 환자는 오른발에 두꺼운 깁스를 두르고 있었다. 흰색 붕대가 침대 끝에 걸려 있으니 매우 우스꽝스러워 보였다. 그러나 편안해 보이는 작은 얼굴을 보고 있을수록 쑹이는 더욱더 넋을 잃고 말았다. 그는 이 순간에도 구닝안이 팡란을 닮았다고 생각했다. 비록 두 사람의 외모는 매우 달랐지만, 구닝안의 행동 하나하나에서 팡란의 그림자가 보였다. 이런 느낌을 뭐라 말해야 할지 알 수 없었지만, 마음속에선 갈수록 의문이 쌓여만 갔다. 쑹이는 생각에 몰두하느라 병실 창밖에 페이웬이 쓸쓸하게 서 있는 것을 알아차리지 못했다.

"웬 언니……."

리우링나가 뒤에서 조용히 페이웬을 불렀다. 창밖을 보니 날이 밝아오고 있었다. 산으로 출발해야 했다. 리우링나가 페이웬을 깨우고 이것저것 정리할 동안, 페이웬은 함께 출발하기위해 밖으로 나와 쑹이를 찾으러 갔다. 하지만 뜻밖에도 쑹이가 병상 앞에서 깊은 눈빛으로 구닝안을 바라보는 광경을 발견한 것이다. 아무리 페이웬이 성숙하고 신중한 사람일지라도, 이런 장면을 보고 실의에 빠지는 것은 어쩔 수 없는 일이었다. 리우링나가 얕은 한숨을 내쉬었다.

"내가 쑹이 부르러 갈 테니까, 언니는 먼저 차에 타 있어. 모자 쓰는 거 잊지 말고."

페이웬은 고개를 끄덕이고는 자리를 떠났다.

리우링나는 페이웬이 멀어지는 것을 보고, 밖에 서서 병실의 통유리창을 두드렸다. 유리창을 두드리는 낭랑한 소리가 쑹이를 놀라게 했다. 쑹이가 고개를 들자, 불쾌한 기색이 역력한 리우링나가 창밖에서 손가락으로 시계를 가리키며 출발해야 한다고 알려 주는 모습이 보였다. 쑹이는 다시 한번 잠든 구닝안을 바라보고는 몸을 일으켜 병실을 떠났다.

전날, 산에서 내려올 때 차 한 대를 몰고 왔기 때문에 페이웬과 쑹이가 함께 떠나야 했다. 리청은 진작에 차에 시동을 걸어 놨다. 다행히 이른 아침이어서 병원 아래층에 오가는 사람이 매우 적었다. 쑹이와 페이웬은 다른 사람의 눈에 띄지 않도록 재빨리 차에 올라탔다.

"리 감독님이 아까 전화하셨어."

리청의 말에 쑹이는 고개를 끄덕이며 알았다는 뜻을 내비쳤다.

"구닝안에 관해 물어본 건가?"

"구닝안 괜찮냐고. 너랑 페이웬도. 비가 쏟아져 내리는데 그렇게 산에서 내려갔다고, 귀에다 한바탕 욕설 퍼부으셨어. 두 사람…… 돌아가면 욕 엄청나게 먹을 걸."

페이웬이 쓴웃음을 지었다.

"욕하려면 하라지. 나 데뷔했을 때도 리 감독님한테 욕 엄청나게 들었어."

리청이 차를 몰았다. 조수석에 앉은 쑹이가 무심코 시선을 옮겼다가 망가진 사이드미러를 발견하고 놀라서 말했다.

"사이드미러 왜 이래? 산 내려오는 길에 사고라도 난 거야?"

리청이 어색한 얼굴로 말했다.

"어……. 비가 너무 많이 와서 길이 잘 보이지 않는 바람에 벽을 긁었어. 별일 아니야."

"그럼 됐어."

지금 타고 가는 건 쑹이의 차가 아니었지만, 만약 쑹이의 차라고 했더라도 그는 이렇게 말했을 게 분명했다.

남몰래 한숨 돌린 리청은 백미러를 통해 뒷좌석에 앉은 리우링나를 흘긋 보았다. 사이드미러 파손 사건의 장본인은 지금 이 시각, 근심 걱정 없이 뒷좌석에서 부족한 잠을 자고 있었다.

몇 시간 전만 해도 비가 억수같이 쏟아져 내렸는데, 지금은 날이 반짝 개 있었다. 리청은 햇살을 받으며 쏜살같이 차를 몰았다. 아침 햇살이 조수석에 앉은 쑹이의 얼굴을 부드럽게 비추었지만, 그는 마음이 좀처럼 차분해지지 않았다. 굽이굽이 산을 휘감은 도로 위를 달리며 어느 계곡을 지날 때, 산꼭대기에 거대한 무지개가 나타났다. 운전하던 리청이 가장 먼저 발견하고 어린아이처럼 흥분했다.

"저것 좀 봐! 무지개가 떴어!"

뒷좌석에서 졸고 있던 리우링나와 페이웬이 동시에 잠에서 깼다. 두 사람은 게슴츠레 뜬 졸린 눈을 비비고 무지개를 바라보았다. 답답한 마음이 한순간에 풀리는 것만 같았다. 페이웬은 핸드폰을 들고 사진을 찍어 웨이보에 올렸다. 두 사람이 일어나기 전, 쑹이는 이미 앞 좌석에서 핸드폰에 무지개 뜬 풍경을 담았다. 핸드폰 속 무지개 사진을 보고 있으니 병실에 있는 구닝안이 생각났다. 쑹이는 위챗을 켜고 무지개 사진을 보냈다.

'비가 그치고 하늘이 맑게 갰어.'

병실에서 사진에 담긴 무지개를 바라보는 팡란은 마치 가슴속에 무겁게 자리 잡은 지난날들이 사라진 듯, 그저 기쁜 감정만이 느껴졌다. 팡란은 짧게 답장을 보냈다.

"고마워요. 정말 예쁘네요."

이때, 뒷좌석에서 핸드폰을 들고 웨이보를 보던 페이웬이 어이없다는 듯 말했다.

"망했다, 우리 둘…… 웨이보 검색어에 올랐어."

서로 눈이 마주친 리우링나와 리청은 순간 세상을 다 잃은 표정을 지었다…….

차가 아주 빠른 속도로 산꼭대기에 도착했다.

리치앤샨 감독은 일찍이 AD에게 말해 오늘 촬영 준비를 마쳐 놓았다. 하지만 페이웬과 쑹이가 돌아온 것을 보자 얼굴이 붉으락푸르락했다.

"흠!"

페이웬은 침착하게 미소 지었다.

"대감독님, 저희 돌아왔어요. 절대로 촬영에 지장 없을 거예요."

리치앤샨은 눈을 부릅뜨고 욕을 퍼부었다.

"내가 그걸 걱정하는 것 같으냐? 너희들 안전한지 그게 걱정됐다! 구닝안은 이미 다쳤으니 어쩔 수 없다지만, 너희 둘까지 비가 오는데 산에서 내려가다 사고라도 나면 어떻게 배상해 주라고!"

페이웬이 웃으며 대강 넘겼다.

"무슨 말씀을 그렇게 하세요. 저희 돌아왔잖아요? 구닝안도 이제 괜찮아요. 전 얼른 메이크업하고 올게요…….'

페이웬은 말을 마치기가 무섭게 쪼르르 미끄러지듯 도망쳤다. 리치앤샨이 다시 고개를 돌려 쑹이를 노려보았다.

"구루이안에게 말했니? 구루이안 여동생이 다쳤다는 건 속일 수 없어."

쑹이가 고개를 끄덕였다.

"병원에서 통화했습니다. 외지에 있다가 지금 가고 있다네요."

리치앤샨이 손을 내저었다.

"너는 가서 준비해라. 이 일은 내가 책임질 테니."

쑹이가 침착하게 말했다.

"마음 놓으세요. 그 녀석, 성격은 별로여도 중요한 일에 실수는 하지 않으니까요. 구닝안 일은 뜻밖의 사고이니, 제작진을 난처하게 하지는 않을 겁니다."

쑹이와 페이웬은 각자 분장을 마치고 촬영을 준비했다. 리청과 리우링나는 한데 모여서 핸드폰을 손에 들고 싱글벙글 기뻐하는 한편 한숨을 내쉬었다. 리우링나가 재빨리 웨이보를 훑어보았다.

'[속보] 페이웬 부상 의혹, 쑹이가 밤새 병원에서 간호'

오늘 새벽, 페이웬과 쑹이가 구급차에서 내려 쯔펑산의 캉아이 병원에 들어갔다. 고통스러운 표정의 페이웬을 쑹이가 곁에서 돌봐 주었다. 알려진 바에 의하면 전날 페이웬과 쑹이 주연인 영화 〈휘녀〉를 쯔펑산 정상에서 촬영하던 중······.

리우링나가 빠르게 웨이보 뉴스를 훑어보고는 함께 올라온 사진 몇 장을 클릭해 보았다. 사진 속에는 페이웬과 쑹이 두 사람 뿐, 구닝안은 흔적도 찾아볼 수 없었다. 사진이 찍힌 각도가 애매하여 쑹이가 페이웬을 부축하여 병원에 들어가는 것처럼 보였다. 불과 몇 시간 만에 웨이보에 수천 개의 댓글이 달렸다.

└ 하하하하, 우리 톱스타님 정말 대단하셔. 드디어 웬 언니를 잡

　았구나! 이 커플 찬성!

└ 이 커플 지지하는 사람 좋아요 눌러!

└ 웬 언니 괜찮아? 많이 다친 거야? 어떡해, 어떡해. 엉엉…….

└ 어떡해! 우리 남편, 한밤중에 병원 가는 것도 이렇게 멋질 일이

　야!!

리우링나는 볼수록 화가 났다.

"파파라치 놈들! 정말 정도를 모르네. 애매한 사진 몇 장 넣어

놓고, 게다가 구닝안도 잘라냈잖아! 완전 짜증 나!"

　하지만 리청은 오히려 이 상황을 아주 흥미진진하게 보고 있

었다.

제7장
잃어버린 죽간

　　　　　　　"그래도 괜찮네요. 나는 또 무슨 안 좋은
뉴스인 줄 알았네. 스캔들은 생각 못 했던 거지만……. 에이, 이
사진 잘 찍혔는데……."

　리우링나는 화가 나서 리청의 머리를 흠씬 두들겼다.

　"까불지 마. 얼른 쑹이 배우님한테 해명하라고 해. 우리 쪽은
웬 언니한테 웨이보 올리라고 할 테니까."

　리청은 맞아서 아픈 머리를 신경 쓸 겨를도 없이 다급히 리우
링나를 붙잡았다.

　"잠깐만요. 뭐가 그렇게 급해요. 이 웨이보 뉴스, 웬 누님은 좋아
할 것 같은데……."

　"닥쳐!"

　리우링나는 화가 나서 발을 동동거렸다. 리청이 얼른 목소리를
낮추고 말했다.

　"그쪽도 안타깝잖아요. 이렇게나 훌륭하신 웬 누님이 쑹이한

테 마음을 품었는데, 쑹이는 알면서도 모른 척하고. 저도 물론 쑹이가 웬 누님한테 부족하다고 생각하지만……."

리청은 리우링나의 얼굴이 화끈거리는 것을 보고 계속해서 듣기 좋은 말을 했다.

"웬 누님께서 이렇게나 대단하시니, 쑹이 대신 내가 다 안타깝다니까요……. 아직 스캔들이 난건 아니니까 조급하게 처리하지 말아요. 제가 나중에 쑹이한테 말할 테니까……."

"뭐라고요?"

리우링나가 말을 끊었다.

"감정이란 게 다른 사람이 말하는 대로 되겠어요?"

"하지만 생각해 봐요. 언제까지 가만히 앉아서 두 사람 이어지는 걸 기다릴 거예요? 내가 보기에 두 사람 이따금 스캔들 나는 거 괜찮아 보여요. 쑹이가 웬 누님을 달리 볼 수도 있지 않겠어요? 그리고 이 뉴스 반응도 별로 나쁘지 않으니 영화 홍보한 셈 치고 조금만 기다려보자고요……."

리우링나는 리청의 말에 설득된 듯 타협했다.

"그럼 일단 놔두죠. 쑹이 씨 촬영 마치면 웨이보 올릴 거 같은데, 그때 미리 저한테 말해 줘야 해요. 스캔들을 해명해도 우리가 먼저 해야 해요."

리청이 고개를 끄덕였다.

"네네, 그래요."

뜻하지 않은 일들이 일어나긴 했지만 이날 촬영은 변함없이 긴박하게 진행되었다. 사람들이 오후까지 바삐 움직인 후에야 쑹이의 촬영이 시작되었다.

쑹이는 뤄위안의 옆으로 걸어가 무신경한 듯 말을 건넸다.

"구닝안한테 무슨 불만 있어?"

뤄위안의 눈빛에 당황한 기색이 내비쳤다. 하지만 그는 곧바로 이를 숨겼다.

"무슨 말씀이신지 잘 모르겠는데요."

쑹이가 뤄위안의 어깨를 툭 쳤다. 쑹이의 말투에 사악함이 묻어났다.

"충고하는데, 귀찮게 굴지 마. 팡란 일에 대해서 너 아직 의심스러운 부분이 있다고."

쑹이는 뤄위안의 반응은 기다리지도 않는 듯 홀로 걸어갔다.

리청은 도시락을 받고 한쪽에서 쑹이를 기다리고 있었다. 제작진은 식사할 때 스텝과 배우 구분 없이 다들 같은 음식을 먹었다. 쯔펑산까지 도시락을 공수한 걸 보면 업계에서 리치앤샨의 대우는 좋은 편이었다. 쑹이는 입맛이 별로 없었지만 배는 고파서 아무렇게나 두어 입 먹고는 도시락을 내려놓았다. 그리고 아침에 차를 타고 오는 길에 페이웬이 이야기한 것이 생각나 리청에게 물었다.

"아침에 페이웬이 우리 웨이보 검색어에 올랐다고 했던 거, 어떻게 된 거야?"

리청은 일부러 침착한 척 말했다.

"별일 아니야. 우리 두 사람이 병원에서 사진 찍혔어."

쑹이가 칼날 같은 눈썹을 치켜세웠다.

"구닝안도 찍혔어?"

"그건 아닌데……."

비록 리청이 연예계에서 제일가는 매니저이고 말을 청산유수처럼 막힘없이 잘했지만, 리청을 잘 아는 쑹이는 무언가 숨기고 있다는 걸 한눈에 꿰뚫어 보았다. 그래서 말없이 자신의 핸드폰을 꺼냈다. 리청은 쑹이를 막을 수 없다는 것을 알고 설득하듯 다정하게 말했다.

"있잖아, 웬 누님 정말 좋은 사람이잖……."

쑹이가 웨이보를 켜자 갑자기 쑹이가 페이웬을 '다정하게' 부축하며 병원에 들어가는 뒷모습 헤드라인이 눈에 들어왔다.

"페이웬은 좋은 사람이지. 하지만 개인 간 감정에 관한 일은 네가 참견하지 않았으면 하는데."

쑹이가 모처럼 리청 앞에서 톱스타의 면모를 보였다. 리청은 속으로 한숨을 내쉬었다.

"됐어. 나도 너무 상관하지 않을게. 그런데 웨이보에 먼저 올리지는 마. 리우링나가 그러는데, 해명해도 자기들이 먼저 할거래."

쑹이가 눈썹을 치켜세우고 말했다.

"그래."

리청이 핸드폰을 꺼내, 멀지도 가깝지도 않지만 그렇다고 전화를 하는 게 어색하지는 않은 사람에게 전화를 걸었다.

통화를 마친 리우링나가 대기실로 달려가 웨이보를 보고 있는 페이웬에게 말했다.

"해명 웨이보 올리죠."

페이웬이 쓴웃음을 지었다.

"리청이 전화한 거지?"

리우링나가 고개를 끄덕였다. 페이웬이 핸드폰으로 글을 쓰며 말했다.

"됐어. 억지로 한 일이 좋을 순 없는 법이니까."

이러한 도리를 모르는 건 아니지만, 감정적인 일을 어찌 다 도리로만 말할 수 있을까? 페이웬은 핸드폰을 들어 담담하게 미소를 짓고 셀카를 한 장 찍었다. 가슴이 쓰라리긴 했으나, 수없이 많은 날 거울을 보며 연습했던 미소는 카메라 렌즈 속의 그녀를 더욱 아름답게 만들었다.

[**페이웬** 이 귀요미가 다쳤다구?]

아래쪽엔 미소 짓는 셀카 사진이 붙어 있었다. 얼마 지나지 않아 쏭이의 소속사도 웨이보를 올렸다.

[뉴스에 대해서는 긴말하지 않겠습니다. 이상.]

해명 웨이보를 올린 두 사람은 핸드폰을 끄고 다시 바삐 촬영
에 임했다.

❦

오후에 찍을 장면은 악역 장챠오가 쯔펑산에서 패배한 후, 스
승님이 선물한 죽간(대나무 종이 말이)을 손에 쥐고서 홀로 숲에 쓰러
져 있는 장면이었다. 이 장면은 극 전체를 관통하는 상징적인 장
면으로, 악역 인물의 마지막 종착점을 나타내는 장면이기도 했다.
쑹이가 연기하는 장면 중 가장 중요한 장면이라고 할 수 있었다.

준비를 충분히 마친 리치앤샨은 쑹이를 데리고 왔다 갔다 하
면서, 그 장면에 대해 세 번이나 이야기했다. 그는 쑹이가 감정을
몰입할 때까지 기다렸다가, 이제 됐다는 사인을 받고 나서야 카
메라 뒤로 돌아갔다.

"소품 팀은? 소품 아직 준비 안 됐어?"

리치앤샨이 목소리 높여 따져 물었다.

리치앤샨이 말하는 소품은 바로 장챠오가 손에 쥘 죽간이었다.
이 장면은 매우 중요한 장면이었기 때문에, 디테일을 매우 중히
여기는 리치앤샨이 특별히 자신의 친구에게 부탁해 대나무에 조
각을 새겨 넣어 진품처럼 보이도록 신경 써서 제작했다. 그때 얼
마나 급하게 뛰어왔는지 온 얼굴이 땀범벅인 소품 팀 직원이 헉
헉대며 말했다.

"감독님, 죽간이 없어졌습니다! 어제 저희가 상자 옮기다가 구

닝안 씨 발에 찧었잖아요? 쑹이 씨가 그때 골절됐다면서 고정할 판자를 가져오라고 하시길래, 상자 안을 더듬어서 대나무 판자 하나를 꺼내 드렸어요. 날이 어둡고 급한 데다 잘 보이지 않아서 그랬는데, 지금 생각해 보니 그게 그 죽간 같아요."

이 말을 듣고 가슴이 철렁 내려앉은 리치앤샨이 쑹이에게 다가갔다.

쑹이가 곰곰이 생각해 보았다.

"죽간이 맞는 것 같네요."

리치앤샨이 탄식을 내뱉었다.

"됐어. 누굴 원망하겠냐만, 너무 중요한 소품이라 죽간 없이는 오늘 촬영은 못 한다."

소품 팀 스태프가 말했다.

"구닝안 씨 어느 병원에 계시죠? 제가 갔다 오겠습니다. 가져와서 조금 손볼게요."

리치앤샨이 손을 내저었다.

"그럴 필요 없어, 내가 가마. 어쨌든 우리 출연자 일원이 다친 건데, 병문안도 가야지."

말을 마친 리치앤샨이 고개를 들어 하늘을 바라보았다. 오전에는 화창했던 하늘이 오후가 되자 다시 짙은 먹구름이 몰려왔다.

"날씨가 좋지 않군. 이 장면은 마지막 작업 할 때쯤 다시 찍어야겠다. 다들 정리하고 하산 준비해!"

다들 이 말을 듣고 얼굴에 희색을 띠었다. 비록 산에 오래 머문 건 아니었지만, 어젯밤의 폭우는 분명히 사람들의 몸과 마음을 지치게 했다.

제작진은 매우 빠르게 정리했다. 리치앤샨은 뒤처리를 잘 전달해 두고 먼저 스태프를 데리고 차를 타고 떠났다. 별달리 정리할게 없었던 몇몇 배우들은 제각기 차를 타고 산에서 내려갔다.

비가 오지 않는 산길은 운전 하기 좋은 편이어서, 차를 몰아 캉아이 병원에 일찍 도착할 수 있었다. 리치앤샨은 구닝안의 병실 호수를 물어보고는 곧장 앞으로 걸어가 금세 병실 입구에 도착했다. 안쪽에 구루이안이 보였다. 구루이안은 외지에서 밤새도록 차를 몰고 달려지금 막 도착한 찰나였다. 바쁘게 와서 그런지 턱에 수염이 자라 있었고, 어딘가 초췌해 보였다. 양복에 구두를 신은 걸 보아, 옷을 갈아입을 겨를도 없이 회사에서 바로 온 것이 분명했다.

"오빠……."

팡란이 침상에서 웃고 있었다.

"치 선생님이 그랬잖아. 나 괜찮아. 수술도 잘 됐다니까 몇 달 쉬면 좋아질 거야."

구루이안은 화를 참고 있었다. 하지만 그보다 마음이 더 아려왔다.

"괜찮다고? 뼈가 부러졌는데 괜찮다고? 그게 별일 아니야?"

팡란은 마음속으로 감동했다. 팡란은 구닝안으로부터 모든 기억을 받았다. 오빠는 그녀에게 어릴 적부터 지금까지 끝없는 사랑을 베풀었다. 심지어 부모님보다 더 그녀를 보살펴 주었다.

"작은 사고일 뿐인데……."

팡란이 구루이안을 위로할 말을 찾지 못해 얼버무리며 눈알을 요리조리 굴리던 중, 때마침 입구에 있는 리치앤샨을 발견했다.

"리 감독님! 오셨어요?"

리치앤샨은 구루이안을 피하고 싶었지만, 어쩔 수 없이 앞으로 나와 인사할 수밖에 없었다.

"그래. 괜찮은지 보러 왔다."

구루이안의 안색은 좋지 않았으나, 리치앤샨의 재능을 존경했기에 별말 하지 않았다.

팡란은 다급히 상황을 수습했다.

"저는 괜찮아요. 조금 쉬면 괜찮을 거예요. 촬영에 지장이 없어 다행이에요. 제 장면은 다 찍었잖아요."

"너는 네 건강만 생각해. 여기서 그런 걸 걱정하고 있다니."

구루이안이 어이없다는 듯 말했다. 리치앤샨은 그제야 구루이안을 바라보며 입을 열었다.

"뜻밖의 일이었네만, 그래도 우리 촬영 중에 발생한 사고이니 내 책임이 없다고는 못하겠지."

팡란은 그제야 리치앤샨이 오빠의 신분을 알고 있다는 것을 알아차렸다. 자신의 신분도 아는 게 분명했다. 구루이안은 속으로 언짢았지만, 영화계 대선배의 앞에서 무게를 잡는 것도 좋지는 않았다.

두 사람 사이에 어색한 기류가 감돌고 있을 때, 병실 입구에 몇 사람이 도착했다.

"뭐 하러 왔어?"

구루이안이 쑹이를 발견하고 답답한 마음을 화풀이하듯 쏘아댔다. 쑹이는 억지로 웃는 척했다. 구루이안을 전혀 무서워하는 것 같지 않았다.

"동료가 다쳤는데, 보러오지도 못하나?"

구루이안이 쑹이를 뚫어져라 쳐다보았다.

"오늘 아침 웨이보에 네 스캔들이 떴는데, 오후에 여길 오다니. 부적절하다는 생각 안 들어?"

구루이안은 직업적 습관 때문에 연예계의 뉴스에 대해 잘 알고 있었다. 쑹이와 페이웬이 동생을 입원시키느라 스캔들이 난 것이었지만, 파파라치들은 구닝안이라는 낯선 얼굴에는 관심이 없었다. 그래서 일부러 구닝안을 빼고 쑹이와 페이웬 두 사람을 엮는 장면을 애써 만든 것이었다.

하지만 전에 몰랐다고 해서, 나중에도 모른다고는 말할 수 없었다. 만약 구닝안의 '여동생'의 정체가 밝혀진다면, 아마 다른 소문을 피하지 못할 수도 있었다.

이런 이유로 쑹이와는 거리를 둘수록 좋았다. 하지만 쑹이는 전혀 신경 쓰지 않는다는 듯, 눈썹을 치켜떴다. 쾅란은 두 사람이 또 다투려는 것을 보고 급히 말리며 말했다.

"쑹 선배님도 오실 줄 몰랐어요. 어제 산에서 저를 구해 주셨죠. 아직 감사 인사를 드리지 못했는데……."

쑹이가 언짢다는 듯 말했다.

"서로 편하게 부르기로 하지 않았나? 쑹 선배님이라니. 너무 어색한데······."

팡란은 처지가 난처해졌다. 쑹이에게 말해 봤자 소용없다는 걸 알기에 구루이안은 미간을 찌푸리면서, 구닝안에게 당부했다.

"잘했어. 앞으로 쑹이랑은 떨어져 있어라."

쑹이가 슬퍼하는 척 한숨을 내쉬었다.

"하, 얼마나 많은 연예계 사람들이 내 명성을 빌리고 싶어 하는데. 너희들은······."

구루이안은 달갑지 않은 모양새였다.

"내 여동생한텐 나 같은 든든한 후원자가 있지. 너 같은 이름이 숟가락 얹을 데가 아니야."

두 사람이 한마디도 지지 않고 말다툼하자 팡란이 급히 화제를 돌렸다.

"리 감독님, 오늘 촬영은 잘돼 가나요? 왜 벌써 내려오셨어요?"

리치앤샨이 말했다.

"안 그래도 물어보려던 참이다. 어제 네가 다쳤을 때 쑹이가 발목을 고정하겠다고 쓴 죽간 말이다. 우리 작품에서 중요한 소품 중 하나라서 내가 특별히 친한 친구에게 부탁해 조각한 죽간이야. 어제 입원하고 나서 죽간 어디에 뒀는지 아니?"

"어······."

팡란이 눈썹을 찡그렸다.

"저도 잘 모르겠어요. 치 선생님께 물어보세요."

리치앤샨이 고개를 끄덕였다.

"그럼 일단 의사 선생님 진료실에 가 보마. 너희들은 마저 이야기 나누거라."

구루이안이 뒤를 따랐다.

"같이 가겠습니다. 마침 동생 상태를 물어보려던 참이었거든
요."

구루이안은 이렇게 말하면서 쏭이를 노려보았다. 쏭이 보고 함
께 가자는 뜻이 분명했지만, 유감스럽게도 쏭이는 일부러 시선을
마주치지 않았다. 속으로 화가 났다. 여동생이 쏭이와 함께 있는 걸
원치 않았지만, 그렇다고 억지로 끌고 갈 수도 없는 노릇이었다. 어
쨌거나 표면상으로는 쏭이도 병문안을 온 것이었기 때문이다.

구루이안은 쏭이가 자신을 무시하는 것을 보고도 다시 한번
노려보는 수밖에 없었다. 그는 리치앤샨을 따라 병실을 나섰다.

팡란이 쏭이를 바라보며 말했다.

"오빠랑 웬 언니가 뉴스에 나올 줄은 몰랐어요. 정말 미안해요."

쏭이는 전혀 신경 쓰지 않는다는 듯 답했다.

"별일 아니야. 페이웬도 신경 안 쓸 거야."

"그래요?"

팡란의 말에는 무언가 뜻을 담고 있는 듯했지만, 쏭이는 일부
러 모른 척했다.

두 사람 사이에 어색한 기류가 흐르고 있을 때, '똑똑' 하고 입
구에서 문을 두드리는 소리가 들렸다. 페이웬이 웃으며 걸어 들
어왔다.

"너희들 서로 마주 보면서 뭐 하고 있어?"

팡란이 웃었다.

"다들 온 거예요? 모처럼 일찍 끝났는데, 쉬러 가지 않고요."

페이웬이 앞으로 걸어 나오며 말했다.

"일찍 끝난 덕분에 보러 올 수 있었던 거야. 안 그랬음 다들 바빠서 시간 없었을걸. 맞다, 리 감독님이 소품 찾으러 오신다고 했는데 찾았는지 모르겠네?"

팡란은 미안한 표정을 지었다.

"못 찾을 것 같아요. 그 죽간이 이렇게 중요한 건지 누가 알았겠어요. 병원은 쓰레기를 수시로 버리니까, 분명 그 죽간도 간호사가 진작 버렸을 거예요."

팡란이 이렇게 말했을 때, 쑹이가 일부러 말을 꺼냈다.

"그럼, 내 머플러도 간호사가 같이 버린 건가?"

팡란은 당시 긴급한 상황에서 쑹이가 자신의 목소리를 찢어 발목을 감싸 주었던 일이 그제야 생각났다.

"중요한 머플러였어요?"

쑹이는 불량스럽게 웃었다.

"그렇게 중요한 건 아니지만 LIXID 한정판이야."

"LIXID?"

쑹이 이야기한 브랜드는 매우 이름 높은 브랜드였다. LIXID에서 생산되는 모든 상품이 우수한 것 외에도, 설립자가 매우 젊은 중국인이었다. 세계의 명품 브랜드 라인 중에서 아시아권은 정말 보기 드물었기 때문에, LIXID는 근래 유일하게 세계 패션계에서 자리 잡은 국내 브랜드였다. 페이웬 역시 조금 의아했다.

"LIXID에서 언제 머플러를 출시했지?"

여자 연예인들은 패션 브랜드에 관심을 가질 수밖에 없었다. LIXID의 수공예품은 매우 유명했는데, 특히 가죽 제품이 훌륭했다. 가끔 주얼리 아이템을 출시하기도 했지만, 머플러는 들어 본 적이 없었다.

"그런가?"

쏭이가 잠시 생각해 보더니 입을 열었다.

"선물 받은 거야. LIXID가 확실하던데……. 아마도 내부 샘플인가 보네."

쏭이가 말하지는 않았지만, 사실 그에게 머플러를 선물해 준 사람이 바로 LIXID의 설립자 리웨이지였다.

"그럼 더 귀중한 거네요."

팡란이 말했다.

명품 브랜드들은 종종 내부용 샘플을 만들고, 최종적으로 시장에 내놓을 수 있는 제품을 골랐다. 선택되지 않은 샘플도 제작 공정과 품질은 별반 다르지 않았다. 이런 제품들은 대부분 내부 전시용으로, 일종의 리미티드 에디션이라고 할 수 있었기에 일반 상품보다 가치가 훨씬 더 높았다. 게다가 수요는 많아도 공급이 없어 실거래가 이루어지지 않을 때가 더 많았다.

쏭이는 한쪽 눈썹을 치켜뜨며 모처럼 어린아이처럼 장난기를 드러냈다.

"왜? 갚아 주려고?"

팡란은 순간 난처해져 할 말이 없었다. 머플러와 같은 선물을 남녀 사이에 주고받는 건 커플인 경우가 많았다. 팡란은 쏭이와 자꾸 엮이고 싶지 않았다. 게다가 페이웬이 쑹이에게 마음이 있다는 걸 알고 있던 터라, 웬 언니가 보고 있는 앞에서 어떤 행동도 할 수 없었다.

페이웬이 재빨리 화제를 돌리며 농담조로 말했다.

"됐어. 너 그렇게 돈도 많으면서, 머플러 하나가 없어서 그래?"

그러는 사이에 리치앤샨과 구루이안이 돌아왔다. 리 감독의 표정을 살펴보니, 일이 잘못된 것을 알 수 있었다. 아니나 다를까, 리치앤샨은 수심에 가득 찬 얼굴로 말했다.

"죽간은 이미 버렸다는구나. 어휴, 겨우 부탁해서 만든 건데."

팡란은 궁금해졌다.

"도대체 어떤 친구분이시길래, 리 감독님께서 이렇게 마음 아파하세요?"

리치앤샨이 답했다.

"들어 봤는지 모르겠구나. 허장이라는 사람이다."

"〈난정집서[7]〉를 필사했던 그 허장, 허 선생님은 아니겠죠?"

"허장을 아니?"

리치앤샨은 잠시 의아했지만, 구닝안이 부채에 썼던 글을 떠올리고 문득 깨달았다.

"네가 서예를 배웠던 걸 깜빡했구나. 허 선생의 명성은 당연히 들어보았겠구나."

팡란의 얼굴에 동경이 어려 있었다. 팡란은 구닝안의 기억을

---

7   동진(东晋) 시기를 대표하는 서예가 왕희지의 저술로, 천하제일의 해서체 저술로
     칭송받음

전해 받았기 때문에, 서법에 대해 더 많은 깨달음이 있었다.

"그냥 들어만 봤겠나요. 귀에 딱지가 앉도록 들었지요. 〈난정집서〉는 세상에 필사본이 많고, 당대에도 많은 서예가가 필사를 즐겨 했었지요. 하지만 그중에서도 진위를 구별하기 어려울 정도로 필사할 수 있는 분은 아마 허 선생님 한 분밖에 없을 거예요. 다른 사람들은 그저 따라 쓰지만 허 선생님께서는 본질을 꿰뚫어 보시어 필사본에도 정신이 깃드니, 필력이 정말 범상치 않으시죠. 게다가 허 선생님께서 비록 〈난정집서〉의 필사집으로 유명해지셨지만, 사실은 소해서체를 연습하느라 시작하신 거였죠. 저도 전부터 소해서체를 연습할 때 허 선생님 글을 필사했어요……."

막힘 없이 말을 풀어내는 팡란의 두 눈이 동경심에 가득 차, 별을 쫓는 아이처럼 반짝였다. 구루이안이 옆에서 말을 이어 갔다.

"닝닝이는 어렸을 적부터 허 선생님을 매우 우러러봤어요. 집에서도 여러 방법으로 허 선생님을 모셔 닝닝이에게 가르침을 주십사 했었지만, 유감스럽게도 허 선생님께서 저희 같은 평범한 사람들을 좋아하지 않으시더군요."

리치앤샨이 이 말을 듣고 자신도 모르게 큰 소리로 웃었다.

"그건 너희들이 초대하는 방법이 틀려서 그래. 허 선생 본인은 절대 허세가 있는 사람이 아니야. 오히려 시원시원한 사람이지. 다만 많은 사람이 돈을 앞세워 뒷거래하려 들어서, 너희 같은 부자들을 멀리한 지 오래야."

구루이안의 표정이 어색해 보였다. 구루이안 역시 금수저를 물고 태어났다. 이익을 고려하는 습관 때문에, 문필가들과 교제하는 방법을 잘 알지 못했다.

팡란이 흥분하며 말했다.

"리 감독님께서 허 선생님께 죽간 제작을 부탁하신 걸 보면, 사이가 좋으신 거겠죠? 다시 선생님을 뵙게 되면 말씀 좀 전해 주세요. 선생님께서 쓰신 소해서체 작품이 한 권뿐이니, 시간이 나시거든 한 권 더 써 주십사 하고요. 소해서체를 연습하는 학생들이 모두 그분을 우러러본답니다."

팡란이 소해서체에 대해서만 말할 뿐, 자신을 소개해 달라거나 하지 않는 것을 보고 리치앤샨은 문득 그녀가 철이 많이 들었다고 생각했다. 리치앤샨이 웃으며 답했다.

"그건 어렵지 않지."

한창 즐겁게 이야기를 나누는 사이, 날이 어둑어둑해졌다. 페이웬이 창밖을 흘끗 보고는 말했다.

"늦었네. 슬슬 가 봐야겠다. 가기 전에 할 일이 하나 있어."

"무슨 일이요?"

팡란이 물었다.

페이웬이 웃으며 핸드백에서 아이브로펜슬 하나를 꺼내고는 앞쪽으로 와서 말했다.

"다리 좀 빌려줘."

팡란은 페이웬이 아이브로펜슬로 자신의 오른발 깁스에 멋지게 사인하는 것을 바라보았다. 페이웬은 사인 옆에 귀여운 웃는 얼굴을 그려 넣었다.

"홍보팀에서 그러는데, 최대한 이용하자고 하더라고."

페이웬이 핸드폰을 들고 깁스 사진을 찍었다. 곁에 있던 사람들은 모두 연예계에 훤한 사람으로, 페이웬의 말뜻을 알아들었다. 구닝안의 '여동생' 정체는 아직 외부에 공개되지 않았고, 아침에 페이웬과 쑹이의 스캔들이 터졌다. 이때 '여동생'을 앞세워 소문을 돌파하는 것은 더할 나위 없이 좋은 일인 데다, '여동생'과 영화의 인지도를 높일 수 있었다. 쑹이가 산뜻하게 페이웬의 손에서 아이브로우 펜슬을 뽑아 들었다.

"이런 일에 내가 빠질 순 없지?"

말을 끝내기가 무섭게 쑹이가 손을 들어 깁스에 자신의 사인을 하고, 옆에 '얼른 건강을 회복하기를'이라는 말을 적었다. 페이웬과 쑹이가 함께 깁스를 두고 유쾌한 모습으로 찍은 사진을 각자 웨이보에 올렸다.

[**페이웬** 동생아, 얼른 건강을 회복하렴. 어제 다친 사람은 여동생이에요~]

[**쑹이** 여동생이 다쳤는데 우리 이렇게 즐거워하는 건 좀 아닌 것 같아~]

팡란은 별달리 할 말이 없었다.

웨이보를 올린 후 소문은 저절로 사라졌고, 모든 일이 안정을 되찾았다. 〈휘녀〉는 다시 한번 바쁜 제작 일정에 돌입했고, 구루이안도 분주히 일했다. 팡란은 상처를 치료한다는 이유로 모처럼 평온한 시간을 가질 수 있었다.

구닝안으로 다시 태어난 후, 안절부절못하며 눈코 뜰 새 없이 바쁜 날들을 보낸 지 한 달이 되었다. 구닝안의 몸과 얼굴에도 어느 정도 친숙함이 생겼다. 게다가 얼마 전 구닝안의 기억까지 돌려받았으니, 지금 팡란은 구닝안과 팡란이 합쳐진 영혼이라 할 수 있었다. 그녀는 단지 두 사람의 기억만 가지고 있을 뿐만 아니라, 두 사람의 능력을 얻었다. 예를 들면 그녀가 팡란으로서 힘들게 단련한 연기 경험, 구닝안으로서 쓸 수 있는 아름다운 소해서체가 그러했다.

하지만 구닝안이 자신의 뇌리에 남기고 간 말에 대해서는 결국 이해할 수 없었다. 그날 차 안에서 비록 고통에 정신이 오락가락하긴 했었지만, 구닝안이 '지금 난 네게 신분을 돌려주는 것뿐이야.'라고 하는 말은 똑똑히 들었다. 도대체 무슨 뜻일까?

팡란은 도무지 알 수 없었지만, 이 의문은 일단 접어 두기로 했다. 지금 확실한 건 구닝안이 분명 스스로 떠났다는 것이었다. 이 사실로 인해 '그녀의 몸을 차지했다'라는 죄책감에서 많이 벗어났다. 그러나 진실을 찾는 것만은 포기하지 않았다. 그녀는 이것이 자신과 구닝안을 위해 마땅히 해야 하는 일이라고 생각했다.

제8장
뜻밖의 방문객

한참 생각에 잠겨 있을 때, 입구에서 경쾌한 발소리가 들려왔다.

"닝닝!"

먀오페이페이가 가벼운 발걸음으로 들어왔다.

"네가 제일 좋아하는 두리안 페이스트리 가져왔어!"

팡란의 얼굴에 미소가 번졌다. 그녀는 두리안을 좋아했는데, 구닝안도 마찬가지였다. 생각해 보니 정말 오랜만에 먹는 두리안이었다.

"어디서 산 거야? 그때 그 두리안 가게는 문 닫은 줄 알았는데."

팡란이 말한 두리안 가게는 A대학 근처에 있는 곳으로, 구닝안이 늘 다니던 곳이었다. 먀오페이페이가 가늘게 눈웃음 지으며 말했다.

"두 선배가 추천해 준다서, 같이 가서 샀어."

바로 그때, 먀오페이페이 뒤에 또 한 사람이 들어왔다. 소리가 나는 곳을 바라보니, 한 여자아이가 들어오는 것이 보였다. 구닝안과 비슷한 또래로, 발목까지 오는 긴 니트 코트를 입고 있었다. 몸매만 훌륭한 게 아니라 외모도 매우 아름다웠다. 다만 눈꼬리가 올라가 있어 무표정이 다소 차가워 보였다. A대 연극부 회원 리치우닝이었다.

리치우닝은 구닝안과 그리 사이가 좋지 않았는데, 이는 오해에서 비롯된 것이었다. 구닝안이 막 연극부에 들어갔을 때, 리치우닝은 이미 연극부의 베테랑 회원이었다. 여름 방학 때 연극부가 신학기 축제에 올릴 짧은 연극 프로그램을 준비해야 했다. 당시 지도 교수님께서 직접 출연 배역을 정해 놓고 무대 감독에 전화로 통지하여, 회원들이 대본을 받아보고 미리 배역을 익히도록 했다. 하지만 무대 감독이 전화상으로 이름을 잘못 듣고 말았다. 여자 주인공 출연자의 이름 중에 '닝'자가 있다는 것만 듣고서 섣불리 구닝안에게 전화를 걸어 여자 주인공을 준비하라고 전했다. 당시 구닝안은 과분한 대우에 기쁘고도 놀라서 밤새도록 대사를 외웠었다.

이튿날 현장에 도착하니 교수님은 자신이 배정한 여자 주인공이 구닝안이 아니라 리치우닝이라고 말했다. 하지만 리치우닝은 전화를 받지 못했기 때문에 대사 준비를 하지 못했고, 구닝안은 대본을 전부 암기해 갔다. 교수님이 구닝안에게 한번 연기를 시켜 보았는데, 의외로 나쁘지 않아서 배역은 결국 구닝안에게 돌아갔다.

뜻하지 않게 개학식 때 이 연극은 반응이 매우 좋았고, 여자 주인공을 연기한 구닝안까지 신입생 포럼에서 매우 인기를 끌었다. 이에 리치우닝은 눈시울을 붉혔다.

리치우닝이 연기를 배운 건 이름을 알릴 기회를 조금도 놓치지 않기 위해서였다. 연극부에서 고생하며 2년을 굴렀더니, 막 입학한 신입생에게 스포트라이트를 내어 줄 줄은 상상도 하지 못했다. 게다가 이 신입생의 역할은 원래 자신의 것을 '뺏긴' 것이었다. 어떻게 리치우닝이 화가 나지 않을 수 있을까? 이후로 리치우닝은 구닝안을 그다지 좋아하지 않았다. 평소 연극부에서 리치우닝은 구닝안을 골탕 먹이곤 했지만, 구닝안은 문제를 일으키고 싶지 않아서 알아서 피했다. 시간이 흐르고, 리치우닝 역시 혼자서만 이러는 건 무의미하다고 생각했고 이렇게 두 사람 사이는 뜨뜻미지근하게 얼어붙었다.

그런데 지금, 리치우닝이 왜 병원에 온 걸까? 설마 병문안?

팡란은 리치우닝이 병문안을 왔을 리 없다고 마음속으로 부정했다. 리치우닝의 성격으로 봤을 때, 만약 구닝안이 다친 것을 알았다면, 뒤에서 웃지나 않으면 다행이었다. 팡란은 조용히 눈을 들어 먀오페이페이를 바라보았다. 리치우닝이 왜 왔냐는 뜻이었다. 먀오페이페이도 어이없다는 듯 손을 펼쳐 들고 누가 알겠냐는 뜻을 나타냈다. 팡란이 어색함을 풀기 위해 헛기침을 했다.

"음…….. 너, 너 어쩐 일이야?"

리치우닝이 가짜 미소를 지었다.

"너 보러 왔지."

리치우닝은 말은 이렇게 하면서 사방을 두리번거렸다.

"왜 너 혼자야? 너희 제작진 중 아무도 병문안 안 왔어?"

팡란은 일시에 모든 게 이해됐다. 구닝안이 〈휘녀〉에 캐스팅된 건 연극부에서 다들 알고 있는 공공연한 비밀이었다. 다만 제작진의 마케팅 전략인 신비로움 때문에, 다들 모른 척했을 뿐이었다. 지금 리치우닝이 나서서 구닝안을 보러 온 것은, 분명 여기서 엮여 보려는 심산이었다.

모든 게 명확해진 팡란은 마음을 놓았다. 팡란의 눈에는 적이 악랄한 수단을 쓰는 것보다, 적이 깊이 숨어 드러나지 않는 게 더 두려웠다. 그녀가 전생에 뤄위안의 계략에 당한 건, 이런 사실을 간과했기 때문 아닐까?

"헛걸음했네. 스태프들 너무 바쁜 데다, 내가 맡은 역할도 작은 역할이라서. 감독님이 첫날에만 예의상 병문안 오셨지, 그 후로는 오지 않으셨어."

팡란이 말했다.

"그래?"

리치우닝이 다소 실망한 기색을 띠었지만, 어딘가 매우 만족스러운 눈치였다.

"대작에 캐스팅돼서 잘 지내는 줄 알았는데, 생각보다 힘든가 보네."

먀오페이페이는 이 말을 듣고 갑자기 화가 치밀어 올랐지만, 팡란이 손을 잡아당기는 바람에 꾹 참았다. 팡란이 웃으며 말했다.

"누가 아니래. 이 일이 어디 쉬운 일인가. 나도 운 좋게 캐스팅됐을 뿐이야. 하루아침에 유명인사가 될 수 있는 것도 아니고."

리치우닝은 팡란의 말을 듣고 흥미가 사라졌다. 어쨌거나 누군 가에게 앙갚음하고 싶어도, 상대방이 받아들여야 할 수 있었다. 하지만 상대가 뻔히 알면서도 모르는 척한다면, 결국 스스로 불 속으로 뛰어드는 것이나 다름없었다.

먀오페이페이가 리치우닝을 보고 말없이 있다가, 얼른 두리안 페이스트리를 꺼내며 화제를 돌렸다.

"그런 얘긴 해서 뭐 해. 두리안 페이스트리나 먹자!"

상자를 열자 리치우닝이 갑자기 눈살을 찌푸리며 큰소리로 외 쳤다.

"세상에! 냄새 너무 고약하다. 너희 입맛 정말 특이하다!"

먀오페이페이가 밉살스레 웃었다.

"네가 싫어한다니까, 너한텐 안 줄게. 네가 올 줄 몰라서 포크 두 개밖에 안 받아 왔거든."

먀오페이페이는 말을 끝내기가 무섭게 상자에서 포크를 꺼내 자신 앞에 하나를 놓고, 팡란에게 나머지 하나를 건네주었다. 팡란 은 곧바로 페이스트리 한 조각을 입안에 넣었다. 두리안 향이 입 안에서 사르르 녹았다. 마치 모든 행복이 스며드는 것만 같았다.

"맛있어!"

팡란은 지금, 이 순간의 행복에 마치 20대 초반의 평범한 여자 아이가 된 기분이었다. 원한을 품고, 복잡함으로 뒤엉킨 은막의 여왕이 아니었다. 먀오페이페이도 입을 크게 벌리고 먹기 시작했 다.

"두 선배가 이 가게 참 잘한다고 했는데, 정말 듣던 대로네."

"네가 말하는 두 선배가 두뤄페이 말하는 거야?"

팡란이 물었다.

두뤄페이 역시 A대학 연극부 회원이었다. 연기를 배우기는 했지만, 꽃미남이 구름처럼 넘치는 연기학과에서 결코 출중한 외모는 아니었다. 다른 학생들이 졸업도 하기 전에 트렌디 드라마에 캐스팅되는 동안, 두뤄페이는 외모의 제한으로 재능을 펼칠 기회를 얻지 못해 오로지 연극부에 몰두하고 있었다. 그런 덕분에 그는 오히려 연기 실력을 갈고닦아, 매년 기말 전공 시험에서 전체 1등을 차지했고 A대학 연기과에서 조금 유명해졌다. 하지만 두뤄페이는 성격이 폐쇄적인 편이어서, 딱히 친한 사람이 없었다.

먀오페이페이는 싱글벙글 웃으며 고개를 끄덕였다.

"맞아."

먀오페이페이의 표정을 살펴보던 팡란은 모처럼 농담이 떠올랐다.

"흠…… 둘이 언제 그렇게 친해진 거야? 두 선배님 되게 무뚝뚝하잖아. 특별히 친하게 지내는 사람을 본 적이 없는 거 같은데? 너를 데리고 두리안케이크를 사러 갔다고?"

수상하게도 먀오페이페이는 얼굴을 붉히며 다급히 숨기듯 말했다.

"헤헤, 내가 너무 귀여웠나 보지."

"그래……?"

팡란은 의심스럽다는 듯 말끝을 길게 늘였다. 옆에 있던 리치우닝은 두 사람은 일은 관심 없다는 듯, 말을 끊었다.

"너희들 이야기 계속해. 볼 일 다 봤으니까 나는 갈게."

팡란과 먀오페이페이는 확실히 리치우닝을 붙잡을 뜻이 없었다. 막 보내려던 참에, 치스양이 간호사를 데리고 팡란의 병실에 회진을 왔다.

"어때? 오늘 뭐 특별한 건 없고?"

치스양은 키가 크고 호리호리하여 비율이 매우 좋았다. 거기에 흰 의사 가운을 입으니 오라가 풍겨 나왔다. 금테 안경을 쓴 치스양이 가느다란 손가락으로 진료 카드를 훑어보았는데, 손끝에 만년필을 끼고 있는 모습이 매우 세련되고 우아해 보였다. 치스양을 본 적이 있는 먀오페이페이가 방긋 웃으며 그를 불렀다.

"치 선생님, 안녕하세요."

치스양이 고개를 들어 먀오페이페이를 보더니, 이웃집 오빠처럼 부드러운 미소를 지었다.

"우리 본 적 있지? A대 기숙사에서."

먀오페이페이가 웃었다.

"맞아요. 닝닝이 주치의 선생님이 바로 선생님이셨군요. 나한테 이렇게 멋진 주치의가 있었다면, 평생 병원에 눌러앉을 텐데!"

치스양이 잘생긴 얼굴로 웃었다.

"병원은 노는 곳이 아니야. 병원에서 만나지 않는 게 가장 좋지."

팡란은 치스양이 바쁜 것을 알았기 때문에, 재빨리 말머리를 돌렸다.

"오늘 특별한 건 없어요. 발목이 조금 가려운 것 빼고요."

치스양이 고개를 끄덕였다.

"상처가 아물고 있다는 뜻이야. 긁지 마. 요 며칠 잘 참으면 될 거야. 불편한 점 있으면 바로 말하고. 그리고…….."

치스양은 코를 찡그리더니 계속해서 말했다.

"두리안은 열량이 높아 열이 날 수 있으니까 너무 많이 먹지 말고."

팡란은 쑥스러운 듯 두리안 페이스트리를 감추며 말했다.

"오늘 처음 먹은 거예요. 약속할게요!"

치스양은 진료 카드를 톡톡 두드렸다.

"그럼 계속 얘기들 해. 이만 가 볼게."

치스양이 병실 문을 나설 때까지 넋을 잃었던 리치우닝이 정신을 차리고 멍하니 말했다.

"저 의사 선생님 정말 잘생겼다."

팡란은 마치 연애 상담해 주는 친한 언니처럼 말했다.

"왜, 첫눈에 반하기라도 한 거야?"

리치우닝은 그렇다 아니다 말없이 묻기만 했다.

"결혼했어? 됐다, 결혼했어도 상관없어. 이혼할 수도 있는 거잖아."

팡란이 답했다.

"미혼 싱글이야. 하지만 인기 정말 많거든. 힘든 길을 걷지 않길 바란다."

리치우닝이 신경 쓰지 않는다는 듯 웃었다.

"그건 내 마음이지. 어쨌든 말해 줘서 고마워. 가 볼게."

리치우닝은 말을 하기가 무섭게 치스양이 떠난 방향을 따라갔다. 먀오페이페이의 얼굴에 불쾌함이 가득했다.

"리치우닝의 저 근거 없는 자신감은 어디서 나오는 거람. 치 선생님을 쫓아다니는 사람이 얼마나 많은데. 쟤 차례는 안 오겠지?"

팡란은 얕은 한숨을 내쉬었다.

"사람의 감정을 누가 알 수 있겠어?"

왜인지 모르겠지만 팡란은 치스양이 항상 부드럽고 친근해 보이고 누구에게나 예의 바르게 행동했지만, 누구와도 친한 것 같지 않았다. 아마 치스양의 내력과 관계있는 듯했다.

구닝안의 기억을 얻고 나서부터 치스양의 내력을 어느 정도는 알게 되었다. 치스양은 사실 페이 숙부의 양아들이었다. 페이 씨 집안과 구씨 집안은 대대로 친분이 있었기에, 페이홍지의 일은 구씨 집안에서 비밀도 아니었다. 페이홍지는 본처와 사이가 매우 좋았지만, 두 사람은 여러 해 동안 아이를 낳지 못했다. 여러 번 노력했지만, 결실이 없어 부부는 아이를 입양하기로 했는데 그 아이가 바로 치스양이었다.

치스양이라는 이름도 부인의 성을 따라 치씨 성을 따라 지은 것이었다. 페이홍지의 마음속에 아내가 얼마나 소중한지 알 수 있었다. 세 가족은 매우 화목했다. 하지만 페이홍지가 젊었을 적 술에 취해 하룻밤 정사를 했고, 그 여자가 뜻밖에도 몰래 페이홍지의 자식을 낳았다. 페이홍지가 우연히 이 사실을 알게 되면서 사람을 보내 여자와 아이의 행방을 알아보았다. 이후 아내가 병사했으나, 페이홍지는 재혼하지 않았다. 하지만 친자식을 찾는 일은 멈추지 않았다. 아내가 사망한 후 아이를 찾아야겠다는 생각이 더욱 간절해졌다.

구닝안의 기억 속에는 몇 년 전 페이훙지가 몰래 구가를 찾아와 부탁하며 소식을 알아본 기억뿐이었고, 결과는 알 수 없었다. 팡란은 아마도 치스양이 자신의 처지 때문에 마음이 무거운 게 아닐까 생각했다.

하지만 팡란이 모르는 사실이 한 가지 있었다. 페이 숙부는 이미 자신의 아이를 찾았다. 그 사람은 팡란도 아는 이였다. 바로 페이웬이었다.

회진을 마친 치스양이 사무실로 향하고 있었다. 리치우닝은 치스양이 지나갈 때 인사하고 얼굴을 익힐 목적으로 계단 사이 문 앞에서 기다리고 있었다. 그런데 치스양이 도착하기 전, 갑자기 전화 한 통이 걸려왔다. 전화를 걸어온 사람이 누군지 알 수 없었지만, 평소 가벼운 바람에 엷은 구름 떠다니듯 감정을 잘 드러내지 않던 치스양이 희색을 띠었다. 그러더니 얼굴을 살짝 찡그리고는 매우 고뇌하는 모습을 보였다.

리치우닝은 잠깐 그 자리에 서서 이를 지켜보았다. 치스양이 통화를 마친 후 성큼성큼 걸어서 사무실로 돌아가더니 재빨리 코트를 갈아입고 나왔다. 리치우닝은 치스양이 병원을 떠나려는 것을 짐작하고 치스양보다 먼저 엘리베이터를 타고 내려가 기쁜 마음으로 병원 입구에서 치스양을 기다렸다.

잠시 후, 치스양이 차를 몰고 나왔다. 리치우닝의 눈이 번뜩였다. 평범한 차가 아니었다. 매우 값비싼 외제 차였다. 얼굴만 잘생긴 게 아니라, 집안까지 좋다니. 리치우닝이 인생에서 만난 가장 훌륭한 남편감이었다! 리치우닝은 즉시 기회를 잡기로 다짐했다. 치스양을 따라가다가 우연히 만난 것처럼……. 순간 많은 생각이 뇌리를 스쳤다.

리치우닝은 얼른 택시를 잡아서 곧바로 치스양의 뒤를 따라갔다. 얼마 멀리 가지 않아 치스양의 차가 한 카페 앞에 멈추어 섰다. 평범한 인테리어의 특별한 것 없는 카페였다. 거리도 한적해서 영업이 한창일 시간인데도 불구하고 손님이 별로 없었다. 그렇다고 해서 숨겨진 맛집 같은 가게도 아닌 것 같았다. 리치우닝은 순간 호기심이 들었다. 치스양이 이런 곳엔 왜 온 걸까?

치스양이 재빨리 차를 세우고 카페 안으로 들어갔다. 리치우닝은 손님인 척 뒤따라 들어갔다.

리치우닝은 치스양이 다른 사람에게 말하지 않았을 뿐, 아마 여자 친구가 있을 거로 생각했다. 여기서 기다리다 보면 치스양의 여자 친구를 보고 그의 취향을 파악할 수 있을지도 몰랐다. 하지만 뜻밖에도, 잠시 후 카페에 들어선 사람은 리치우닝의 얼굴을 하얗게 질리게 했다.

편안한 옷차림을 한 여성이었다. 청바지와 티셔츠에 스포티한 아우터를 걸치고 머리에 모자를, 얼굴에는 뿔테 안경을 쓴 여자가 플랫 슈즈를 신고 가벼운 발걸음으로 걸어 들어와 치스양의 자리로 걸어갔다. 평범한 모습이었지만 리치우닝은 한눈에 알아볼 수 있었다. 바로 페이웬이었다! 설마 치스양의 여자 친구가, 그 유명한 스크린 여제 페이웬?

리치우닝은 순식간에 생각을 고쳐먹고 조용히 일어나 책꽂이에 가서 책을 꺼내 보는 척, 태연하게 두 사람이 있는 구석 쪽으로 다가갔다. 듣기 좋은 치스양의 목소리가 들려왔다.

"네가 먼저 나한테 연락할 줄은 몰랐어."

페이웬이 담담하게 말했다.

"나도 어쩔 수 없었어. 너희 아버지가 요 며칠 나한테 감시를 붙여서 일상생활에 불편이 이만저만이 아니야. 네가 말 좀 전해 줄래? 그런데 신경 쓸 필요 없다고."

치스양이 눈빛 속에 섭섭함을 감추며 말했다.

"아버지께선 널 감시하는 게 아니야. 그저 네가 잘 지내는지 궁금해하시는 것뿐인데……."

"흥."

페이웬이 전혀 관심 없다는 듯 코웃음 쳤다.

"전에 힘들게 살 때는 코빼기도 보이지 않더니, 인제 와서 굳이 진심인 척할 필요 있어? 어머니도 돌아가셨고, 더는 그 사람이랑 엮이기 싫어."

이 말을 들은 치스양의 마음속에 말로 표현하기 힘든 복잡함 같은 것이 밀려왔다. 그는 어릴 적부터 자신이 양자라는 것을 알았다. 이후 페이홍지가 친자식을 찾을 때도 자신을 속이지 않았다. 그래서 치스양은 양아버지의 친자식을 찾는 일이 길러 준 은혜에 보답하는 길이라 생각하며 최선을 다해 도와드렸다.

하지만 현실이 이렇게 잔인할 줄이야. 페이웬이 페이홍지의 친딸이라니…….

치스양과 페이웬은 해외에서 처음 만났다. 그때 치스양은 유학 중이었는데, 갓 데뷔한 페이웬이 해외에 화보 촬영을 하러 왔다가 거리에서 우연히 만났다. 페이웬이 사진작가를 놓쳤을 때 치스양이 그녀를 도와주었다.

치스양은 페이웬에게 첫눈에 반했다. 치스양은 이 순간이 아름다운 인연의 시작이라고 생각했다. 하지만 몇 개월 후 치스양은 페이웬의 진실을 알게 되었고, 치스양의 감정은 머지않아 슬픔에 흩어져 버렸다.

사실을 따지고 보자면, 치스양과 페이웬은 혈연관계는 아니었지만 페이웬이 친아버지 호적으로 들어간다면 호적상 두 사람 사이는 당연히 불가능했다. 하지만 페이웬은 페이 가문에 돌아가는 것을 원치 않아, 페이홍지는 이를 마음에 두었다. 치스양은 두 사람 사이에서 이러지도 저러지도 못하고 있었다.

"아버지는 너와 네 어머니의 존재를 알지 못하셨어. 아셨다면 결코 두 사람에게 무관심하지 않았을 거야……."

치스양이 설명했다. 하지만 페이웬은 귀찮다는 듯 말했다.

"이건 부모님 세대의 일이야. 누가 옳고 그른지 따질 생각 없어. 더는 서로 얽히지 않았으면 할 뿐이야. 페이 가문 재산에는 전혀 관심 없어. 나 혼자서도 잘 살 수 있으니까. 안 그래?"

치스양이 눈 밑에 깔린 울적함을 참으며 계속해서 말했다.

"하지만 부녀의 혈연은……."

페이웬이 즉시 치스양의 말을 끊었다.

"그 사람이 딸을 원한다면 딸이 되겠다고 대문 앞에 줄지어 서는 사람들 많을걸. 나는 혼자서 자유롭게 사는 게 익숙해서, 아빠 같은 거엔 흥미 없어."

치스양은 페이웬을 바라보았다. 그녀는 몇 년 전과 별로 달라진 게 없었다. 처음 만났을 때 페이웬은 솔직하고 시원시원하며, 명랑하고 활발했다. 지금의 페이웬은 한층 성숙하면서도 내성적이었지만, 눈빛에 단호함과 자신감 넘치는 완전히 독립적인 여성이 되었다.

안타깝게도 변하지 않은 사실이 있다면, 치스양은 여전히 그녀에게 끌린다는 것이었다. 그날의 사랑스러운 여자아이도, 지금 이 순간의 성숙하고도 자신감 넘치는 여인도 모두 치스양에게 치명적인 유혹이었다.

치스양은 어쩔 수 없다는 듯 한숨을 내쉬었다.

"그래. 아버지께 말씀드려 볼게."

페이웬이 시퍼렇게 노려보던 눈길을 거두고 말투를 누그러뜨렸다.

"너와 페이 집안에 절대 악감정 없어. 지나간 일은 잊고, 우리 서로 폐 끼치지 말고 각자 잘 사는 게 가장 좋은 결말 아니겠어?"

치스양의 눈빛에 한 줄기 쓸쓸한 감정이 피어올랐다. 그는 이내 미소로 쓸쓸함을 감추었다. 그는 안경을 들어 올리며, 따스하고 밝은 모습의 치 선생님의 얼굴로 다시 고개를 들었다.

치스양이 웃으며 말했다.

"그래…… 서로 폐 끼치지 말고 각자 잘 살기만 바란다……."

그는 다만 바랄 뿐이었다. 잊을 수 있기만을 바랄 뿐이었다.

페이웬은 치스양의 쓸쓸한 미소를 알아채지 못한 척, 가볍게 커피를 한 모금 마시며 말했다.

"커피 맛 괜찮네. 많이 마실 순 없지만."

페이웬은 컵을 내려놓았다.

"오늘은 내가 만나자고 한 거니까 내가 계산할게. 할 일이 있어서 이만 가 볼게."

치스양이 고개를 끄덕이며, 아름다운 페이웬이 빠르게 카페를 빠져나가 차에 오르는 것을 바라보았다. 그녀는 영원히 이렇겠지. 커피 한 잔조차 페이 가문에게 빚지기 싫은 거야.

치스양은 멍하니 앉아서 차갑게 식어 버린 맞은편의 커피를 소리 없이 바라보았다. 책장 뒤에 누군가가 서 있는 줄은 전혀 모른 채.

리치우닝은 누가 볼세라 책을 내려놓고 재빨리 계산한 후 카페를 나왔다. 스크린 여제와 치스양이 남매 사이라니? 듣기로는 페이웬이 치스양 아버지의 사생아인 것 같은데. 게다가 치스양이 아버지를 대신해 페이웬에게 집으로 돌아오라고 설득하고?

여러 가지를 생각해 본 리치우닝은 마음속의 큰 걱정거리 하나를 내려놓았다. 두 사람이 연인 사이만 아니면 괜찮았다. 솔직히 리치우닝은 스크린 여제 페이웬을 매력으로 능가할 자신은 없었다. 하지만 치스양이라는 최고의 남편감을 얻고자 하니, 앞으로 페이웬을 만나면 신중해야겠다는 생각이 들었다…….

여전히 달콤한 꿈에서 벗어나지 못한 리치우닝은 즐거운 마음으로 학교로 돌아갔다.

🐌

병원에 있던 팡란은 이런 일들을 전혀 알지 못했다. 팡란은 먀오페이페이와 함께 두리안 페이스트리를 다 먹고 병실에서 수다를 떨고 있었다. 먀오페이페이가 핸드폰을 뒤적이다 갑자기 눈살을 찌푸리고 말했다.

"너희 영화 또 톱뉴스에 떴어."

팡란이 이 말을 듣자마자 핸드폰을 집어 들었다.

"웨이보 헤드라인? 좀 볼게. 홍보 팀에서 낸 거 아니고?"

먀오페이페이가 고개를 내저었다.

"안 좋은 뉴스야. 리 감독이 영화 제작비를 횡령했는데……."

팡란은 무언가 이상했다.

"어쩜 그렇게 근거 없는 말을 지어내지? 요즘 수준 떨어지는 기자들, 웨이보 헤드라인 먹으려고 별소리를 다 한다니까."

팡란은 투덜대며 웨이보를 켰다. 아니나 다를까, 실시간 검색어 1위에 리치앤산의 영화 제작비 횡령이 올라 있었다…….

팡란은 성질을 죽이고 웨이보 뉴스를 읽어 내려갔다. 그제야 모든 것들이 이해됐다.

"배우가 다친 사건 때문에 그런지는 몰라도, 외부에서 누군가가 틈만 나면 공격하는 것 같아. 악의적으로 감독을 비방하고……. 내가 다친 일이 모두에게 이렇게 폐를 끼치게 될 줄은 몰랐어."

미간이 절로 찌푸려졌다. 그녀는 연예계 내에서 서로 속고 속이며 암투를 벌이는 것을 별로 좋아하지 않았지만, 그렇다고 해서 다른 사람의 계략에 휘말리지 않는 것은 아니었다. 내가 수작을 부리지 않더라도, 기자들의 흔한 수법을 잘 알게 되기 마련이었다.

"연예 전문 기자라고 해서 섣불리 쓸 수 있는 일이 아닌데. 누군가 뒤에서 바람을 불어넣은 게 분명해……."

팡란이 상황을 분석하며 말했다.

"오빠한테 전화해서 조심하라고 해야겠어."

구루이안이 팡란의 전화를 받았다.

"왜? 병원에서 너무 답답해?"

팡란이 웃으며 말했다.

"괜찮아. 먀오페이페이가 나랑 놀아 주고 치 선생님도 정말 잘해 주셔."

"그래?"

구루이안이 의심스러운 말투로 말했다.

"너 전이랑 좀 달라진 것 같다? 입원해서도 온순하게 있고, 심심하다고 징징대지도 않고."

그가 말하는 사람이 구닝안이라는 걸 알았지만, 팡란은 이미 구닝안의 기억을 받은 상태였기 때문에 전혀 당황하지 않았다.

"오빠. 내가 지금 몇 살인데. 그때는 그때고, 지금은 지금이야."

구루이안이 생각해 보더니 말했다.

"아, 너 곧 졸업하지? 아빠께선 너 해외로 유학 보내실 생각인 것 같던데, 넌 어때?"

팡란은 그의 말을 끊었다.

"오빠. 그건 나중에 다시 이야기하자. 오빠한테 조심하라고 말해 주려고 전화한 거야. 오늘 웨이보 헤드라인 뉴스 봤지? 리 감독님이 부정적인 기사에 휘말리셨어."

구루이안이 말했다.

"회의실에서 방금 나왔어. 곧 찾아볼게."

팡란이 계속해서 말했다.

"단순한 기사 같지가 않아. 오빠도 조심해."

구루이안이 고개를 끄덕였다.

"알았어. 이만 끊을게. 기사 살펴볼게."

"응."

제9장
기싸움

　기자 회견이 끝나자마자 쑹이의 소속사
는 쑹이가 이번에 제작진과 서명한 계약서를 웹상에 공개했는데,
신분증, 주소 등을 제외하면 기타 계약 조항을 전부 공개했다.
　다들 깜짝 놀랐다. 쑹이는 탑급 배우였지만 리치앤산의 영화에
서 받은 출연료는 겨우 수십만 위안 수준으로 매우 낮은 편이었
다. 쑹이는 남성 조연일 뿐 주연이 아니어서 그렇다 쳐도, 여주인
공 페이웬이 공개한 계약서는 모두를 더욱 놀라게 했다. 계약서
상의 계약 금액은 촬영 분량에 따라 계산했는데, 이 계산법에 따
르면 페이웬이 모든 장면을 다 촬영한다 해도 출연료가 백만 단
위에 불과했다. 게다가 페이웬은 주인공임에도 불구하고 풀 스케
줄이 아니었다. 스크린을 주름잡는 두 배우의 현재 몸값이 이렇
게나 적다고?
　잠시 후, 사람들이 이러쿵저러쿵 떠들어 대며 뤄위안의 웨이
보에 몰려갔다. 뤄위안은 쑹이와 페이웬보다 이틀 늦게 계약서를

공개했는데, 뤄위안의 출연료가 무려 백만 단위였다!

네티즌들의 댓글이 쉴 새 없이 달렸다.

　┗ 말도 안 돼! 뤄위안 몸값이 이렇게 높다고? 쑹이보다 거의 열
　　배나 되는데?

　┗ 뭔 개소리야? 내 눈이 잘못됐나?

　┗ 위에 댓글 쓰신 분. 님 눈이 잘못이 아님. 감독 눈이 삐었음. 뤄
　　위안 연기가 쑹이랑 페이웬이랑 비교가 되나?

　┗ 출연료 뭔가 좀 구린데? 우리 쑹이 몸값이 저렇게 낮다고?

웨이보를 살펴보던 팡란도 경악했다. 이게 어떻게 된 일이지? 팡란은 곰곰이 생각해 본 후 쑹이에게 전화하는 대신 구루이안에게 연락했다.

"오빠. 출연료 어떻게 된 거야?"

막 회의실에서 나온 구루이안이 웃으며 말했다.

"리 감독 영화 출연하는 배우들 출연료는 원래 다 낮아. 리 감독 원칙은 제작비는 영화 제작 자체에 집중해야 하고, 배우 출연료가 터무니없이 높아서는 안 된다는 거야. 어떤 배우든지 상관없이 전부 출연 횟수만큼 받아. 게다가 한 장면당 출연료도 전부 통일되어 있고."

팡란도 당연히 아는 사실이었다. 그녀는 전생에 리치앤샨과 〈휘녀〉의 전편인 〈휘산〉을 찍었기 때문에, 리 감독의 출연료 산정 방법에 대해 매우 잘 알고 있었다.

"그걸 물어본 게 아니야. 내가 의심스러운 건, 뤄위안 출연료가 왜 그렇게 높은 거지? 설마 출연 횟수대로 계산하지 않은 건가?"

구루이안이 잠시 동안 깊이 생각해 보았다.

"뤄위안이 어느 회사 소속인지 알지?"

팡란은 당연히 알고 있었다.

"스타라이트 엔터테인먼트야."

"스타라이트는 업계에서 평판이 나쁜 편이야. 리 감독이 전작 〈휘산〉을 준비할 때, 뤄위안과 계약하면서 덫에 걸렸어. 〈휘산〉을 계약할 때 서로 합의했는데, 속편 〈휘녀〉에도 뤄위안이 맡은 배역이 계속해서 등장한다는 거였어. 만약 계약 위반 시 출연료의 두 배를 위약금으로 물어 주기로 했지."

"덫에 걸렸다고?"

팡란은 여러모로 고심했다.

"스타라이트 측에서 늘 써먹는 수법인가."

"맞아. 당시 리 감독은 잘 몰랐는데, 나중에 〈휘녀〉를 찍을 때에서야 발견한 거지. 그쪽에서 출연료를 전작보다 10배 올려서 요구했는데, 이 조항은 〈휘산〉 계약서에 애매하게 쓰여 있었어. 어쨌든 리 감독이 이것저것 따져 본 끝에 10배의 출연료가 교체하는 비용보다 싸다고 생각해서 타협한 거야."

구루이안이 빈정거리는 말투로 말했다. 스타라이트 엔터의 이런 방식이 마음에 들지 않는 게 분명했다.

"그럼…… 이번 출연료 내막이 드러난 것도 뤄위안이랑 스타라이트 측에는 악재인 거네?"

마치 이미 진상이 드러난 후 스타라이트 엔터와 뤄위안이 매우 거센 비난 여론을 받는 걸 보기라도 한 듯, 팡란의 말투가 들떠 있자 구루이안이 조금 의아하게 여겼다.

"왜 이렇게 좋아해? 너 뤄위안 싫어해?"

"어? 왜 그런 말을 해?"

팡란은 구루이안의 물음에 답을 피했다. 하지만 구루이안은 개의치 않고 솔직하게 말했다.

"쑹이 말인데. 이번 기자 회견에 뤄위안 데리고 간 거, 쑹이가 개인적으로 나한테 부탁한 거야. 내 생각인데 쑹이가 암암리에 뤄위안을 상대하고 있는 것 같아."

팡란은 속으로 매우 놀랐다. 틀림없이 쑹이는 남몰래 뤄위안을 겨냥했다. 이 사건이 일시적인 우연이 아님을 더욱 확신할 수 있었다. 착각은 더욱 아니었다.

차분한 어조로 팡란이 계속해서 말했다.

"어쩌면 뤄위안과 스타라이트 엔터의 행적을 알게 되어서 리 감독님을 대신해서 나선 걸지도 모르지……."

"그럴 수도 있겠네."

구루이안이 기분 좋은 듯 말했다.

"이번 일은 날 도와준 셈이기도 해. 루이황 엔터의 경쟁자 아이비뉴뮤직이 암암리에 스타라이트와 파트너십을 논의하고 있거든. 이 일이 밝혀지면 두 회사 연합 전략은 수포가 될 거야. 어쨌든 꼼수를 부리는 파트너를 원하는 회사는 없으니까."

구루이안의 생각이 맞았다. 그 시각, 아이비뷰뮤직 사업부의 꼭대기 층. 젊은 남자가 내선 전화를 걸었다.

"마케팅 팀에 통지하세요. 스타라이트 엔터와 모든 협력을 중단하고 파트너십 전략을 종료합니다. 법무 팀에 다음 주까지 보고서 올리라고 하세요. 스타라이트 엔터와 서명한 계약서를 다시 한번 검토하고, 허점이나 숨겨진 조항이 있으면 모두 보고서에 적고 해결 방안을 올리도록 하세요."

"예, 사장님."

남자가 전화를 끊고 회전하는 의자에 앉아 몸을 돌리자 잘생긴 얼굴이 모습을 드러냈다.

짙은 갈색 머리카락을 단정하게 뒤로 빗어 넘긴 갸름한 얼굴에, 눈이 깊게 들어가고 코가 높이 솟아 있었다. 두 눈썹은 마치 깎아지른 듯 준수하고 남자다웠으며, 검푸른 눈동자는 그의 눈에 신비함을 더해 주었다. 칼날과 같이 예리한 얇은 입술에서 대범함과 결단력이 엿보였다.

샤오링페이는 창밖을 바라보았다. 먼 곳에 있는 건물 옥상에서 루이황 엔터테인먼트의 간판이 깜빡이고 있었다.

"이번에 아주 재미있는 적수를 만난 것 같군."

출연료 사건은 웨이보에서 큰 반향을 불러일으켰다. 특히 스타라이트 엔터테인먼트가 계약서에 덫을 놓은 일을 쑹이가 의도적으로 흘렸는데, 소문에 소문이 더해지며 스타라이트 엔터는 완전히 사기꾼에 못된 짓만 일삼는 블랙 기업이 되었다. 뤄위안 역시 이 공방전의 영향으로 금세 격렬한 토론장에 이름이 올랐다.

스타라이트 엔터테인먼트 회장은 저우밍위(周明宇)라는 사람이었다. 오십 가까운 나이에 배에 살이 피둥피둥 찐 저우밍위가 회의실에 앉아 화를 내며 책상을 탕탕 내리쳤다.

"다른 사람이 기자 회견에서 출연료 공개하는 일에 네가 뭐라고 바람이 들어? 리치앤샨이 안 좋은 기사 난 게 너랑 무슨 상관이냐고?"

저우밍위가 뤄위안에게 손가락질하며 욕을 퍼부었다. 뤄위안 역시 마음 가득 울화가 치밀었다. 그 역시 스타라이트 엔터가 계약서에 잔꾀를 곧잘 부린다는 것을 알고는 있었지만, 리치앤샨까지 노렸을 줄은 생각지도 못했다. 어쨌든 리치앤샨과 일단 불화를 일으킨 이상, 영화계에서 입지를 넓혀 나갈 기회를 많이 잃은 셈이었다. 여기까지 생각이 미치자, 마냥 잠자코 있을 수 없는 뤄위안이 잔뜩 화를 냈다.

"회사 측에서 리 감독님과 구체적으로 어떻게 계약했는지 전혀 몰랐어요. 게다가, 저한테 실제 계약금도 속이셨네요? 제가 전편 찍을 때 받은 출연료는 수십만 위안이었던 걸로 기억하는데, 저한테 주신 건 계약금의 10%도 안 되는 금액이잖아요."

저우밍위가 빈정거리는 표정을 짓자 험상궂은 얼굴이 더욱 교활해 보였다.

"너, 네 과거를 잊은 거야? 내가 없었으면 지금의 너도 없었어. 지금 나한테 따지겠다는 거야?"

뤄위안은 몰래 두 주먹을 불끈 쥐었다. 그의 과거는 줄곧 저우밍위가 쥐고 있는 약점이었다. 바로 이 사실 때문에 뤄위안은 수단 가리지 않고 기를 쓰고 위로 올라가기 위해 팡란을 이용했던 것이었다…….

그러나 모두 지나간 일이었다. 지금 그가 스타라이트와 불화를 일으킨다면 결국 높은 금액의 위약금을 물고 파산할지도 몰랐다.

가까스로 분노를 삼킨 뤄위안이 입을 열었다.

"됐어요. 이 일은 저한테도 책임이 있으니까요. 하지만 제 평판도 영향을 받았어요. 회사에서 얼른 해결할 방법을 마련해 주세요. 우리가 마찰 빚는 동안 다른 사람이 이득 보면 안 되잖아요."

저우밍위도 화를 가라앉히며 말했다.

"흥. 이 일은 내 나름대로 생각해 둔 게 있으니까, 넌 〈휘녀〉 촬영에나 집중해. 웨이보에 아무것도 올리지 말고."

뤄위안은 고개를 끄덕이며 알겠다는 뜻을 나타낸 뒤, 일어서서 사무실을 떠났다.

〈휘녀〉의 출연료 논란에도 제작진은 전혀 동요하지 않았다. 리치앤샨이 제작진에게 마음을 바로잡으라 명하고 영화 촬영에 전면 돌입하여 촬영 속도가 빨라지는 바람에, 몇몇 주요 배우들 모두 며칠씩 계속되는 철야 촬영에 지쳐 쓰러질 지경이었다.

이날, 쑹이는 열흘간 이어진 빠듯한 촬영을 마무리하고, 크랭크 업까지 마지막 한 장면의 촬영만을 남겨 두고 있었다. 지난번, 사고로 촬영하지 못한 그 장면이었다. 그 장면에 필요한 죽간 소품을 허장 선생님께 제작을 부탁해 두었는데, 아직 도착하지 않아 리치앤샨은 쑹이에게 며칠 간의 휴가를 주었다. 쑹이는 혹독한 스케줄 탓에 어찔어찔한 듯 밴에 앉아 있었다. 리청이 차를 몰며 물었다.

"〈휘녀〉는 일단 마무리된 셈이네. 그동안 촬영하느라 고생 많았어. 앞으로 사흘 동안 스케줄 안 잡을 테니 집에서 푹 쉬어."

"겨우 삼 일?"

쑹이가 날카로운 눈썹을 찌푸리며 눈동자에 한 줄기 차가운 빛을 드리웠다. 안타깝게도 심각한 수면 부족으로 인해 두 눈 밑에 깔린 다크서클이 그의 얼굴에 드러난 성난 얼굴을 어지럽게 했다. 리청은 어이없다는 듯 한숨을 내쉬었다.

"나라고 쉬고 싶지 않은 줄 알아? 사흘도 내가 겨우겨우 만든 거라고. 원래 우리 스케줄 꽉 차 있었는데, 네가 리 감독 영화 맡는 바람에 얼마나 많이 미뤄 놨는지 몰라. 나머지는 꼭 가야 하는 것들이야. 게다가 영화 끝나면 바로 후반 홍보 활동 들어가야 해서, 지금 서둘러서 밀린 것들을 처리하는 수밖에 없어."

쏭이가 말을 듣자마자 못마땅하다는 듯 말했다.

"리 감독님 영화는 네가 하라고 했잖아?"

리청은 백미러를 통해 쏭이를 흘긋 보고는 전혀 무섭지 않다는 듯 말했다.

"내가 언제 억지로 하라고 그랬어? 네가 하겠다고 동의해서 한 거잖아."

여기까지 말하고 리청은 어딘가 의심이 들었다.

"그동안 물어보고 싶은 거 있었는데 마침 잘됐다. 애초에 갑자기 〈휘녀〉 촬영에 동의한 이유가 뭐야?"

"명성 자자하신 리 감독님을 존경했으니까."

쏭이는 조금도 망설이지 않고 입을 열어 말했다.

"됐네요!"

리청은 확실히 믿지 않는 눈치였지만, 쏭이가 만사 방해받고 싶지 않다는 모양새로 코트 깃을 세워 얼굴을 반쯤 가린 것을 보고 더는 묻지 못했다.

촬영 세트장에서 출발한 차가 빠르게 A시 시내에 도착했다. 쏭이는 A시에 집이 두 채 있었는데, 보통 머무는 집은 금호 별원에 있었다. 이 주택 지구는 시내 유명한 공원 근처에 있었는데, 시설만 좋은 게 아니라 생활 환경도 비교적 한적해서 쑹이가 자신의 첫 적금으로 사들인 것이었다.

금호 별원으로 가기 위해 반드시 거쳐야 하는 시내 순환 도로 위를 굽이 달리던 중, 리청이 손을 들어 시간을 보았다.

"오늘은 날이 아닌가 봐. 하필이면 금요일이라 차가 좀 막히네."

집에 거의 도착한 쑹이는 차 안에서 잠을 청하는 대신 창문을 살짝 열어 환기를 시켰다. 차량 행렬이 비좁은 도시의 도로 위에 멀리까지 늘어서 있었다. 조금 따분해진 쑹이의 눈에 마침 창밖의 상가가 들어왔다. 이곳은 상가의 한쪽으로, 1층 길가에 봉제 인형을 파는 상점의 가판대가 있었다. 쑹이는 유리창 너머 멀리 가게에 여자아이 모양의 봉제 인형 하나가 놓여 있는 것을 발견했다.

"혹시, 지금 뭐 좀 사다 줄 수 있어?"

쑹이가 리청을 불렀다.

"뭐 사다 줄까? 배고픈 거면 뒷좌석에 먹을 거 있어."

리청이 답하자 쑹이가 창밖의 장난감 가게를 가리켰다.

"저기 여자애 인형 보이지? 좀 부탁해."

"인형?"

리청은 조금 의아했다.

"누구한테 주려고? 나 모르게 여자 친구라도 생겼어?"

"쓸데없는 생각 마! 갈 거야 말 거야? 사 오면 말해 줄게."

쑹이는 이때 자신의 연예인 신분이 조금 불편하게 느껴졌다. 예를 들면, 그는 절대로 금요일 시내를 한가로이 거닐며 쇼핑할 수 없었고, 자유롭게 물건을 살 수도 없었다.

리청은 아주 먼 곳까지 막혀 있는 차들을 보고 내리기로 했다.

"그래. 어차피 길 막혀서 심심했어."

리청이 차를 내린 후 순식간에 그 인형을 사서 돌아왔다. 쑹이는 곧장 인형을 받아 들었는데, 감촉이 꽤 괜찮아 만족스러운 듯 말했다.

"구닝안한테 줄 건데, 어때?"

리청이 쑹이를 바라보다가 곰곰이 생각한 끝에 겨우 입을 열었다.

"구닝안에게 관심 있어?"

쑹이는 가타부타 말없이 인형을 바라보며 조용히 말했다.

"모르겠어. 그동안 촬영하느라 너무 바빠서 스스로 구닝안을 생각하지 말라고 억지로 되뇌었거든. 심지어 위챗도 보내지 않았어."

"그래. 그게 좋아."

리청이 답했다.

"그런데 안타깝게도 그렇게 못 하겠어. 눈 감으면 그 애가 생각나. 나도 내가 왜 이러는지 모르겠어……. 왠지 그 애에게서 팡란의 모습이 보여."

팡란을 말할 때 쑹이의 말투는 매우 부드럽게 변했지만, 눈빛 속에는 쓸쓸함이 짙게 깔렸다. 리청은 잠시 침묵에 잠겨 있다가 말을 이었다.

"네 마음 가는 대로 해. 내가 끼어들 일이 아닌 것 같네. 너도 결

혼할 나이가 됐고. 요즘 연예계 스타들한테 연애랑 결혼은 별일
도 아니야. 하지만 구닝안은 안 돼. 걔네 집, 보통 집안이 아니잖
아. 게다가 루이황 엔터 회장 여동생이고……."

"무슨 말인지 잘 알아."

쑹이가 리청의 말을 끊어 버렸다.

"밖에서 내가 구루이안 집안에 기댄다는 소문이 돌까 봐 걱정
하는구나."

리청이 한숨을 내쉬었다.

"그건 그중 하나고. 구닝안의 성격은 너도 조금은 파악했을 거
야. 연기에 대한 열정이 정말 대단하던데, 만약 나중에 연예계에
발을 들여놓겠다고 결정하면 네 후배이자 신인 여배우가 되는
거야. 신인 여배우와 인기 남배우의 감정이 순풍에 돛단 듯이 잘
되기가……."

쑹이의 눈동자가 어두워졌다.

"날 위해서 그러는 거 알아. 하지만 팡란에 대한 내 마음은 너
무 많이 고민하는 사이 허무하게 끝나 버렸어. 팡란이 죽고 나서
야 한 가지 이치를 깨달았어. 속세에 물들어 버리면, 순수한 감정
을 지닐 수 없다는 거."

리청이 갑자기 웃기 시작했다. 어딘가 어쩔 수 없다는 듯한 웃
음소리였다.

"나는 더 할 말 없어. 네 길은 너 스스로 가. 나는 너 따라다니면
서 입에 풀칠하고 살 뿐이니까. 언젠가 너라는 큰 나무가 쓰러지
면, 기껏해야 다른 나무를 찾아 그늘 아래 설 뿐이니까."

쑹이가 리청을 힐끗 쳐다보며 시답잖은 듯 말했다.

"걱정하지 마. 다른 나무들 다 쓰러져도 나라는 나무는 쓰러질 줄 모르니까."

"아, 어디서 오는 자신감인지 도통 모르겠네……. 쩝."

리청은 혀를 끌끌 차며 다시 운전에 집중했다.

❧

다음 날, 오랜만에 집에서 한숨 푹 잔 쑹이는 점심을 먹고 나서 야 느릿느릿 캉아이 병원으로 출발했다. 쑹이가 병원에 도착했을 때 팡란은 낮잠에 빠져 있었다. 쑹이는 팡란을 방해하지 않기 위해 우선 치스양의 사무실에 가서 잠시 앉아 있기로 했다.

치스양은 막 수술을 마치고 사무실에서 환자 가족들과 이야기 중이었다. 그는 흰 가운을 걸치고 소파에 앉아 고운 손가락으로 만년필을 쥔 채 종이 위에 그림을 그리며 말했다.

"보세요. 이 혈관이 사람의 동맥이라면, 이것이 정맥인데……."

그는 환자 가족들이 한 번에 이해할 수 있도록, 간단한 그림과 함께 설명했다.

"치 선생님께서 그렇게 말씀해 주시니 이해가 잘되네요."

치스양이 안경을 들어 올리며 매우 부드럽게 웃었다.

"별말씀을요. 수술 후 환자는 4~6시간 정도 혼수상태에 빠질 수 있으니 마취가 풀릴 때까지 기다리세요. 상처가 좀 아플 수 있으니 가족분들께서 계속 옆에서 말을 많이 하시면서 주의력을 돌리셔야 합니다. 아파서 참지 못할 때는 벨을 눌러서 간호사를 부르시면 진통제를 놓아 드릴 겁니다."

"알겠습니다. 감사합니다, 치 선생님. 이렇게 젊으신데도 의술이 고명하시다니, 제 친구가 추천해 준 사람이라 그런지 틀림없네요."

환자 가족은 치스양의 설명을 듣고 마음 편히 떠났다.

쑹이에게 드디어 말 걸 기회가 왔다.

"의사라는 직업을 꽤 즐기는 것 같네."

치스양이 진료 카드를 넣으며 말했다.

"어렸을 때는 조건도 없었고 꿈이라는 게 뭔지도 몰랐어. 페이 가문에 거두어진 후 양부모님께서 내게 많은 것을 베풀어 주셨지. 어머니께서 편찮으신 탓에 나는 얼른 어른이 돼서 의사가 되어 어머니 병을 낫게 해 드리는 걸 상상하곤 했어. 안타깝지만……."

쑹이가 커피를 따라 치스양의 손에 놓으며 말했다.

"됐어. 사람은 제각기 운명이 있는 법이니까. 이 말을 하지 말았어야 했는데."

치스양이 마음을 가라앉고 커피 한 모금을 들이키며 말했다.

"나한테 커피 타 주려고 달려온 건 분명 아닐 거고. 구닝안 보러 온 거야?"

쑹이는 부인하지 않았다.

"구닝안은 좀 괜찮아?"

치스양이 웃기 시작했다.

"잘 아물고 있어. 그나저나, 너 정말 구닝안한테 관심 있는 거야? 구루이안이 괜히 그런 게 아니었네."

"구루이안이 뭐라고 했는데?"

"전화 걸더니 나보고 널 주의하라더라. 네가 자꾸 와서 구닝안 방해하게 놔두지 말라고."

"그 시스콘 자식! 간섭이 지나쳐……."

쑹이가 몹시 화를 내며 이를 악다물었다.

갑자기 무언가 떠올린 치스양이 웃음을 터뜨렸다.

"너랑 구닝안이 잘되면, 네가 구루이안 매제 되는 거냐? 하하하……."

쑹이가 소파에서 일어섰다.

"넌 여기서 웃고 있어라. 난 구닝안 보러 갈 테니까. 맞다. 그 시스콘 녀석한테 말하지 마."

"걱정하지 마."

치스양은 여전히 입가에 미소를 머금고 있었다.

"어서 네가 구루이안 매제 되는 거 보고 싶다. 아, 정말 아름다운 장면이라 차마 못 보겠는걸……."

쑹이는 치스양의 농담을 무시하고 곧장 문을 나섰다. 사실 그의 마음속에도 약간의 갈등이 있었다.

쑹이가 연예계에 막 발을 들였을 때, 루이황 엔터도 막 발걸음을 내디뎠다. 그는 루이황 엔터와 계약을 맺었는데, 연예인이 종속되는 갑과 을의 관계라기보다는 파트너 관계였다. 쑹이는 루이황 엔터의 네트워크를 통해 단시간에 유명해졌고, 루이황 엔터는 기회를 놓치지 않고 파트너십을 체결했다.

헤아려 보면 쑹이와 구루이안이 함께 일한 지 족히 십 년은 되었다. 이 두 사람은 한때 연예계의 잘나가는 파트너로, 십 년 동안 서로 협력하며 도왔다. 그러나 영원히 사이좋은 파트너는 없었다. 쑹이는 연기의 스펙트럼을 넓히기 위해 결국 개인 소속사를 차리기로 했다.

그렇게 쑹이와 구루이안의 파트너십은 서로 좋게 끝냈다. 다만 구루이안이 쑹이를 친형제처럼 여겼기 때문에, 자신과 상의 없이 갑자기 독립하겠다는 말을 꺼낸 것이 약간 놀랍고 언짢았을 뿐이었다. 언짢긴 했어도 루이황 엔터는 이제까지 쑹이를 부담스럽게 한 적은 없었다. 오히려 쑹이에게 곤란한 일이 생기면 구루이안은 특별히 신경 쓸 것을 분부하곤 했다. 이번 출연료 사건이 바로 그 예시였다. 남자들 사이의 관계란 때로는 매우 유치해서, 겉으로는 서로 빈정거려도 속으로는 서로를 아끼고 사랑했다.

만약 구닝안과 자신이 서로 사랑한다면 구루이안이 절대 방해하지 않을 거라고 쑹이는 믿고 있었다. 지금 그가 여동생의 일에 이토록 신경을 쓰는 건 동생이 연애한다는 사실이 싫은 것뿐이었다. 물론 연애를 하는 건 또 다른 이야기였다. 쑹이는 곰곰이 생각해 보았다. 구닝안은 연애할 마음이 전혀 없는 걸까?

이런 생각을 하면서 병실로 돌아갔다. 구닝안은 잠에서 깨어나 간병인이 깎아 놓은 과일을 먹으면서 매우 즐겁게 모바일 게임을 하고 있었다.

"무슨 게임 해?"

쑹이의 갑작스러운 소리에 팡란은 깜짝 놀랐다. 팡란이 그를 돌아보았다.

"쑹이 대배우님께서 어쩐 일이에요? 촬영 바쁘지 않아요?"

쑹이가 별처럼 빛나는 눈을 가늘게 뜨며 입가에 언짢은 기색을 드러냈다.

"날 부르는 호칭이 끊임없이 변하는구나. 며칠 안 봤다고 쑹이 대배우님이 된 거야?"

팡란이 어색한 듯 두어 번 웃으며 말했다.

"알겠어요. 쑹 오빠."

쑹이는 그제야 선물 꾸러미를 꺼냈다.

"너 줄게."

"그냥 와도 되는데. 선물을 다 가지고 오셨어요. 하하……."

팡란는 매우 어색한 말투로 말하며, 손을 뻗어 선물을 받고 목발을 짚어 일어섰다.

"〈휘녀〉는 크랭크 업 했죠?"

"아직. 내 분량은 곧 끝나. 소품이 아직 안 와서……."

팡란은 쑹이가 허 선생님의 죽간을 말한다는 것을 알아채고 조금 쑥스러웠다.

"허 선생님께서 죽간을 언제 보내 주실지는 모르는 거죠?"

"곧 주시겠지."

쑹이가 팡란에게 물었다.

"왜 일어섰어? 오래 누워 있어서 허리가 좀 아픈가?"

팡란이 말했다.

"아니요. 그냥 화장실에 좀 가려고요. 간호사 좀 불러 주실래요?"

비상 상황은 아니었기 때문에, 팡란은 침대 머리맡에 있는 비상벨을 누르기가 좀 그랬다.

"간병인은?"

"집에 일이 있다고 해서 방금 막 휴가 냈어요. 사실 제가 뭐라고요. 24시간 간호가 필요한 것도 아니에요."

"알겠어. 내가 간호사 불러올게. 잠시만 기다려."

쑹이가 떠나자 조금 따분해진 팡란은 방금 그가 가져온 선물을 들어 올렸다. 소녀 인형은 꽤 유치했다. 하지만 여자아이라면 모두 인형에게 떼려야 뗄 수 없는 감정이란 게 있는 법이었다.

팡란은 기분이 좋아져 인형을 꽉 안았다. 감촉이 좋은 인형이었다. 이목구비도 정교하니 정말 예뻤는데, 특히 크고 둥근 두 눈이…….

"악!"

팡란은 갑자기 인형을 홱 던지며 비명을 질렀다. 또 당황하는 바람에 바닥에 털썩 주저앉고 말았다!

간호사를 데리고 돌아오던 쑹이가 잽싸게 성큼성큼 앞으로 뛰어들어 팡란의 허리를 끌어안았다. 두 사람은 애매한 자세로 바닥에 넘어지고 말았다. 예상했던 고통을 느끼지 못한 팡란이 눈을 뜨자, 준수하기 그지없는 쑹이의 얼굴이 바로 눈에 있었다.

"이보세요, 뭘 멍하니 있어요! 나 좀 일으켜 줘요."

팡란이 뽀로통한 얼굴로 쑹이를 두드렸다.

쑹이는 어색하게 헛기침을 내뱉었다. 자신의 가슴이 쿵쾅쿵쾅 뛰는 것을 숨기면서, 간호사의 도움을 받아 팡란을 부축해 일으켰다.

"어쩌다 넘어진 거야?"

쑹이가 팡란에게 물었다. 팡란은 바닥에 있는 인형을 가리켰다.

"장난감 때문에 놀라서……."

쑹이가 말을 듣고 바닥을 바라보았다. 인형 눈에 달려있던 스프링이 튀어나와 약간 괴상해 보였다.

간호사가 팡란을 꽉 붙잡았다.

"일단 가만히 앉아 계세요. 만일에 대비해서 선생님을 불러오겠습니다."

"네."

팡란은 병상에 얌전히 기대어 쑹이를 향해 시선을 돌렸다.

"이 인형은 어디서 난 거예요?"

쑹이는 바닥에 있던 인형을 주워들었다.

그는 그제야 인형 발바닥에 라벨이 붙어 있는 것을 알아차렸다. 라벨에는 영어로 'Happy April Fool's Day'라고 쓰여 있었다.

그는 매우 난처한 듯 말했다.

"어제 길 가던 중에 상가에서 산 거야. 만우절 인형인 줄은 몰랐어."

"픕."

팡란은 지금 이 상황이 우습기 짝이 없게 느껴졌다.

"그럼 우리 둘 다 속은 거네요……."

두 사람이 이야기하는 사이 치스양이 달려와 몇 가지를 물어보고, 팡란에게 별다른 이상이 없자 말했다.

"괜찮은 것 같지만 만일에 대비해서 CT를 찍으러 가야겠는걸."

팡란 역시 치스양의 옷소매를 잡아당기며 맞장구쳤다.

"오늘 일, 우리 오빠한테 말하지 말아 주세요."

치스양은 일부러 쑹이를 바라보며 웃었다.

"쑹이가 부탁한 거라면 들어주지 않았을 거야. 하지만 널 봐서라도 네 부탁은 들어줄게."

이 말에 말문이 막힌 쑹이가 활짝 웃었다.

제10장
적수를 만나다

병원에서의 이번 사건은 팡란, 쏭이 그리고 치스양 셋만의 비밀로 잘 숨길 수 있었다. 하지만 또 다른 골칫거리가 찾아왔다.

그날도 팡란은 여느 때와 같이 병원에서 무료하게 축 늘어져 있었다. 그런데 갑자기 어머니의 전화가 걸려왔다. 게다가 영상 통화였다. 팡란은 재빨리 머리를 굴린 후에 음성 통화로 전환했다.

"엄마……."

팡란이 쭈뼛쭈뼛 한마디를 외쳤다.

"영상 통화는 왜 안 받는 거니? 널 못 본 지 얼마나 됐는지 아니?"

어머니가 노련한 비단집 사장답지 않게 전화 너머로 불평을 쏟아 냈다. 팡란은 안절부절못하며 말했다.

"아, 지금 기숙사에 있어서요. 신호가 좋지 못해요. 영상 통화를 받으면 끊어졌다 이어졌다 해서……."

"그래. 이번 주 토요일에 집에 올 거니?"

어머니가 재차 물었다.

"지난번에 말씀드렸잖아요? 지금 비공개 촬영 중이라 당분간 못 가요."

"비공개 촬영? 기숙사에 있다면서? 기숙사에 돌아갈 수 있으면, 집에도 올 수 있는 거지. 엄마가 보기엔 너…… 밖에서 노는 것 같은데, 엄마 아빠는 생각도 안 나는 모양이다."

한바탕 쏟아지는 어머니의 잔소리에 팡란은 진땀이 솟아났다. 거짓말은 정말 사람 할 짓이 못 된다는 생각이 들었다.

"엄마, 제가 잘못했어요. 됐죠? 며칠 후에 찾아뵐게요."

"안 돼. 이번 주말에 꼭 와야 해. 엄마 친구가 프랑스에서 돌아왔는데, 아들을 데리고 왔어. 잘 들어 보렴. 나이도 어린데 유능한데다 잘생기기까지 하대. 인품은 말할 것도 없단다. 프랑스 혼혈이래. 너도 알겠지만, 프랑스인은 낭만을 알잖니. 분명 너한테 잘해 줄 거야. 주말에 집에 와서 한번 만나 보거라."

팡란은 순간 머리가 지끈거렸다.

"엄마. 저 아직 졸업도 안 했어요. 이렇게 서두를 필요 있어요?"

"흥. 너희 오빠도 서두르지 말라면서 질질 끌더니 서른을 넘겼잖니. 난 네가 너희 오빠처럼 되는 거 못 본다. 회사 회장이면 무슨 소용이니? 나이가 몇인데 아직도 밖에서 배달 음식이나 사 먹고……."

팡란은 어머니가 구루이안에 대해 불평하는 것을 들으며 급히 어떤 생각이 들어 맞장구쳤다.

"맞아요, 맞아. 보세요, 오빠 벌써 서른이 넘었는데 여자 친구

만날 생각도 안 해요. 엄마가 얼른 한 명 소개해 주세요. 저한테
신경 쓰지 마시고요."

"너희 둘 다 가만 안 둬! 이번 주 토요일에 집에 와라. 지금 바
로 너희 오빠한테 전화하마."

어머니는 말을 마치기가 무섭게 전화를 끊었다. 팡란은 안도의
한숨을 내쉬었다.

그녀가 다친 일은 부모님에겐 비밀이었다. 그렇지 않았다면 부
모님 성격상 앞으로 절대 촬영을 할 수 없었을 것이었다. 지금 그
녀는 깁스하고 있는지라 집에 도저히 갈 수 없었다. 여기까지 생
각하니 조금 걱정이 되기 시작했다. '하, 토요일에 어떡하면 좋지?'

잠시 후, 구루이안에게서 전화가 걸려왔다.

"엄마가 토요일에 집에 오라고 하셨지?"

구루이안이 먼저 물었다.

"응. 어떡하지? 방금 영상 통화도 왔었는데 하마터면 들킬 뻔
했어."

팡란이 난감한 표정을 지었다. 구루이안은 잠시 생각하는 듯
조용하다가 이내 입술을 뗐다.

"이렇게 하자. 일단 진정하고, 토요일에 가겠다고 말씀드려. 그
리고 토요일이 되면 일이 생겨서 빠져나갈 수 없다고 핑계를 대.
네가 지금 가겠다고 말씀드리지 않으면, 분명히 기숙사로 널 찾
아가실 거야."

"알겠어……."

팡란은 내심 고민했다. 약속을 어기는 건 조금 부도덕한 일이

었지만, 지금은 이 방법뿐이었다.

"그런데 말이야. 다음엔 날 방패막이 삼지 마. 흠흠……."

팡란이 다급히 용서를 구했다.

"히히, 오빠. 미안……. 마음씨 넓은 오빠답게 이번 한 번만 봐 줘……."

구루이안이 코웃음을 치고는 전화를 끊었다.

토요일은 순식간에 찾아왔다. 구닝안의 어머니는 진작 준비를 마치고 상쾌한 기분으로 집에서 손님을 기다리고 있었다. 잠시 후, 여자 한 명과 남자 한 명이 집사의 안내를 받아 응접실로 들어갔다. 구닝안의 어머니가 다급히 나와 손님을 맞이했다.

"샤오란. 너희들 이렇게 일찍 올 줄은 몰랐어. 우리 아이들은 아직 안 왔거든."

샤오란이라는 이름의 여자는 치파오를 입고 있었는데, 몸매도 아름다웠고 외모도 매우 젊어 보였다. 다만 눈가의 주름에서 나이를 짐작할 수 있었다. 그녀가 웃으며 말했다.

"우리 사이에 그게 무슨 대수겠니. 몇 년 만에 널 본다고 생각하니까 호텔에 잠시도 앉아 있을 수가 없더라."

구닝안의 어머니가 아이처럼 웃었다.

"참, 시간이 순식간에 흘렀네. 네가 입은 치파오, 재작년에 프랑스에서 봤던 그 옷 맞지?"

샤오란이 같은 미소로 화답하며 말했다.

"맞아. 이 옷 정말 마음에 들어. 중요한 자리가 아니면 아까워서 못 입어."

"그 정도야? 우리 가게에서 마음에 드는 옷감 있으면 마음껏 골라. 좋은 게 있으면 돌아와도 좋고."

"나도 돌아오고 싶어. 하지만 프랑스에서 자리 잡았으니까."

"호텔에 머문다면서? 호텔에 있으면 뭐가 좋니? 이왕 귀국한 김에 우리 집에 있어. 늦게까지 옛날이야기도 하고."

샤오란은 학교 기숙사에서 구닝안의 어머니와 함께 지냈던 지난날을 회상하는 듯, 적잖이 그리워했다.

"벌써 시간이 이렇게 흘렀네. 우리 둘 다 나이 들고, 아이들은 다 컸고⋯⋯."

구닝안의 어머니는 그제야 정신을 차렸다.

"우리 좀 봐. 이야기하느라 신나서 잊고 있었네. 네 아들이니?"

샤오란이 밝은 얼굴로 고개를 끄덕였다.

"링페이. 이리 와서 추 이모님께 인사드리렴."

구닝안 어머니의 이름은 추총씬이었다.

샤오링페이가 앞으로 걸어가 점잖고 예의 바르게 말했다.

"추 이모님, 안녕하세요. 어머님께 말씀 많이 들었습니다."

구닝안의 어머니가 웃으며 말했다.

"네가 태어났을 때 내가 처음 안았는데. 네가 아주 어렸을 때 출국해서, 아마 이모를 잘 알진 못할 게다."

샤오링페이가 따스한 미소를 지었다.

"어머니 핸드폰에서 이모님 사진을 본 적 있습니다."

"그래?"

구닝안의 어머니가 샤오란에게 물었다.

"우리 대학 다닐 때 같이 찍은 사진?"

샤오란이 고개를 끄덕였다.

"우리가 같이 찍은 사진이 그것만 있는 건 아니지."

샤오링페이가 이어서 말했다.

"추 이모님, 사진 속 모습이랑 거의 비슷하시네요. 거의 그대로 이신걸요."

이렇게 잘생긴 사람에게 칭찬을 듣다니, 구닝안의 어머니는 더욱 활짝 웃었다.

"그래? 샤오란, 네 아들 프랑스에서 자라서 그런지 역시 다르구나. 우리 아들이랑은 다르게 신사다운 매너가 있어. 우리 아들은 퉁명스러워서 아마 날 화나게 했을걸."

세 사람이 거실에서 잠시 이야기를 나누는 동안, 입구에서 소리가 들려왔다. 구닝안의 어머니가 찻잔을 내려놓고 소리 높여 물었다.

"닝닝이 왔니?"

"실망하게 해 드려 죄송하지만, 저예요."

구루이안이 슬리퍼를 갈아 신고 들어왔다. 구닝안의 어머니가 원망의 한마디를 뱉었다.

"닝닝은 아직이니? 늦으면 안 된다고 몇 번이나 말했는데……."

"일이 좀 늦어지나 보죠……."

어머니의 딸은 오지 않을 거랍니다, 구루이안은 속으로 생각했다.

"너희 아들이니? 정말 잘생겼네."

샤오란은 구루이안을 훑어보았다. 힘차고 당당하면서도 기개 넘치는 모습이었다.

"샤오 이모님, 안녕하세요."

구루이안이 매우 예의 바르게 인사했다.

"어? 날 아니?"

샤오란은 조금 놀랐다.

"집에 있는 앨범에서 어머니와 함께 찍은 사진을 본 적이 있습니다. 사진 속 모습처럼 변함이 없으시……."

"픕."

샤오란이 입을 가리고 웃었다.

"이제 알겠구나. 너희 젊은이들이 엄마 비위를 맞추는 방법이 다 같은가 보네."

구닝안의 어머니도 웃었다.

"너희들 서로 처음이지? 이쪽은 샤오 이모 아들 샤오링페이야. 얘는 내 아들 구루이안이란다."

"샤오링페이?"

"구루이안?"

두 남자는 자신도 모르게 서로의 이름을 불렀다. 두 사람의 눈빛에서 의아함을 엿볼 수 있었다.

"너희들 아는 사이니?"

구닝안의 어머니가 물었다.

"그런 셈이죠."

구루이안이 약간 흥미롭다는 듯한 눈빛을 보냈다.

"아이비뉴뮤직의 새 사장이 우리 어머니 친한 친구분의 아들일 줄이야."

"저 역시도 전혀 생각지 못했던 일이군요."

샤오링페이가 매우 의미심장한 말투로 말했다.

그는 돌아서서 두 어른께 상황을 설명해 드렸다.

"사업 관계로 뵌 적 있는 분입니다. 구 선생님께서 제게 큰 도움을 주셨죠."

샤오링페이의 말도 일리는 있었다. 만약 구루이안과 겨루지 않았다면, 그 역시 이렇게 빨리 스타라이트 엔터의 참모습을 똑똑히 보지 못했을 것이었다. 표면상 첫 번째 대결에서는 그가 패했지만, 다시 말하면 위험한 파트너에게서 벗어난 것이기도 했다.

사실 그는 구루이안 덕분에 아주 많은 이득을 보았다.

"그래?"

두 사람의 속사정을 모르는 샤오란은 이렇게 말할 뿐이었다.

"네가 국내에서 사업하는 데 어려움이 많을까 걱정했다. 이제 구루이안이 널 도와줄 테니, 나도 조금은 마음 놓을 수 있겠구나."

구루이안이 급히 겸손하게 말했다.

"샤오 이모님, 과찬이세요. 샤오 선생님도 저를 많이 도와주셨는걸요. 저희 회사가 투자한 영화를 아주 핫하게 만들어 주셨죠."

샤오란은 사업하는 사람이 아니었기 때문에 두 사람 사이에

흐르는 첨예한 대립을 눈치채지 못했지만, 구닝안의 어머니는 분위기를 알아채고 일부러 이렇게 말했다.

"너희들 서로 선생님, 선생님 하면서 예의 차릴 것 없다. 샤오 이모가 출국하지 않았다면, 너희들 소꿉친구로 같이 자랐을 거야. 내가 보기에 너희 둘 나이 차이도 몇 살 안 나는 것 같으니, 그냥 편하게 부르거라."

구루이안이 샤오링페이를 향해 찻잔을 들어 올렸다.

"그러죠. 샤오링페이. 앞으로 잘해 보자고."

샤오링페이가 잔을 들어 답례하며, 어딘가 모를 사악한 미소를 지었다.

"구루이안, 앞으로 잘 부탁한다."

바로 그때, 구닝안 어머니의 전화벨이 울렸다.

"닝닝. 너 왜 아직도 안 오는 거니? 차가 막히니?"

구닝안의 어머니가 전화를 받자마자 물었다. 핸드폰 너머 팡란이 말했다.

"아니요, 제 친구 먀오페이페이 아시죠? 급성 맹장염에 걸리는 바람에 병원에 입원시켰어요. 병원에서 보살피느라 집에 가지 못할 것 같아요."

"그래?"

구닝안의 어머니는 못 믿는 눈치였다. 팡란이 얼른 전화를 영상 통화로 전환했다.

"못 믿으시겠으면 보세요."

영상 너머 창백한 얼굴의 먀오페이페이가 눈을 감고 병상에 누워 있고, 구닝안이 병상 옆에서 간호하고 있었다. 구닝안의 어머니가 이를 보고 어쩔 수 없다는 듯 말했다.

"그래. 만나는 건 다음에 이야기하자꾸나. 친구 잘 보살펴 주렴. 부족한 게 있으면 집에 이야기하고."

"네. 끊을게요."

팡란이 카메라를 향해 손을 흔들었다.

"휴."

먀오페이페이가 침대에서 일어나 앉아 얼굴에 바른 파우더를 문질러 댔다.

"우리 닝닝 언니, 감히 날 팔아먹다니……."

팡란이 다급히 눈웃음쳤다.

"크나큰 은혜, 죽어서도 잊지 않겠습니다! 원하는 게 있으면 말해. 언니가 다 사 줄게!"

먀오페이페이가 눈알을 요리조리 굴리며 팡란에게 물었다.

"너 깁스 언제 풀어?"

팡란은 머릿속으로 헤아려 보았다.

"곧. 요 며칠이면. 왜?"

먀오페이페이가 능글맞은 미소를 지었다.

"깁스 풀면 나랑 같이 연극부에 가자. 연극부에서 이번 학기에 새로운 극을 골랐는데, 아직 여자 조연 배우를 못 찾았거든. 네가 딱 맞는 것 같아!"

"연극부……."

팡란이 문득 깨달은 듯 말꼬리를 늘이며 말했다.

"너의 두 선배님 때문이지?"

"헤헤……."

먀오페이페이는 부인하지 않았다.

"이번 연극, 두 선배가 쓴 거야. 졸업 과제로 제출한대."

팡란이 시원스럽게 답했다.

"알겠어."

"너 정말 최고야!"

먀오페이페이가 환호성을 지르더니, 이 좋은 소식을 두뤄페이에게 전해 주기 위해 재빨리 전화를 걸었다.

그 즈음 팡란도 전화를 받았다. 번호를 보고 팡란은 갑자기 가슴이 철렁 내려앉았다.

"여보세요? 구닝안 씨 되십니까? 조사 의뢰하신 일, 윤곽이 잡혔습니다……."

팡란은 병원 근처의 카페에서 조용한 구석을 골라 앉아 있었다. 창밖을 바라보고 있자니 전생에 뤄위안과 얽혔던 지난 일들이 다시 생각났다.

그녀와 뤄위안이 서로 알고 지내며 연애를 한 시간은 길다면 길고, 짧다면 짧은 삼 년이었다. 삼 년 동안 두 사람은 평범한 연인이 겪는 모든 것들을 겪었다. 가끔은 다투기도 했지만, 대부분은 달콤하고 행복했다. 특히 뤄위안이 그녀에게 잘 맞춰 주며, 많은 결점을 포용해 주었다. 바로 이 점 때문에 팡란은 뤄위안을 숨김없이 털어놓고 모든 걸 믿었다. 그 믿음은 결국 불귀의 객이 되고 말았지만.

전생에 죽은 자신과 배 속의 아이를 떠올리자 갑자기 원한이 부글부글 끓어올랐다. 팡란은 화를 참기 위해 자신도 모르게 테이블 모서리를 꽉 잡고 붙들었다. 카페 좌석의 테이블은 강화 유리로 되어 있었다. 자신도 모르게 힘을 주는 바람에, 손끝에 아픔이 밀려오고 나서야 정신이 들었다.

"습."

팡란이 손끝에 맺힌 피를 바라보았다. 카페 직원이 재빨리 달려왔다.

"고객님……. 아, 손가락을 다치셨네요. 잠시만 기다려 주세요. 구급상자를 가져오도록 하겠습니다."

카페의 의약품 상자에는 상비약, 붕대와 소독약이 완비되어 있었다. 직원이 가볍게 팡란의 손가락을 감싸 주고 조용히 말했다.

"저희 가게에서 다치신 건가요? 모서리가 날카로웠나 보네요. 죄송합니다. 커피는 무료로 드리겠습니다."

팡란이 얼른 고개를 내저었다.

"괜찮아요. 제가 조심하지 않아서 그런걸요."

손님이 따질 것 같지 않자, 직원은 그제야 떠났다. 그렇게 작은 소동이 있고 난 뒤, 팡란이 기다리던 사람이 도착했다. 짙은 색 운동복을 입은 사람이 카페에 들어와 팡란이 앉은 자리까지 성큼성큼 걸어왔다.

"자료입니다. 한번 살펴보시지요."

남자가 목소리를 낮게 깔고 말했다.

팡란은 다친 손가락으로 서류 봉투를 매만지다가, 다시 내려놓았다.

"됐어요, 안 볼래요. 탐정님께 직접 들을게요."

남자에게는 별로 놀라운 일이 아닌 듯했다. 사설 탐정에게 조사를 의뢰한 고용주들은 다 이런 식이었다. 차마 두 눈으로 직접 진실을 확인할 수 없었다.

남자가 목소리를 가다듬으며 말했다.

"뤄위안이 팡란을 병원으로 데려가기 전, 확실히 사전에 일을 꾸몄습니다. 병원에 가기 전날, 은밀히 기자에게 연락하여 병원에 잠복해 있으라고 연락한 기록이 있었습니다."

팡란은 이 말을 듣자, 뱃속에서 무언가 올라오는 것 같은 기분에 숨이 막힐 것만 같았다. 남자가 계속해서 말했다.

"대포폰을 썼더군요. 뉴스를 터뜨린 기자를 찾아가 누군가에게 전화로 지시받았다는 사실을 확인했습니다. 하지만 번호 주인이 누군지 알 수 없었습니다. 그러나 암시장 영상을 돌려본 후, 뤄위안이 그 일이 일어나기 전에 대포폰을 사러 방문한 사실을 확인했습니다."

정신이 번쩍 든 팡란이 느릿느릿 말했다.

"기자를 미리 대기시켜 둔 거면, 의사도 미리 준비해 놨을지도 몰라요. 계속 조사해 보세요. 사건 발생 전후 일주일간 병원 당직 의사와 간호사들을 하나도 빠짐없이……."

남자가 고개를 끄덕였다.

"더 하실 말씀 없으시면 이만 가 보겠습니다."

"네. 감사합니다. 약속한 금액은 미리 계좌에 입금해 드렸으니, 확인해 보세요."

남자가 웃으며 말했다.

"감사합니다. 이것 말고도 한가지 주의하실 것이 있습니다."

남자가 잠시 멈추더니 계속해서 말했다.

"신분은 알 수 없지만, 누군가 역시 이 사건을 조사하고 있는 듯합니다."

"조사하는 사람이 또 있다고요?"

팡란은 매우 의아하여 그자에게 캐물었다.

"그 사람 신분을 알아볼 수 있을까요?"

"어려울 듯합니다. 이런 일을 하는 사람들은 절대 고객의 신분을 노출하지 않거든요. 확실한 건, 상대방의 목적이 우리와 같다는 것입니다. 뤄위안의 어두운 과거를 조사하는 듯했습니다."

이 말을 끝으로 남자가 일어나서 인사를 했다. 남자는 떠나기 전에 호기심 가득 찬 눈빛으로 자신의 고객을 힐끗 보았다. 이유는 알 수 없지만, 이 고객은 자신에게 큰돈을 주면서 두 스타의 스캔들에 얽힌 이야기를 조사해 달라고 부탁했다. 사설탐정의 직업 수칙 중 하나는 바로 고객의 의뢰 이유를 알려 들지 말라는 것이었다.

그가 떠난 후에도 팡란은 한참을 자리에 앉아 있었다. 수많은 감정이 복잡하게 뒤얽혔다. 비록 그녀가 죽은 후 뤄위안이 뒤통수친 것이 원망스러웠지만, 그래도 마음속에 한 줄기 희망을 품고 있었다. 그저 뤄위안이 겁 많고 두려워서 그랬던 것이지, 고의로 그녀를 해친 게 아닐 거라고 간절히 바랐다. 그러나 지금 드러난 적나라한 진실은 그녀의 마지막 한 가닥 희망을 지워 버리고 말았다.

창밖에서 오후의 햇살이 어지러이 쏟아져 들어오고, 커피의 따스한 온도가 손끝을 통해 전해져 왔다. 하지만 팡란은 여전히 살을 에는 듯한 추위를 느꼈다.

바로 이때, 다시 전화벨이 울렸다. 팡란은 마음을 가다듬고 통화 버튼을 눌렀다.

"리 감독님?"

"어, 닝닝이 이 녀석. 곧 깁스 풀지?"

리치앤샨의 쾌활한 목소리가 들려왔다.

"네. 그건 왜 물으세요?"

"좋은 소식이 있다. 미리 퇴원 선물 주는 셈 치지. 허 선생이 네가 비단부채에 쓴 글귀를 보고 한번 만나 보고 싶다는구나."

"정말요?"

팡란은 매우 놀랍고 또 기뻤다.

"오늘 죽간을 보내왔는데, A시에서 며칠 더 머물 예정인가보다. 퇴원하면 연락하거라. 같이 가자꾸나."

"감사합니다, 감독님!"

팡란은 감격한 나머지 어떤 말을 해야 좋을지 알 수 없었다.

전화를 끊은 후에는 갑자기 활력이 넘치는 것 같았다. 전생에 배신당해 비명횡사했지만, 하늘이 가엾게 여겨 그녀에게 새로운 신분을 주었다. 게다가 이렇게 많은 사람이 그녀를 아끼고 걱정해 주는데, 어떻게 그저 과거의 지나간 고통 속에만 빠져 있을 수 있을까? 물론 그녀가 진실을 조사하는 일을 포기하겠다는 것은 아니었다. 다만 언제까지나 과거에 얽매여 있을 수 없을 뿐이었다.

⁕

팡란이 퇴원일을 손꼽아 기다리는 동안, 〈휘녀〉의 촬영도 마무리 단계에 들어갔다. 일의 능률을 중시하는 리치앤샨이 영화를 찍으면서 후반 작업을 진행했기 때문에, 크랭크 업 할 때쯤 후반 작업도 거의 끝났다. 퇴원하는 날이 마침 제작진이 크랭크 업 하는 날이었다. 쑹이는 크랭크 업 회식 자리에 대충 얼굴을 내밀었다가 조용히 자리를 떠났다.

캉아이 병원 입구. 팡란이 치스양과 함께 차를 기다리고 있었다.

"너희 오빠 오는 길이 좀 막히나 봐. 십 분 정도 남았다고 하네."

치스양이 손을 들어 시계를 바라보았다.

"에이, 데리러 올 필요까진 없는데. 혼자서도 걸을 수 있어요."

치스양은 그저 말없이 웃었다. 속으로 이렇게 생각하면서. 네 오빠는 여동생이라면 끔찍이 아끼는데, 어떻게 너 혼자 집으로 보내겠어…… 한창 생각에 빠져 있을 때, 병원 정문에 차 한 대가 도착했다. 차종을 보자마자 치스양의 얼굴에 웃음기가 번졌다.

"너희 오빠는 안 오고, 쟤가 먼저 왔네."

쑹이가 차에서 내렸다. 병원 문 앞에서 유달리 눈에 띄는 정장 차림에, 주위 사람들의 주의를 빠르게 끌었다.

쑹이가 거침없이 앞으로 걸어왔다.

"퇴원 축하해."

팡란은 어리둥절하여 쑹이를 멀뚱멀뚱 쳐다보았다.

"오늘 크랭크 업 하지 않았어요? 회식 안 가고 여긴 왜 왔어요?"

쑹이가 자신의 옷을 가리키며 말했다.

"회식 끝났어."

"그래요?"

팡란은 좀처럼 믿지 않는 눈치였다. 치스양이 끼어들었다.

"방해꾼 되고 싶지는 않네. 닝닝이 부탁한다. 나 먼저 갈게."

"아니……."

팡란은 쑹이가 자신과 그런 사이가 아니라고 말하고 싶었지만, 치스양은 이미 멀리 가 버린 후였다. 고개를 돌려 쑹이를 바라보며 이마를 짚고서 말했다.

"쑹 오빠. 그러니까……. 웬 언니는 잘 계시죠……."

쑹이가 답답하다는 듯 팡란의 말을 끊었다.

"됐어, 타. 더 서 있다간 내일 또 기사 날걸."

팡란이 두리번거리며 주위를 둘러보았다. 역시 사람들이 핸드폰을 꺼내고 있었다. 팡란은 즉시 얼굴을 가리고 차에 뛰어올랐다. 뒤따라 차에 탄 쑹이가 시동을 걸면서 말했다.

"뛰는 거 보니 치스양이 잘 치료했네. 돌팔이가 아니었어."

"치 선생님이 얼마나 좋은 분이신데요. 다들 어떻게 해서라도 치 선생님께 진찰받으려고 한다고요."

팡란은 말을 하자마자 이야기 주제가 다소 빗나간 것을 알아차리고 에둘러서 말했다.

"쑹 오빠. 저 지금 정말로 연애할 마음 없어요."

쑹이는 창밖을 내다보며 가벼운 말투로 말했다.

"나도 없는데."

'그럼 지금 이게 뭐 하는 건데? 나한테 작업 걸고 있잖아?'

팡란은 속으로 비난을 쏟아 냈지만, 나머지 말까지 하기엔 부끄러웠다. 그녀는 돌려서 말할 수밖에 없었다.

"오빠 정말 멋있어요. 웬 언니랑 아주 잘 어울려요!"

쑹이가 갑자기 웃었다. 쑹이의 웃는 얼굴은 정말이지 매력적이었다. 해맑게 활짝 웃는 얼굴에 잘생긴 이목구비가 햇살 아래 반짝이니 순간 멍해지고 말았다. 팡란은 얼른 눈을 깜빡거리며 마음을 가다듬었다. 쑹이가 낮게 속삭이는 소리가 얼핏 들렸다.

"비밀 하나 말해 줄까?"

"무슨 비밀이요?"

"치스양 말이야. 페이웬을 좋아해."

"뭐라고요?"

팡란은 자신도 모르게 소리를 내지르고 말았다. 수많은 생각이 복잡하게 뒤얽혔다. 치스양은 페이훙지의 양자이고, 페이웬은 페이훙지의 사생아였다. 팡란이 병원에 입원해 있을 때 우연히 오빠 구루이안과 이야기를 나누다 이 사실을 알게 되었다. 페이웬이 페이 숙부의 잃어버린 딸이라니, 정말 놀라운 일이었다. 진짜 영화 같은 상황이 주변에서 일어나고 있을 줄 누가 상상이나 했을까?

"치 선생님이 페이웬을 좋아한다고?"

광란이 믿지 못하겠다는 듯 다시 한번 중얼거렸다. 쑹이가 광란의 표정을 보고 말했다.

"페이웬이 페이 숙부 딸이라는 걸 너도 아는 것 같네. 사실 치스양이랑 나는 같은 학교에서 유학했어. 그때 치스양이 페이웬에 첫눈에 반해서 나한테 페이웬 사진도 보여 주곤 했는데……. 세상일이 이렇게 덧없을 줄이야."

쑹이의 말투에 안타까움이 녹아 있었다. 치스양은 매우 훌륭한 남자였고, 페이웬 역시 좀처럼 찾아보기 힘든 좋은 여자였다. 두 사람은 서로의 신분 때문에 시련을 겪어야 하는 운명이었다…….

광란은 곰곰이 생각해 보았다.

"웬 언니에 대한 치 선생님의 태도가 어딘가 이상하다고는 생각했어요. 매번 병원에서 웬 언니 이야기를 꺼내기만 하면 매우 진지해졌거든요. 저는 웬 언니가 페이 숙부 딸이라 그런 줄만 알았지, 이런 줄은 생각도 못 했어요……."

쑹이가 답했다.

"그러니까 페이웬이 아무리 좋은 사람이어도 내 마음은 변하지 않을 거야. 치스양은 내 동문이자 좋은 친구야. 어떻게 친구의 사랑을 뺏을 수 있겠어?"

"감정이 그렇게 마음대로 되는 건가?"

팡란이 혼자 중얼거렸다.

"게다가, 치 선생님이 웬 언니랑 함께할 거라고 어떻게 그렇게 확신해요?"

쑹이는 확신에 가득 찬 눈빛을 반짝였다.

"다른 사람의 감정은 나도 잘 모르겠지만, 치스양의 감정은 줄곧 단 하나뿐이었어. 죽어서야 멈출 거야."

"죽어야 멈춘다라……."

팡란은 마음속으로 다시 한번 이 말을 되뇌었다. 팡란의 눈빛에 알다가도 모를 생각이 떠올랐다.

"언젠가 저도 그런 사람을 만날 수 있을까요."

차가 신호등 앞에 멈추어 섰다. 쑹이가 고개를 돌려 구닝안의 눈을 바라보며 진지하게 말했다.

"네 앞에 있잖아."

팡란은 다급히 시선을 돌렸다. 쑹이를 제대로 쳐다볼 수가 없었다. 신호가 바뀌자, 쑹이가 엑셀을 밟았다.

분위기가 왠지 미묘한 가운데, 갑자기 팡란의 핸드폰이 울렸다.

"오빠!"

팡란이 구루이안을 불렀다.

"쑹이가 너 데려간 거야?"

구루이안의 말투 속에 숨길 수 없는 언짢음이 섞여 있었다. 팡란이 얼른 말했다.

"병원 문 앞에 오래 있으면 연예면에 기사 날까 봐 걱정돼서. 그래서 탄 거야."

"후."

구루이안이 침착함을 되찾기 위해 숨을 고르더니, 계속해서 말했다.

"학교로 바로 데려다 달라고 해."

"알았어. 학교에 도착하면 전화할게."

팡란이 전화를 끊자, 쏭이가 옆에서 재밌다는 듯 웃었다.

제11장

스승을 모시다

"너희 오빠 정말 심하다. 너무 간섭하는 거 아니야?"

팡란이 머리를 긁적였다.

"저보다 훨씬 어른이잖아요. 어렸을 때 부모님 일이 바쁘셔서 대부분 시간 동안 오빠가 저를 돌봐 줬어요. 저한테는 아빠이자 오빠예요. 당연히 제 일에 간섭할 수 있죠. 신경이 쓰일 테고요."

"귀찮지 않아?"

팡란은 의지할 곳 없이 외로웠던 자신의 전생이 떠올라, 행복하게 웃었다.

"전혀요. 정말 행복해요."

쑹이는 그녀의 웃는 얼굴을 바라보고 있으니, 마치 자신도 전염된 듯 마음속에 따스함이 솟아올랐다.

"어떨 땐 너희 남매가 부럽기도 해. 나랑 달라서. 나는 혼자였거든."

"어? 오빠…… . 가족은요?"

팡란은 다른 사람의 가슴 아픈 기억을 들추는 것 같다는 생각에, 매우 조심스럽게 물어보았다.

"모르겠어. 어릴 적부터 나 혼자였어. 어렸을 때는 그분들을 찾아보려고 했었는데, 어른이 되고 나니까 담담해졌어."

쑹이의 말속에 어딘가 서글픔이 서려 있었다.

팡란은 자신의 전생이 떠올라, 어찌 위로해야 할지 알 수 없었다. 그녀는 의지할 곳 없는 고독한 느낌을 너무도 잘 알고 있었다. 도시의 불빛 중 자신을 기다리는 불빛은 하나도 없었다. 모두 바삐 일하고 나면 자신의 집에 돌아가 버렸다. 세상에 발붙일 곳이 하나도 없는 것만 같았다.

한참 동안 침묵을 지키던 팡란이 웃으며 말했다.

"하루빨리 가정을 꾸리셔야겠네요."

쑹이가 팡란을 바라보며 다소 의미심장하게 말했다.

"노력하는 중이야."

팡란은 고개를 돌려 다른 곳을 보면서, 급히 다른 이야기를 꺼냈다.

"아…… . 날씨가 좋네…… ."

쑹이가 내친김에 답했다.

"함께 갈 곳이 있어."

길목에서 차가 서쪽으로 방향을 바꾸어, 환호 대로에 올랐다. A시는 호수를 에워싸며 조성되어 있었는데, 시 외곽에 낙월 호수라는 곳이 있었다.

저녁 무렵이라 노을이 서쪽으로 지고 있었다. 병원에 오랫동안 있었던 팡란은 노을을 맞이하며 내달리는 이 순간, 더없이 후련한 마음에 자신도 모르게 무의식적으로 옆에 있던 스위치를 눌렀다. 자동차 루프가 천천히 열리기 시작해, 완전히 열리니 오픈 카가 되었다. 다행히 이 길은 오가는 사람이 매우 적어, 톱스타 쑹이 역시 다른 사람의 이목을 끌까 걱정되지 않았다.

잠시 후, 차가 호수 근처에서 경치를 바라볼 수 있는 한 정자 앞에 멈춰 섰다. 정자를 본 팡란은 격세지감을 느꼈다. 이곳은 전생에 팡란이 걱정거리가 있을 때면 늘 들렀던 곳이었다. 차를 몰고 이곳에 와서 조용히 앉아 아득히 넓은 호수를 바라보고 있으면, 생각도 파도를 따라 흘러가 버렸다.

"안 내려?"

쑹이가 차 문을 열어 주었다. 팡란은 멍하니 차에서 내리며 쑹이에게 물었다.

"여기는…… 어떻게 아신 거예요?"

쑹이가 답했다.

"전에 친구가 즐겨 오던 곳인데, 나도 알게 됐어. 여기 괜찮지?"

팡란은 이곳에 처음 온 척하며 말했다.

"좋네요. 경치도 산뜻하고 정말 편안해요."

쑹이가 정자 옆에 서서 호수를 바라보며 말했다.

"예전에 호숫가에 집을 짓고 싶었는데, 아쉽게도 이루지 못했어. 그래서 금호 별원에 집을 샀지. 거기서 공원의 인공 호수가 보이거든. 없는 것보단 나아."

팡란이 먼 곳을 응시하며 말했다.

"예전에 마음이 울적할 때면 《월든》을 읽곤 했어요. 호숫가에 살 수 있을 거란 상상도 해 보고……."

"어?"

쑹이의 눈빛이 어딘가 모호한 듯 어두워졌다. 그는 자신도 모르게 말했다.

"내 친구도 인터뷰에서 그렇게 말했었어."

팡란은 순간 깜짝 놀랐다. 그녀는 확실히 인터뷰에서 그렇게 말했었다. 쑹이가 그녀를 말하는 것일까? 하지만 지금은 그저 마음속의 의심을 억누를 뿐, 직접 물어볼 수 없기에 일부러 이렇게 말했다.

"그렇다면, 제가 오빠 친구분이랑 인연이 있던 셈이네요. 친구분이 남자인지 여자인지 모르겠지만, 기회가 된다면 소개해 줄래요?"

쑹이가 낮게 가라앉은 목소리로 말했다.

"아마 그런 기회는 없을 거야."

"왜요?"

팡란이 캐물었다.

"가자. 기숙사에 데려다줄게. 그렇지 않으면 너희 오빠가 또 전화할 거야."

쑹이는 팡란의 물음에 답하지 않고, 얼른 돌아서서 차에 올라탔다. 팡란은 쑹이의 답이 무엇일지 조금은 알고 있었지만, 그렇기에 더 이해할 수 없었다. 만약 쑹이가 말한 사람이 정말로 그녀라면, 쑹이와 자신이 전생에 대체 무슨 관계가 있었다는 걸까?

＊

돌아오는 길, 두 사람 모두 각자 생각에 잠기어 아무런 말도 하지 않았다. 차는 A대학에 금방 도착했다. 팡란이 백팩을 메고 내릴 준비를 했다.

"다 왔어요. 감사합니다."

쑹이가 어디선가 작은 상자를 하나 꺼냈다.

"퇴원 선물이야. 지난번에 잘못 선물했던 것에 대한 보상으로."

팡란은 그가 지난번 만우절 인형을 말하는 것을 알아채고 얼른 말했다.

"그건 그냥 작은 소동이었잖아요. 마음 쓰지 않으셔도 돼요."

쑹이가 상자를 팡란의 손에 내려놓았다.

"부담 갖지 말고 받아. 비싼 건 아니니까."

팡란은 상자를 들고서 차에서 내렸다.

팡란은 쑹이의 차가 멀어지기를 기다렸다가 상자를 열어 보았는데, 웃음이 나오기도 하고 마음이 따스해지기도 했다.

상자 안에는 카드가 한 장 들어 있었다. 두리안 베이커리의 회원 카드였다. 위쪽에 쪽지가 하나 붙은 채였는데, 쑹이의 명필이 만년필로 쓰여 있었다.

[치 의사 선생님의 지시 두리안은 열이 많으니 조금만 먹을 것]
[쑹 의사 선생님의 지시 네가 좋아하는 거라면 얼마든지 먹어]

자신도 모르게 얼굴에 웃음이 피어난 팡란은 가벼운 발걸음으로 기숙사에 들어갔다.

"왔구나?"

팡란이 기숙사에 들어가자마자 먀오페이페이의 유쾌한 목소리가 들려왔다.

"그래, 맞아. 드디어 퇴원했어!"

팡란은 매우 흐뭇하게 자신의 작은 침대 위에 쓰러졌다.

"어디 보자……."

먀오페이페이가 팡란의 발목을 들어 올렸다.

"어, 흉이 남았네."

"발이라서 큰 영향은 없을 거야."

팡란은 크게 마음에 두지 않고 말했다.

"우리 이야기했던 거, 잊지 않았지?"

먀오페이페이가 기대 가득한 눈빛으로 팡란을 뚫어지라 바라보았다.

"걱정하지 마. 네가 나한테 보내 준 대본 다 외웠으니까."

팡란이 핸드폰을 흔들었다. 곧바로 먀오페이페이가 기대하며 물었다.

"어때? 두 선배가 쓴 대본, 괜찮아?"

팡란은 엄지손가락을 세워 보였다.

"절대로! 졸업은 문제없을 거야."

"그 말 들으니 마음이 놓인다. 너는 사람을 많이 겪어 봤으니까……."

"그 말 어딘가 이상하게 들리는데……."

팡란이 작은 목소리로 소곤거렸다. 먀오페이페이가 팡란에게 물었다.

"내일 연습 참석할 수 있어?"

팡란이 답했다.

"낮에는 안 될 것 같아. 리 감독님이랑 같이 허 선생님 뵈러 가기로 했거든. 돌아오고 나서 저녁에는 아마 할 수 있을 거야."

허 선생과 만남을 언급하는 팡란의 두 눈에 흥분의 감정이 가득했다.

먀오페이페이가 황급히 손사래 쳤다.

"그럼 됐어. 다음에 하자. 너 막 퇴원했는데, 고생시키면 안 되지. 허 선생님 뵙고 나서 다시 얘기하자."

리 감독과 만나기로 한 장소는 그의 집 근처 술집이었다. 팡란은 그곳에 가면서도 여전히 의아했다. 그녀가 생각하기에 연로하신 허 선생님께서는 차를 좋아하실 것 같았다.

약속한 시각이 식사 시간도 아니었기 때문에 아마 찻집에서 만나겠거니 했지만, 뜻밖에도 술집에 약속을 잡아 두었다.

문에 들어서자마자 종업원이 팡란을 독방으로 안내했다. 술집은 인테리어가 매우 특이했다. 작은 프라이빗 룸 안에 테이블 대신 낮디낮은 책상이 놓여 있고 바닥에는 돗자리가 깔려 있었다. 책상 위에 문방사우가 놓여 있고, 옆에 있는 작은 선반 위에는 여러 종류의 작은 술 주전자가 보였다.

리치앤샨이 일어서서 두 사람을 소개해 주었다.

"이쪽은 구닝안이네. 이쪽은 허장, 허 선생이다."

허 선생님은 팡란이 생각했던, 매우 엄격하고 빈틈없는 것과는 다른 모습이었다. 백발의 동안에 신수가 훤하고 양 볼이 붉게 상기된 얼굴로, 매우 호감 가는 인상이었다.

팡란은 약간 흥분하기도 하고 또 좀 어색하기도 해서 어찌할 바를 몰라 쩔쩔매며 말했다.

"허 선생님. 존함은 익히 들었습니다."

허장이 시원스럽게 말했다.

"존함은 무슨. 그런 쓸데없는 이야기는 그만두고, 차라리 술이나 화끈하게 마시는 게 낫겠다."

팡란은 그의 호탕함에 감화되어 책상머리에 앉으며 말했다.

"허 선생님께서 이렇게……. 어, 친근하실 줄 몰랐어요."

리치앤샨이 하하 웃음을 터뜨렸다.

"친근하기는 무슨. 오래 지내다 보면 알게 될 거다. 얼마나 막돼먹은 영감탱이인지."

허장은 리치앤샨이 자신을 놀리는데도 전혀 개의치 않고 오히려 팡란에게 물었다.

"듣자 하니 내 글을 따라 연습하면서 서예에 입문했다고?"

팡란은 구닝안의 경험에 비추어 사실대로 답했다.

"그렇습니다. 허 선생님의 소해서체 작품을 얼마나 필사했는지 모를 정도예요."

허장이 대단히 마음에 든 듯 고개를 끄덕였다.

"자, 여기 붓과 먹, 종이와 벼루가 모두 있으니 글을 몇 자 써 보거라. 한번 보고 싶구나."

팡란은 여유롭게 붓을 들었다. 리치앤샨과 허장 두 사람 모두 아무 말도 하지 않았다. 모름지기 소해서체에서 가장 중요한 것은 글 쓰는 사람의 마음이었기 때문에, 절대 멋대로 방해해서는 안 되었다.

팡란은 호흡을 가다듬고 진지하게 종이 위에 소해서체 글귀를 써 내려갔다.

> 부춘[8] 길거리와 골목에 꽃 가득하니,
> 천금의 술을 봄바람에 권하네.
> 봄바람에 술 권함이라.
> 연주와 노랫소리 십 리 밖까지 들리니,
> 금수강산에 있는 듯하구나.

허장이 글귀를 보고 만족스럽게 말했다.

---

8   부춘(富春) : 옛 지명. 지금의 저장(浙江)성 항저우(杭州)시 부양(富阳)구 부춘(富春)가

"거짓이 아니었군. 네가 비단부채에 쓴 글을 보았다. 확실히 내 젊을 적 풍채가 있어! 오늘 품행 역시 내 마음에 들었으니, 내 제자가 되는 건 어떻겠니?"

"쳇! 재능이 출중한 게 분명해 보이니 제자로 들이려고 이런 빈말도 다 하는군."

리치앤샨이 가차 없이 훼방 놓았다. 허장이 매우 익살스러운 표정으로 리치앤샨을 힐끗 노려보았다. 팡란은 과분한 제안에 놀랍고도 기뻐서 더듬거리며 물었다.

"저…… 정말이세요?"

허장이 진지하게 말했다.

"당연하고말고! 나는 여태껏 제자를 들인 적이 없다. 그런 내가 제자를 받겠다는데, 어떻게 거짓일 수 있겠느냐?"

팡란은 자신을 한 번 꼬집어 보았다.

"아야, 아파! 꿈이 아니네!"

하장이 껄껄껄 웃음을 터뜨렸다.

"이제 믿을 수 있겠느냐?"

팡란이 도리에 따라 앞에 있는 술잔을 들어 올렸다.

"스승님, 제자의 인사를 받아 주세요."

허장은 두 눈 가득 매우 만족스럽다는 눈빛으로 두말없이 술잔을 받았다.

"너 이 녀석, 좋다! 좋아! 아주 좋아!"

허장은 연달아 세 번 좋다고 말하고, 고개를 들어 술잔에 담긴 술을 단숨에 들이켰다.

팡란은 무슨 말을 해야 좋을지 모를 정도로 감격했다.

"선생님 존함은 일찍이 들어 보았습니다. 저희 오빠가 선생님을 청하러 간 적이 있었는데, 안타깝게도 두문불출하셨지요. 오늘 정말 제 스승님이 돼 주실 줄은 꿈에도 몰랐어요."

허장이 말했다.

"너와 내가 사제의 인연이 있다는 증명이로구나."

리치앤샨이 술을 한 잔 마셨다.

"흥. 잘도 말하는구먼. 분명 처음엔 눈에 차지 않았으면서, 지금은 다시 명분을 만들어 내는 걸 보니 샘이 날 지경이네."

허장이 눈을 동그랗게 뜨고 말했다.

"그만 좀 헐뜯어, 이 사람아. 간신히 티베트에서 돌아왔는데, 격려해 줄 순 없나?"

팡란은 그제야 알았다. 허장의 붉게 상기된 두 볼은 정말로 고원 지대에서 왔기 때문에 그런 것이었다. 팡란이 웃으며 물었다.

"어쩐지 여러 곳을 찾아봐도 선생님의 그림자조차 볼 수 없었는데, 티베트에 조용히 숨어 계셨군요."

리치앤샨은 틈만 나면 끼어들었다.

"그건 다 이 영감탱이가 여행 동호회에 가입해서 그런 거야. 거기서 어떤 노부인을 좋아해서……. 쯧쯧. 다 늙어서 노부인을 쫓아 티베트까지 가다니……."

팡란은 교양 있는 모습을 유지하려 필사적으로 흘러나오는 웃음을 참았다.

"아…… 그러셨나요. 스승님께선 나이가 드셨어도 정말 열정이 넘치시네요……."

허장이 진지하게 말했다.

"남자도 싱글, 여자도 싱글인데 내가 구애하는 게 뭐가 잘못이
야? 리가 놈아. 네가 이혼한 지도 벌써 수년이야. 함께할 임자 찾
아볼 생각 없어?"

리치앤샨은 이야기의 주제가 자신을 향하자 재빨리 피했다.

"그런 이야기는 해서 뭐 해? 술이나 마시자고."

리치앤샨은 볶은 땅콩 한 접시를 주문했다. 두 대선배가 땅콩
과 함께 술을 마시기 시작했다. 술기운을 당해 낼 수 없었지만, 술
자리 분위기를 깰 수 없어 두어 잔 마셨다.

팡란은 두 대선배가 매우 만족해하며 떠난 후에야 자리에서
일어나, 겨우 약간 취기 오른 채로 다시 학교로 향했다.

팡란은 머리가 조금 어질어질해서 건널목에서 택시를 잡아야
겠다고 생각했다.

술집을 나선 시각은 오후 4시가 다 된 시간이었다. 서쪽 하늘
에 소르르 걸려 있는 태양에 그림자가 길게 드리웠다. 명 스승님
께 인사를 올린 탓에 기분이 매우 좋아, 오랜만에 동심으로 돌아
가 이름 모를 멜로디를 흥얼대며 자신의 그림자를 밟으면서 걸
어갔다. 건널목까지 걸어갈 무렵 그제야 잘못된 방향으로 왔다는
것을 깨달았다. 고개를 들어 주변의 건물들을 살펴보니, 같은 방
향으로 한 길목을 더 건너가면 바로 루이황 엔터 건물이 나온다
는 것을 발견했다.

기왕 온 김에 오빠한테나 가 볼까. 다시 태어난 후로 루이황 엔터의 본사에 가 본 적이 없었다. 마침 횡단보도의 신호등이 빨간불이어서 팡란은 심심한 듯 제 자리에 서 있었다. 무슨 생각을 하는 건지, 초록 불이 켜진 것도 모른 채 길가에 자라난 풀잎들을 넋 놓고 바라보았다. 팡란이 다시 고개를 들었을 때는 이미 초록불이 깜빡거리고 있었다.

순간 다급한 마음에 얼른 달려가려 했지만, 스포츠카 한 대가 갑자기 그녀의 앞에 멈추어 섰다. 길을 막아선 스포츠카 때문에 하마터면 균형을 잃고 넘어질 뻔했다. 걸음을 멈춘 팡란이 스포츠카를 가리키며 혀 꼬인 목소리로 말했다.

"당신…… 당신 어떻게…… 횡단보도에…… 차를 세울 수가 있어?"

자동차의 루프가 열리자 매우 준수한 외모의 남자가 운전석에 앉아 있었다. 횡단보도에 있던 많은 사람이 이 광경을 보고 수군거렸다.

"저것 좀 봐, 스포츠카 운전하는 남자 정말 잘생겼다……."

"혼혈인 것 같은데. 진짜 잘생겼다!"

샤오링페이는 주변 사람들의 수군거림을 아랑곳하지 않고, 길목에 서서 횡설수설하는 숙녀에게 말했다.

"차 지나가는 거 못 봤어요? 제가 막지 않았다면 아마 하늘나라에 갔을 겁니다."

팡란은 앞으로 걸어가 허리를 굽혀 차 문가에 기대어 긴가민가한 듯 답했다.

"그…… 그래요? 그럼 고마워요……."

팡란이 예쁜 양 볼에 엷은 홍조를 띠고서, 초점 잃은 눈빛으로 말끝을 매우 길게 늘이며 말했다. 순간 샤오링페이는 길게 늘인 말소리가 끝내주게 감미로워, 자신의 마음을 간질이는 것 같다고 생각했다. 정신을 차리고 샤오링페이가 입을 열어 물었다.

"놀라신 것 같은데 어디로 가는 길이에요? 데려다줄까요?"

팡란이 손을 내저었다.

"아니요……. 그럴 필요 없어요."

두 사람이 이야기를 주고받던 사이, 신호등 불빛이 다시 초록색으로 변했다. 팡란은 몸을 일으켜 비틀비틀 걸어갔다.

샤오링페는 팡란을 바라보았다. 귀여운 오버핏 스웨터를 입은 팡란은 더욱 작고 귀여워 보였다. 뒤트임 니트 스커트의 두 치맛자락이 엇갈리며 아름다움을 자아내는 뒷모습에, 샤오링페이는 눈길을 거두지 못했다. 멍하니 바라보고 있는 동안 그 숙녀분은 이미 도로를 건너 계속 앞으로 걸어가고 있었다. 샤오링페이는 차 머리를 돌리는 대신 전화를 걸었다.

"4시 반 회의는 취소합니다. 보고서를 메일로 보내 주세요."

네이비색 스포츠카가 대로에서 근사하게 유턴하여 앞쪽의 여자를 쫓아 곧바로 달려갔다. 비틀거리며 걸어가던 팡란은 뒤에 스포츠카 한 대가 쫓아오는 것을 전혀 신경 쓰지 않았다. 그녀는 지금 자신의 그림자를 밟는 것에 심취해 있었다. 길을 걸으면서 갑자기 웃음을 터뜨리곤 하는 모습에 옆에서 따라오는 차 속의 샤오링페의 입꼬리도 올라갔다.

숙녀분이 마침내 한 건물 앞에서 멈추자, 샤오링페이는 웃음기를 거두었다. 그녀는 루이황 엔터테인먼트의 입구 앞에서 멈추었다. 루이황 엔터 소속 연예인인가? 샤오링페이는 무의식적으로 이렇게 생각했다.

팡란은 건물 입구에 서서 구루이안에게 전화를 걸었다.

"여보세요……. 오빠…… 헤헤……."

구루이안이 핸드폰에서 들려오는 혀 꼬인 소리에 얼굴을 찌푸리며 말했다.

"너 술 취했어? 어디야?"

팡란은 꼬부라진 혀로 말했다.

"별…… 별로 안 마셨어. 나 지금…… 지금…… 오빠 문 앞이야……."

구루이안이 다시 물었다.

"어디 문 앞이라고?"

'내 여동생 데리고 술 마신 자식, 누군지 알면 죽여 버리겠어…….'

고개를 들어 하늘을 바라본 팡란은 햇살에 눈이 부셔 어질어질했다……. 그녀는 숨을 내쉬고 계속해서 말했다.

"오빠 회사 문 앞."

"그래. 아무 데도 가지 말고 거기 서 있어. 지금 내려갈 테니까."

구루이안은 말하면서 일어나 밖에 있는 비서에게 이야기했다.

"꿀물 타서 사무실에 가져오세요."

구루이안이 빛과 같은 속도로 엘리베이터로 달려가자 새로 온 비서가 선배에게 물었다.

"누가 오길래 회장님이 직접 마중 나가요?"

사무실 선배가 웃으며 말했다.

"여동생. 온 지 얼마 안 돼서 모르겠구나. 회장님은 여동생을 끔찍이 아끼셔."

새로 온 비서는 부럽고도 원망스러운 표정을 지었다.

"아, 왜 나는 저렇게 완벽한 오빠가 없는 걸까……."

팡란은 온몸에 힘이 빠진 채 입구에 서 있었다. 벽에 기대고 싶은 마음에 자신도 모르게 유리문 쪽으로 걸어갔다.

팡란이 가까이 다가가자 앞에 있던 자동 유리문이 저절로 열리는 바람에, 그녀가 내민 손이 허공에서 허우적대며 금방이라도 넘어질 것 같았다. 샤오링페이가 어이없고 재미있다는 듯 달려와 그녀를 붙잡았다.

"이봐요, 괜찮아요?"

팡란은 눈앞에 있는 사람을 한동안 뚫어지라 바라보았다.

"어? 당신……. 당신 눈이 네 개…… 머…머리는 두 개……. 헤헤."

샤오링페이는 갈수록 취하는 팡란을 보고 일단 루이황 빌딩 내 소파에 앉히기로 했다. 방금 전화를 걸었던 걸 보면, 아마도 누군가 곧 데리러 올 것이었다.

두 사람이 홀에 들어서자마자 구루이안이 내려왔다. 샤오링페이가 구루이안과 술에 취한 여자를 번갈아 보더니, 재밌다는 듯 웃었다.

"이런 우연이?"

구루이안이 노발대발하며 말했다.

"내 동생 데리고 술 마신 거야? 두 사람 어떻게 만난 거야?"

샤오링페이는 조금 의아했다.

"네 여동생이라고?"

구루이안이 코웃음을 쳤다.

"데려다준 건 고마운데, 샤오 사장님께서는 내 여동생이랑 너무 가깝게 지내지는 마시지."

샤오링페이는 웃는 듯 마는 듯 한 얼굴로 아무런 해명도 하지 않았다.

"샤오 여사께서 여자애를 소개해 주신다고 해서 별로 내키지 않았는데, 이 숙녀분인 줄 미리 알았다면 좋았을걸⋯⋯."

샤오링페이는 자신의 어머니를 샤오 여사라고 즐겨 불렀다.

"알았으면 어쩌게? 솔직히 말해서, 넌 내 여동생 취향 아니야."

구루이안이 비틀거리는 팡란을 번쩍 안아 들었다.

"잘 가라."

샤오링페이는 그 자리에 서서 두 사람이 멀어지는 뒷모습을 바라보며 속으로 생각했다.

'이번 귀국은 확실히 옳은 결정이었어.'

❧

팡란은 부드럽고 아름다운 꿈나라에 빠져 있었다. 다시 눈을 떠 보니 무슨 상황인지 전혀 알 수 없었다.

"어? 여긴 어디지?"

입을 열자 목이 매우 칼칼했다. 팡란은 근처에 꿀물 한 잔이 있는 것을 발견하고 고개를 들어 단숨에 들이켰다.

"일어났어?"

구루이안이 책상 뒤에서 고개를 들어 팡란을 바라보았다. 어딘가 좀 차가운 목소리였다. 팡란은 기억을 더듬어 보며 말했다.

"기숙사로 돌아가려고 했는데, 취해서……. 오빠한테 온 줄은 몰랐네."

"참나!"

구루이안이 코웃음을 쳤다.

"학교에서 뭘 배웠길래 술 마시고 돌아다니는 거야. 게다가 저런 꼴불견인 놈이랑 마시다니."

"꼴불견?"

팡란은 멍하니 머리카락을 한 움큼 움켜쥐며 기억을 더듬었다.

"리 감독님이랑 허 선생님이랑 마셨어. 맞다, 허 선생님께서 나를 제자로 받아 주셨어!"

"어?"

구루이안은 그제야 불쾌한 기색을 거두었다.

"소원 성취한 거 축하해. 어릴 적부터 허 선생님을 존경했잖아."

신이란 팡란은 입이 찢어지게 웃으며 계속해서 말했다.

"오빠, 방금 말한 꼴불견이 누구야? 여기까지 어떻게 왔는지 전혀 기억 안 나."

"어, 아무것도 아니야."

구루이안은 화제를 돌렸다.

"허 선생님도 그래, 이렇게 많이 마셨는데 길가에 두고 가면 어떡하란 거야?"

팡란이 기억을 더듬었다.

"그냥 두세 잔 마셨을 뿐이야. 허 선생님께서 가져온 술인데, 마실 땐 부드럽고 감미로웠는데 숙취가 이렇게 심할 줄 몰랐어……."

팡란이 통증이 느껴지는 머리를 문지르며 물었다.

"꿀물 더 있어?"

구루이안이 다시 서류에 몰두하며 말했다.

"네가 타 마셔. 서류 다 보고 나면 학교로 데려다줄게."

팡란은 그제야 창밖에 날이 어둑어둑해진 것을 알아차렸다. 퇴근 시간이 지나서인지 비서의 소리가 들리지 않았다.

물을 한 잔을 따라온 뒤, 핸드폰을 들고 먀오페이페이가 보낸 대본을 계속 읽었다. 두 남매가 각기 바삐 일하는 사무실의 분위기는 매우 아늑했다.

잠시 후, 구루이안이 노트북을 접었다.

"가자. 일단 밥부터 먹자."

두 사람은 퇴근 시간이 훌쩍 지난 도로 위를 막힘없이 달려 구루이안의 단골 레스토랑으로 향했다.

"구 선생님. 늘 앉는 자리로 하시겠습니까?"

웨이터가 다가와 안내했다.

"예. 두 사람, 지난번처럼 덜 맵게 해 주세요."

구루이안은 이렇게 말하면서 매우 익숙한 듯 안으로 들어갔다.

"네, 선생님. 잠시만 기다려 주세요."

구루이안은 팡란을 프라이빗 룸으로 데려가는 대신 로비 구석에 자리를 잡고 앉았다. 크고 높은 녹색 화분 파티션으로 조용하게 공간을 나누어 둔 곳이었다. 높은 통유리 벽을 통해 차량이 꼬리를 물고 늘어서 있는 도시의 야경이 한눈에 들어왔다.

"이렇게 좋은 곳을 알았으면서, 처음 데려오는 거야?"

팡란은 장난스럽게 말했다.

구루이안이 답했다.

"나도 최근 알게 된 곳이야. 친구가 차린 레스토랑인데, 오랫동안 내 건물이었거든."

농담하는 걸 보니, 구루이안이 기분이 좋은 게 분명했다. 한창 이야기를 나누고 있을 때, 뒤에서 한 사람이 걸어왔다.

"이런 우연이 다 있네."

쑹이가 와인 잔을 손에 들고 두 사람을 향해 기울였다.

"너희 자리 정말 좋아 보이는데, 합석해도 될까?"

구루이안이 눈을 찌푸리며 매우 떨떠름한 표정을 지었다.

"곤란한데. 뒤에 널린 게 테이블이야."

팡란이 갑자기 물었다.

"혼자 밥 먹으러 온 거예요?"

쑹이가 고개를 끄덕였다.

팡란이 일어나서 옆자리로 자리를 옮겼다.

"그럼 같이 앉아요."

팡란은 구루이안의 표정이 좋지 않은 것을 보고 계속해서 말했다.

"오빠. 이런 말 들어 본 적 있어?"

"무슨 말?"

"둘이 먹는 식사는 밥이지만, 혼자 먹는 식사는 사료다."

팡란이 능글맞게 말했다.

"헛……."

구루이안이 이 말을 듣고 헛기침을 했다.

"네 말대로면 내가 매일 먹는 사료도 적지 않은걸."

"그러니까, 얼른 우리 새언니 좀 찾아봐."

이야기를 나누는 사이 쑹이는 이미 자리에 앉아 있었다. 그는 오늘 매우 캐주얼하게 입었는데, 맨투맨 후드티에 스니커즈를 신고 있었다. 팡란은 그가 아마도 막 헬스클럽에서 나왔을 거로 추측했다. 그에게서 보디 워시 향기가 아주 산뜻하게 감돌았기 때문이다.

"서두른다고 되는 일이 아니야."

구루이안이 서빙된 요리를 팡란에게 건네주었다.

"먹어."

중식 레스토랑이었기 때문에 세 사람이 한 접시에서 음식을 집었는데, 분위기가 의외로 매우 화목했다.

구루이안이 별생각 없이 물었다.

"학교로 돌아가면 뭐 할 생각이야?"

팡란은 곰곰이 생각해 보았다.

"우선 선배님 졸업 작품 하는 거 도와드리려고. 그다음은 아직 생각 안 해 봤어. 그때 가서 생각해 봐야지."

쑹이가 문득 꽝란에게 물었다.

"리얼리티 프로그램 관심 있어?"

"리얼리티?"

구루이안이 말을 가로챘다.

"무슨 정보라도 있는 거야?"

쑹이의 잘생긴 눈에 한줄기 예리한 빛이 번뜩였다. 그는 웃으면서 말했다.

"관심 있어?"

구루이안은 쑹이에게 숨김없이 말했다.

"요즘 회사에서 괜찮은 리얼리티 프로를 찾는 중이거든."

쑹이는 그제야 진지하게 말했다.

"인심 쓰는 셈 치고 말해 주지. 우리 회사에서 며칠 전에 신인 피디의 참신한 프로그램을 제안받았어. 야외 리얼리티 프로그램인데 정말 신선하더라고. 하지만 우리 회사 하반기 중점 방향이 그쪽이 아니라서, 너한테 추천하는 것도 나쁘지 않을 것 같네. 내 생각엔 일단 프로그램이 방영되면 십중팔구 성적이 아주 좋을 거야. 닝닝이가 연예계에 진출할 생각이 있으면, 리얼리티 프로에서 시작하는 것도 괜찮지."

구루이안이 진지하게 쑹이의 제안을 생각해 보더니 말했다.

"프로그램 기획서 좀 보내 줘 볼래?"

쑹이가 어깨를 으쓱대며 웃었다.

"네 시간 전에 이미 보냈지."

저녁을 먹고 구루이안이 광란을 학교로 데려다주었다. 두 사람이 식탁에서 했던 리얼리티 프로그램에 대해 광란은 별생각 없이 말했다.

"프로그램 아직 어떻게 될지 모르니까, 나중에 다시 얘기해요."

이때의 광란은 이 리얼리티 프로그램이 앞으로 그녀의 커리어에 얼마나 큰 영향을 미칠지 결코 알지 못했다.

제12장
리웨이지

학교로 돌아온 팡란은 연극부의 연습에
참여했다. 두뤄페이가 팡란에게 맡긴 배역은 분량은 많지 않
지만, 배경이 복잡한 여자 조연이었다. 하지만 이 인물은 극 전체에
서 매우 중요한 역할이기 때문에 먀오페이페이가 특별히 추천한
것이었다.

연극부의 연습 분위기는 매우 좋았다. 팡란이 연극 연습에 몰
두한 사이, 시간이 물 흐르듯 흘러갔다. 두뤄페이의 졸업 심사는
매우 순조롭게 진행되었다.

영화 〈휘녀〉는 후반 작업 완료 후 상영 날짜가 6월로 정해져,
곧바로 영화 상영 홍보가 급히 시작되었다. 먀오페이페이가 팡란
에게 크게 한턱내려고 했지만, 팡란의 바쁜 영화 홍보 일정 때문
에 그 계획은 중단되고 말았다.

리치앤샨의 제작진들은 모두 연예계의 베테랑이었다. 홍보 팀
에서 영화 홍보 방안을 빈틈없이 세운 후, 주요 제작진을 모아 홍

보 기획 회의를 열었다. 팡란, 쑹이, 페이웬 등 많은 사람이 참여했다. 영화 시사회는 A 시에서 진행하기로 했는데, 제작진의 신비주의 '여동생'이었던 팡란은 시사회 레드 카펫에서 정식으로 모습을 드러내기로 했다.

전생에 많은 일을 겪고, 레드 카펫을 수없이 걸어 본 팡란이었지만, 이번 홍보 업무는 특히 더 긴장됐다. 웨이보에 영화 〈휘녀〉 속 '여동생'의 정체에 관한 이야기가 올라왔고, 영화에 관심이 뜨거워지며 며칠에 한 번씩 인기 검색어에 오르기도 했다.

팡란이 촬영한 수많은 홍보 스틸도 각 매스컴에 보도되었다. 이처럼 열띤 분위기 아래 자신의 등장에 사람들이 실망한다면, 그녀에게 앞으로 아주 오랫동안 '빈 수레가 요란하다'라는 꼬리표가 따라다닐지도 몰랐다.

"닝닝이 레드 카펫에 서는 거, 정말 중요해."

리치앤샨이 구닝안에게 매우 간곡하게 말했다.

"도와줄 사람을 잊지 말고 찾아보거라."

팡란은 리치앤샨의 말뜻을 알아들었다. 리 감독의 말은 루이황 엔터의 도움을 받으라는 것이었다. 어쨌든 루이황 엔터는 연예인을 아름답게 꾸미는 실무 경험이 있었기 때문에, 레드 카펫에 설 연예인의 메이크업 정도는 매우 사소한 일이었다.

팡란은 고개를 끄덕이며 속으로 레드 카펫의 일을 생각하고 있었다. 회의가 일찍 끝난 김에 팡란은 직접 루이황 엔터에 갈 생각이었지만, 눈앞에 갑자기 차 한 대가 멈추어 섰다. 쑹이가 차창을 반쯤 내리고 잘생긴 얼굴을 드러냈다.

"타. 좋은데 데려가 줄게."

팡란이 잠시 생각하더니 말했다.

"그냥 루이황 엔터 건물에 데려가 줘요."

쑹이는 눈썹을 치켜뜰 뿐, 가타부타 말이 없었다. 차에 오른 팡란이 그에게 물었다.

"청 오빠는요?"

"휴가 보냈어. 앞으로 홍보 스케줄이 꽉 차서, 고생 많을 테니까."

"방금 웬 언니 만났는데, 언니도 매니저 휴가 보냈더라고요. 두 사람 설마 약속한 건 아니겠죠?"

"어? 어쩐지 그 녀석이 연차를 내더라니, 알고 보니 리우링나 때문이었구나."

쑹이가 중얼거렸다.

팡란은 문득 깨달았다.

"오빠 말은, 청 오빠가 링나 언니한테 관심 있다는 거예요?"

쑹이가 고개를 끄덕였다.

"리우링나 어디가 좋은지 모르겠어. 온종일 잔뜩 인상 쓰고……."

"보는 사람에 따라 꽃도 달리 보인다잖아요. 게다가 링나 언니는 분명 사람들에게 사근사근 잘하는데……."

팡란은 말을 하는 중에 차가 방향을 바꾼 것을 알아채고 재빨리 말했다.

"길 잘못 들었어요. 조금 전 길목에서 좌회전해야 했는데."

기분 좋은 쑹이가 핸들에 살포시 손가락을 대고서 아이처럼 웃었다.

222

"루이황 엔터로 가겠다고 약속한 적 없어."

말문이 막힌 팡란이 어이없다는 듯 말했다.

"참 고맙네요, 대배우님. 요 앞에서 내려 주세요. 감사해요."

쑹이는 못 들은 척, 근사하게 차를 몰아 어느 스타일링 샵 앞에 멈추었다.

"내려. 내 오랜 친구를 소개해 줄게."

여기까지 왔으니 화내며 돌아갈 수도 없는 노릇이라, 팡란은 부득이 따라갈 수밖에 없었다.

스타일링 숍은 매우 괴이한 인테리어에, 패션지 같은 느낌도 거의 없었다. 오히려 아주 무게감 있고 고풍스러웠다. 기기괴괴한 벽화가 칠해져 있었는데, 팡란이 걸어가며 살펴보니 각종 미인도가 그려져 있었다.

"여기는 어디예요?"

"리웨이지의 개인 스튜디오."

"리…… 리웨이지요?"

이 이름을 똑똑히 들은 팡란은 매우 놀라지 않을 수 없었다.

"국내에 스튜디오가 있었어요?"

리웨이지가 설립한 LIXID의 패션 브랜드는 주로 해외 시장을 공략했다. 그의 궁극적인 꿈은 전통문화를 세계에 널리 알리는 것이었다. 그는 일 년 내내 해외에 모습을 드러냈기 때문에, 사람들은 그가 프랑스나 이탈리아에 산다고 추측했지, 국내에 스튜디오가 있는 줄은 몰랐다.

팡란이 여전히 놀라움을 금치 못하고 있을 때, 눈앞에 있는 거울이 갑자기 열리더니 거울 뒤편에서 젊은 남자가 걸어 나왔다. 섬세한 외모에 슬림한 체형의 남자가 삼베 도포를 걸친 채, 손목에는 인디고 색상의 화려한 비단을 아무렇게나 몇 번 휘감고 있었다. 남성 다운 세련미가 돋보였다.

더욱더 묘한 것은, 남자가 매우 낡고 헌 헝겊신을 신고 있었다. 분명 아주 심플한 차림새였지만 이 사람이 입으니…… 신선이 내려온 듯했다. 팡란은 마음속으로 생각해 보았다. '분명 신선이야.' 리웨이지는 어려 보이는데다가 살결도 매우 하얘서, 온몸에서 차분하고 담백한 기품이 느껴졌다. 팡란은 '마음이 고요하지 못하면 원대한 이상을 이룰 수 없다'라는 말이 떠올랐다.

"어쩐 일이야?"

리웨이지가 쑹이를 쳐다보더니, 옆에 서 있는 팡란을 위아래로 훑어보며 말했다.

"새 여자 친구?"

쑹이는 질문에 대답 대신 이렇게 물었다.

"바빠? 3일 후에 〈휘녀〉 시사회에서 나랑 같이 레드 카펫 걸을 거야. 너도 들었지?"

리웨이지가 곧바로 반응을 보였다.

"아, 이분이 바로 너희 영화에 나오는 그 신비주의 여동생이구나?"

팡란은 과분한 관심에 적잖이 놀랐다.

---

9   제갈공명이 어린 아들에게 쓴 '계자서(誡子書)'에서 유래한 구절

"디자이너님께서 알고 계실 줄은 몰랐어요. 구닝안이라고 합니다."

팡란은 가볍게 고개를 숙여 인사했다. 리웨이지는 엷은 미소를 지었는데, 특히 눈동자가 매우 맑고 깨끗했다.

"디자이너 님이라니, 그냥 이름으로 불러 줘요. 비단부채에 쓴 글귀를 봤는데 정말 아름다웠어요."

팡란은 쑥스러운 듯 웃었다.

"오랜만에 쓰는 거라 여러 번 연습하고 나서 겨우 부채에 적은 거예요."

리웨이지는 더는 말을 잇지 않았다. 그는 서법에 대해 그다지 잘 알지 못해, 그저 감상하는 정도였다. 그의 전공은 패션 디자인이었다.

그는 팡란 주위를 돌아 천천히 원을 그리면서, 위아래로 훑어보며 말했다.

"스타일이 나쁘지 않은걸. 마침 거의 완성되어 가는 디자인 드레스가 있는데, 한번 입어 볼래요?"

팡란은 기쁨에 차 고개를 끄덕였다.

"최고의 영광이죠."

쑹이는 매우 익숙한 듯 소파에 앉아 책을 뒤적였다. 리웨이지의 스튜디오에 있는 책은 무슨 패션 잡지나 LIXID의 브랜드 카탈로그 같은 것들이 아니라, 그가 새롭게 고친 화본[10]이었다. 게

---

10   화본(話本). 중국 송대(宋代)에 생긴 백화 소설로, 주로 역사 고사와 민간에 떠도는 이야기를 소재로 한다

다가 리웨이지가 직접 그려 넣은 삽화도 있었다. 쏭이가 흥미진
진하게 화본을 집중해서 읽다보니 어느새 약 한 시간이 지나 있
었다.

거울로 된 문이 다시 열리자, 꽝란이 안에서 걸어 나왔다.

꽝란은 어깨가 드러나는 롱 원피스를 입고 있었다. 화려한 무
늬는 아니었지만, 치마에 수 놓인 무늬가 눈길을 끌었다. 언뜻 보
면 상서로운 구름 같았지만, 자세히 보면 구름 자수들이 매우 정
교하게 배치되어 한 폭의 봄날 정경처럼 보인다는 것을 알 수 있
었다.

치마의 색상 역시 매우 단순했다. 다만 허리 옆쪽에서 구불구
불 이어지는 한 줄기 붉은빛이 허리선을 따라 어깨까지 이어져,
살결이 드러난 꽝란의 어깨 위에 한데 모여 요염한 한 송이 붉은
난초꽃을 피웠다.

쏭이는 단번에 넋을 잃고 말았다. 그는 자세히 살펴보고 나서
야 어깨 위에 피어난 붉은 난초꽃이 옷감의 무늬가 아니라, 붓으
로 그려 넣은 것이라는 걸 발견했다.

"정말 아름다워."

쏭이가 진심으로 감탄하며 칭찬했다. 거울을 마주한 꽝란이 다
시 태어나던 날, 처음 얼굴을 봤을 때처럼 중얼거렸다.

"정말 예쁘네."

리웨이지는 이 보람찬 결과에 매우 만족해하며 말했다.

"LIXID 스타일이랑 정말 잘 어울리네. 우리 모델 해볼 생각

없어?"

팡란은 얼떨떨하게 말했다.

"요즘 좋은 소식이 정말 많네요. 마치 꿈속에 사는 것 같아요."

리웨이지가 웃으며 설명했다.

"좋은 소식이라고는 할 수 없지. LIXID는 다른 브랜드처럼 홍보하지 않으니까. 쇼에 참석할 때만 모델 컷을 공개하거든. 인지도나 부수적인 성과를 올린다든지 하는 일은 없는 셈이지. 그래도 하고 싶어?"

팡란은 재빨리 고개를 끄덕였다.

"LIXID 진짜 팬이거든요. LIXID 라인에 전부 관심 있어요."

리웨이지는 조금 의아한 듯 보였다.

"그래? 요즘 젊은 여자들은 LIXID를 별로 좋아하지 않는데. LIXID는 좀 심플하달까 …… 밋밋한 편이니까."

팡란은 생기 넘치는 눈빛으로 리웨이지를 바라보았다.

"LIXID의 설립자가 이렇게 젊은데, 그 브랜드가 어떻게 젊은 감각에서 벗어날 수 있겠어요? 겉으로 보기엔 단순해 보여도, 그것도 젊음의 또 다른 표현이에요. 그렇지 않나요?"

이번에는 리웨이지가 매우 청량한 미소를 지었다. 그는 긴 눈을 가늘게 뜨고서 경쾌한 어조로 말했다.

"쏭이, 이 여동생 놓치지 마. 멋을 아는 사람이야."

쏭이가 몸을 일으켰다.

"덕담 고마워. 이 의상 우리 걸로 남겨 줘. 3일 후에 메이크업 받으러 닝닝이 데리고 올게. 아, 헤어스타일도."

피팅용 의상이었기 때문에 리웨이지가 조금 손을 보았지만, 팡란의 헤어스타일과 메이크업은 아직 정해지지 않은 상태였다. 리웨이지가 흔쾌히 답했다.

"가능해. 내 계좌로 입금하는 거 잊지 말고."

"물론."

팡란은 두 사람을 바라보며 조금 신선하다는 생각이 들었다. 리웨이지와 쑹이는 매우 친한 사이였지만, 결코 서로 기대지는 않았다. 계산해야 할 것이 있으면 정확하게 계산했다. 리웨이지가 먼저 돈 이야기를 꺼낸 것이 오히려 매우 깜찍하게 느껴졌다. 신선의 기운이 풍기는 디자이너는 첫인상과는 달리 좀 더 현실감 있는 이미지였다.

옷을 갈아입은 팡란은 즐거운 기분으로 쑹이를 따라 떠났다.

"리웨이지랑 어떻게 알게 된 거예요?"

팡란이 쑹이를 빤히 쳐다보았다. 연예계에 발을 들여놓은 지 여러 해가 지난 쑹이의 당당한 기백은, 리웨이지처럼 장기간 반은둔 상태인 사람과는 완전히 달랐다. 기운이 다른 두 사람이 오히려 잘 어울리는 모습에 팡란은 좀처럼 갈피를 잡을 수 없었다. 동시에 쑹이라는 사람을 더욱 알 수 없어졌다.

처음 만났을 때 쑹이는 영화 황제의 카리스마 넘쳐흐르는 강한 모습이 돋보였다. 나중에 함께 촬영할 때, 그의 프로답고 진지한 면을 보게 되었다. 다쳐서 입원했을 때에는 그에게서 마음의 안정을 가져다주는 이웃집 오빠 같은 따스함을 보았다.

'흠…… 점점 더 신경이 쓰이는 것 같은데?'

쑹이의 목소리가 팡란의 생각을 가로막았다. 쑹이가 말했다.

"외국에 있을 때 야구 경기 보다가 만났어. 우리 둘은 응원하는 팀이 달랐는데, 리웨이지가 자리를 잘못 앉는 바람에 우리 쪽에 앉아서 상대 팀을 응원했거든. 하마터면 집단 구타 당할 뻔했는데, 중국어를 하는 것 같길래 중국인가 싶어서 내가 구해 줬지."

그 장면을 상상한 팡란이 하하 폭소를 터뜨렸다.

"리웨이지한테 그런 면이 있을 줄은 몰랐네요."

"오래 알고 지내다 보면 알 수 있지. 평범한 젊은 애들이랑 별반 다르지 않다는 걸. 때로는 겉모습만 봐서는 사람을 알 수 없는 거야."

"맞아요. 겉모습만 봐서는 사람을 알 수 없죠."

팡란은 눈앞의 거짓에 현혹되어 두 눈이 어두워졌던 전생의 자신을 떠올렸다. 그녀야말로 그토록 어리석은 사람이었다.

뤄위안을 생각하자 팡란의 눈에 한기가 서렸다. 자신도 모르게 손에 힘을 쥐는 바람에, 자동차의 가죽 시트에 손톱자국이 조금 남고 말았다. 쑹이가 그녀의 미묘한 변화를 느끼고 물었다.

"왜 그래?"

팡란은 재빨리 미소를 지어 감정을 숨겼다.

"아무것도 아니에요……. 다 왔네요. 바래다줘서 고마워요."

차에서 내린 팡란이 발걸음을 재촉했다.

3일 후, 〈휘녀〉의 시사회 현장은 사람들로 매우 붐볐다. 들리는 말로는 명봉 영화제 참석에 탄력을 주기 위해서라고들 했다. 리치앤산 감독의 명성 덕분에 응원하러 온 스타들이 줄곧 끊이지 않았다.

팡란은 벤 안에서 끊임없이 밀려들어 오는 차량 행렬을 바라보고 있었다. 쑹이는 옆에 앉아 팡란의 손등을 톡톡 두드렸다.

"긴장돼?"

팡란은 고개를 절레절레 흔들었다.

"괜찮아요."

쑹이가 떨리는 기색이 없는 팡란의 안색을 살펴보며 말했다.

"드레스가 기니까, 이따가 내게 팔짱을 껴. 그리고 너 오늘 정말 아름다워."

그의 다정한 한마디가 팡란의 마음을 차분하게 해 주었다. 팡란이 웃으면서 답했다.

"오빠도 정말 멋있어요."

팡란은 리웨이지의 중국 전통 스타일 드레스를 골랐기 때문에, 쑹이가 양복 정장을 입고 함께 레드 카펫을 걷는 것은 조금 어울리지 않았다. 하지만 예복을 고를 시간이 너무 촉박했던지라, 쑹이가 기지를 발휘해 아예 〈휘녀〉의 극 중 의상을 입었다. 영화에서 쑹이의 역할은 군 장교였는데, 몸에 딱 맞는 제복 덕분에 그의 몸매가 특히 미끈해 보였다.

소속사에서 거추장스러운 장식을 생략하게끔 수선해, 원래 제복에 달려 있던 민국 시대 장식을 없애 버리고 기본 제복에 트렌디한 요소를 더했다. 이렇게 하니 레드 카펫 분위기와도 조화를 잘 이루었다.

차가 재빠르게 레드 카펫 입구에 도착했다. 페이웬은 붉은 롱 드레스를 입고 앞으로 걸어갔다. 영화의 단 한 명뿐인 주인공이었으므로 홀로 레드 카펫을 걸었지만, 혼자서도 그 공간을 가득 채우기에 충분했다.

팡란이 멀리서 바라보며 나지막이 감탄했다.

"웬만한 여자 연예인은 다홍색에 함부로 도전하지 못하는데, 웬 언니는 그걸 바로 소화하네요. 빨간색이 타고난 것처럼 웬 언니를 돋보이게 하는 것 같아요. 이미지가 열정적일 뿐만 아니라 정말 잘 어울려요."

쑹이가 고개를 돌려 팡란을 바라보았다.

"너도 절대 떨어지지 않아. 가자."

기운을 차린 팡란은 쑹이의 팔짱을 끼고 거침없이 발걸음을 내디뎠다.

바로 그때, 레드 카펫 사회자가 소개했다.

"지금 걸어오는 한 쌍은 이번 영화에서 남자 악역 캐릭터 장차오를 연기한 배우 쑹이와, 여주인공의 동생 청링을 연기한 신인 여배우 구닝안입니다."

'여동생'이라는 키워드에 오랫동안 기다렸던 매체들이 갑자기 카메라를 들고 일어났다. 번쩍이며 눈을 찌르는 카메라 플래시에 눈을 뜰 수 없을 정도였다.

쑹이는 무의식중에 팡란을 바라보았는데, 그녀는 매우 침착하고 절도 있게 카메라 렌즈를 향해 적당한 미소를 지어 주고 있었다. 처음 레드 카펫에 서는 것 같지 않게 여유로운 모습이었다.

팡란은 긴 드레스를 입고 머리를 자연스럽게 틀어 올렸는데, 간단히 꽂아 넣은 빨간색 비녀가 어깨 위에 핀 붉은 난초꽃과 어우러져 더욱 빛났다. 심플한 V자 컷팅 라인 사이로 팡란의 아름다운 어깨선이 드러나고, 치맛자락에 정교하며 아름다운 구름무늬가 플래시 불빛 아래 보일 듯 말 듯 반짝이니 더없이 신비롭고도 아름다웠다.

오밀조밀한 이목구비는 마치 아주 가는 세필로 그린 듯해서, 작은 얼굴에 담박하고 우아한 품위가 담겨 있었다. 오직 맑고 투명한 두 눈동자만이 잔잔한 물결처럼 넘실댔으며, 그 눈매에는 매력이 흘러넘쳐 어린 여자아이의 활기를 드러냈다.

행사장 여기저기서 터져 나오는 플래시 불빛은, 이번에 등장한 그녀의 아름다움이 사람들을 얼마나 놀라게 했는지 알게 해 주었다.

사회자가 두 사람을 단상 앞으로 불러왔다. 여성 사회자가 감탄사를 연발하며 말을 건넸다.

"여동생분 정말 아름답네요. 넋을 잃을 정도로……."

남성 사회자가 옆에서 장난치기 시작했다.

"쑹이 씨께 물어보죠. 그동안 레드 카펫을 함께 걸었던 수많은 여성 파트너 중에서 누가 가장 아름다운가요?"

쑹이가 능글맞은 웃음으로 답했다.

"모두 아름다우셨지만, 오늘 이분께서 가장 아름다우십니다."

"어? 쑹이 씨, 전 파트너분들의 기분이 상할까 걱정되지 않으세요? 페이웬 씨가 방금 들어가셨는데요."

여성 사회자가 웃으며 말했다. 쑹이 역시 여유로우면서도 유머러스하게 이야기했다.

"저는 제 옆에 계신 분의 마음이 상할까, 그게 더 걱정됩니다. 오늘 신은 하이힐이 높아서, 실수로 밟히기라도 하면……."

쑹이가 여기까지 말하자 사람들이 모두 웃음을 터뜨렸다.

사회자가 구닝안에게 화제를 돌렸다.

"구닝안 씨, 첫 공식 데뷔입니다. 하고 싶은 말은 없나요?"

팡란이 여유롭게 대꾸했다.

"여러분께 실망을 안겨 드리진 않을까 걱정되네요."

그 말을 들은 사회자가 부랴부랴 응원의 말을 해 주었다.

"그럴 리가요. 저희도 영화 속 구닝안 씨 모습을 기대하고 있습니다. 자, 두 분 포토월에 사인 부탁드립니다."

레드 카펫 행사를 할 때 포토월에 사인하는 것은 팡란도 알고 있었다. 다만 이번에는 의상에 신경을 쓰느라 닝안의 사인을 어떻게 할지 미처 생각하지 못했다. 그녀는 사인펜을 꺼내 들고 포토월에 소해 서체로 구닝안의 이름을 또박또박 적었다. 이런 사인은 각양각색 사인 속에서 눈길을 끌었는데, 명필다운 실력이 확실히 그녀에게 좋은 인상을 더해 주었다.

막 펜을 내려놓자 레드 카펫에 누군가 걸어오고 있었다. 고개를 들어 자세히 보니 뤄위안과 린샤오탕이었다. 영화에 출연한 뤄위안이 자신의 소속사 동료인 린샤오탕과 레드 카펫에 오른 것은 그리 비난할 일은 아니었다.

린샤오탕은 오늘도 역시 화이트와 레드 컬러의 클래식한 매치로 의상을 입고 왔다. 그런데 요모조모 살펴본 결과 린샤오탕의 드레스가 팡란의 것과 묘하게 유사한 부분이 있었다. 팡란의 드레스는 매우 독창적인 디자인이었는데, 어깨와 머리에 있는 비녀가 절묘한 포인트를 주었다. 하지만 린샤오탕이 입고 온 드레스의 컷팅 라인은 어깨에 페인팅만 없을 뿐, 팡란의 드레스와 상당히 흡사했다. 그녀는 손목에 붉은 리본을 둘러 빛을 추가했다. 드레스에도 정교한 자수 무늬는 없었지만, 가느다란 실을 겹겹이 정교하게 짜서 한 층 덮어 두어 전체적인 스타일링이 매우 감각적이었다.

팡란은 린샤오탕을 두어 번 훑어본 후 눈길을 거두었다. 자신의 드레스는 리웨이지가 맞춤 제작한 것으로, 당연히 한 벌 뿐이어야 했다. 린샤오탕의 드레스 라인이 팡란의 옷과 꽤 비슷했지만, 전체적인 스타일에는 큰 차이가 있었다.

'단지 디자인상 우연의 일치일지도 모르잖아?'

마음속에 떠오르는 온갖 잡념을 누르면서, 팡란은 쑹이를 따라 상영관으로 들어갔다.

리치앤샨은 여러 제작진과 함께 이미 현장에 도착해 사람들이 오기를 기다리고 있었다. 상영관의 불빛이 어두워지고 정식으로 〈휘녀〉의 막이 올랐다. 영화에 출연하긴 했지만, 완성된 영화를 보는 것은 주연 배우들도 이번이 처음이었기 때문에 다들 깊이 몰입했다.

역시나 리 감독의 독특한 촬영 기법으로 화면 연출에서 긴장감이 넘쳐흘렀다. 영화 속 웅장한 장면 역시 겉만 번지르르한 느낌이 아니라, 오히려 역사적 흐름과 인물의 비극적인 운명을 무게감 있게 조성하고 있었다.

영화의 마지막은 장챠오가 쯔펑산에 쓰러지는 장면이었는데, 죽간에 새겨진 글자들이 특수 효과로 확대되면서 하나하나 재배열되어 주인공의 결말을 적어 내려갔다.

팡란은 이 장면을 보고 오래도록 마음을 진정시킬 수 없었다. 리 감독은 영화 스토리텔링과 상업적인 면에서 〈휘산〉에 이어 다시 한번 새로운 행보를 써 내려갔다. 단언하건대, 〈휘녀〉는 연말 각종 대형 영화제의 유력한 후보라고 예상할 수 있었다.

영화의 막이 내리고, 상영관에서 우레와 같은 박수 소리가 터져 나왔다. 엔딩 크레디트가 올라간 후 영화의 쿠키 영상이 나왔다. 주된 내용은 메이킹 비하인드를 담은 것이었는데, 주연 배우와 주요 스태프가 다 함께 웃는 모습이 담겼다. 비극적으로 막을 내린 영화 뒤에 즐겁고 평화로운 분위기의 영상이 더해지자, 더욱 참혹한 대비감을 느끼게 했다.

팡란은 먹먹한 마음에 깊은 한숨을 내쉬며 나지막이 말했다.

"사람들이 리 감독님을 영화의 귀재라고 하던데, 정말 사람의 마음을 가지고 노네요."

쑹이가 찬성하듯 고개를 끄덕이며 팡란을 바라보았다.

"너 오늘은 웬지 평범한 대학생이 아니라, 어딘가 사연이 많은 여인처럼 보여."

'네게서 팡란이 느껴져.'

순간 팡란은 이상한 말이 들리는 듯 느껴졌다. 팡란이 얼버무리며 답했다.

"그래요? 영화 분위기 때문에 그런 거겠죠."

팡란은 일부러 가볍게 미소 지으며 어린 여자애 같은 활력을 자아냈다. 쑹이는 더 이상 아무런 말도 하지 않았다.

영화가 끝나고, 무대에서 간단한 인터뷰가 진행되었다. 영화를 응원하러 온 게스트들이 좋은 말들을 늘어놓자, 주요 제작자들은 겸손하게 응수했다. 그렇게 시사회는 성공적으로 막을 내렸다.

"연기 정말 좋던데요."

뒤에서 갑자기 어떤 목소리가 들려왔다. 고개를 돌려 보니, 이목구비가 매우 입체적인 훤칠한 남자가 앉아 있었다. 매우 가까운 거리였기 때문에, 팡란은 그의 눈이 짙은 파란색이란 것을 알아챘다.

"감사합니다."

팡란이 예의를 갖추고 답했다. 이 사람이 누군지는 몰랐지만, 시사회에는 연예계 종사자들이 많이 참석했기 때문에 예의 있게 답하는 것이 당연했다.

샤오링페이는 팡란의 깍듯한 표정에 눈썹을 치켜올리며 물었다.

"저 기억 안 나요?"

"어, 그게……."

순간 난처해진 팡란은 그 남자의 두 눈을 자세히 살펴보았다. 얼굴이 어딘가 낯익은 듯했지만, 어디서 만난 사람인지는 기억나지 않았다.

"기억 안 나면 됐어요."

샤오링페이가 그런 팡란을 보고 신경 쓰지 않는다는 양 손을 내저었다.

"어차피 앞으로 만날 기회는 많을 테니까요. 샤오링페이라고 합니다."

매끈한 손을 내밀어 오기에, 팡란은 자신도 모르게 예의를 차리며 손을 잡았다. 하지만 뜻밖에도 샤오링페이는 손목을 돌려 그녀의 손등에 가볍게 입을 맞추었다. 팡란은 순간 멍해졌다. 씨익 입꼬리를 올린 샤오링페이가 의뭉스러운 미소를 지어 보였다.

"먼저 가 보겠습니다. 구닝안 씨."

멀어지는 남자의 뒷모습을 팡란은 조용히 바라보았다. 어디서 만났는지는 여전히 떠오르지 않지만, 여자의 직감이 이렇게 말하고 있었다.

'만만한 사람이 아닌 것 같으니, 멀리하는 게 좋겠어.'

인터뷰하는 동안 이 장면을 똑똑히 목격한 쑹이가, 방금 막 제 몫을 끝내고 팡란에게 돌아와 물었다.

"아이비뉴뮤직 사장을 알아?"

"아이비뉴뮤직 사장이요? 모르는데요."

팡란도 그 회사에 대해 어느 정도는 알고 있었다. 리치앤산 감독이 휩싸였던 제작비 횡령 스캔들은 바로 아이비뉴뮤직이 사람을 시켜 꾸민 짓이었다. 구루이안이 조사 후 이 사실을 알아내고 팡란에게 숨김없이 말해 주었다.

"방금 지나간 사람이 바로 그 사람이야. 샤오링페이라고."

쑹이는 걱정을 한가득 숨기고 있는 듯한, 아주 짙은 눈빛을 보내왔다. 팡란이 고개를 절레절레 저었다.

"처음 보는 사람 같은데 제 이름을 알고 있었어요."

잠시 무언가를 생각하던 쑹이가, 팡란에게 갑작스레 질문했다.

"소속사랑 계약하는 거, 생각해 본 적 있어?"

"계약이요? 아직 없어요. 겨우 조연으로 한 작품 찍은 것뿐이라, 아직 계약할 자격이 안 되는 것 같아서요."

팡란은 연예계에 오랫동안 몸담은지라, 엔터테인먼트 회사의 경영 방식을 아주 잘 알았다. 신인이 계약할 때, 불합리한 조건에 놓이는 일이 자주 있었다. 신인들은 회사의 노하우와 네트워크에 의지해야 하기 때문이었다. 하지만 어느 정도 이름을 알리고 나면 조금 더 능동적인 입장에서 자신에게 유리한 조건을 많이 내

걸 수 있었다.

"너무 을이 된 상태에서 계약할까 봐 걱정돼서 그런 거야?"

쑹이의 한마디가 정곡을 찔렀다.

"우리 회사는 어때? 한번 생각해 볼래?"

진지한 모습을 보니 농담으로 뱉은 말은 아닌 듯했다. 객관적으로 봤을 때 팡란의 뒤에는 루이황 엔터라는 큰 나무가 있었지만, 그녀 스스로 너무 의지하고 싶지는 않았다. 반면 쑹이의 소속사는 배우 매니지먼트에 관한 노하우가 있었다. 게다가 구루이안과 친분이 있으니, 절대 그녀를 곤란하게 하는 일은 없을 것이었다. 이렇게 판단할 즈음 쑹이의 소속사도 좋은 곳 같다는 결론에 도달했다.

다시 태어난 팡란이 뤄위안에게 복수하고자 마음먹은 이상, 진실을 조사하려면 연예계에 발을 들여놓는 것은 필수였고, 소속사에 들어가는 것이 첫 번째 목표였다. 지금 그 기회가 눈앞에 펼쳐졌음에도 마음이 움직이지 않는다면 그건 거짓말이었다.

깊이 생각해 본 후 팡란이 말했다.

"시간을 좀 주세요."

쑹이가 고개를 끄덕였다.

"사적인 감정은 신경 쓰지 마. 나는 공과 사가 분명한 사람이니까."

쑹이의 말이 맞았다. 팡란이 망설이는 데 가장 큰 원인은 바로 쑹이의 모호한 태도에 있었다. 전생의 사랑에서 좌절을 맛본 그녀는 마음을 굳게 닫아 버렸다. 그래서 그녀는 줄곧 쑹이의 감정을 외면하는 태도를 보였다. 쑹이 역시 그 닫힌 마음을 단번에 열지는 못했다.

"제안 고마워요."

팡란이 진심으로 감사의 말을 전했다.

"진지하게 고려해 볼게요."

인터뷰가 끝난 페이웬이 다가왔다.

"무슨 얘기 중이야?"

팡란은 별일 아니라고 말할 생각이었지만, 쑹이가 바로 말을 꺼냈다.

"계약 이야기 중이었어. 구닝안처럼 좋은 유망주를 차마 놓칠 수 없겠더라고."

순간 팡란은 조금 난처해졌다. 그녀는 쑹이를 향한 페이웬의 마음을 알고 있었기 때문이다. 페이웬의 표정은 변함이 없었지만, 눈가에 비친 한줄기 우울한 빛만이 그녀의 마음을 내비쳤다. 페이웬이 이내 웃으며 말했다.

"닝닝이 정말 대단해. 아직 어린데 연기도 잘하고, 인상이며 성격도 좋고. 만약 내가 기획사를 차렸다면 쑹이랑 다퉜을 거야."

팡란이 재빨리 말했다.

"웬 언니가 그렇게 말하니까 몸 둘 바를 모르겠어요. 아까 전부터 말하고 싶었는데, 오늘 드레스가 정말 아름다워요, 언니."

팡란의 진심 가득한 눈빛을 본 페이웬은, 자신도 모르게 마음속에서부터 우러나오는 미소를 지었다.

"너도 그래. 정말 예뻐."

세 사람은 즐겁게 이야기를 나누느라, 상영관 한쪽에서 표정 관리가 전혀 되지 않는 뤄위안의 존재를 알아차리지 못했다.

제13장
드레스 파문

뤄위안은 좌석에 앉아 있다가 이따금 상영관 입구를 기웃댔다. 샤오링페이가 방금 떠난 방향이었다. 함께 왔던 린샤오탕 역시 흔적조차 보이지 않았다.

샤오링페이가 출구에 도착했을 때 한 사람이 그를 막아섰다.

"안녕하세요. 아이비뉴뮤직의 샤오 사장님이시죠?"

샤오링페이 앞에 나타난 린샤오탕이 상영관 입구를 막고 서서 유달리 요염하게 웃었다.

샤오링페이는 린샤오탕을 바라보았다. 눈앞에 있는 여인이 아름답긴 하지만 안타깝게도 별 매력이 느껴지지 않았다. 게다가 지금 웃는 얼굴이 지나치게 유혹적인 것이 오히려 마이너스 요인이었다. 그는 자신도 모르게 구닝안을 떠올렸다. 구닝안의 분위기는 정말 독특했다. 그 섬세하면서도 생기 넘치는 눈매를 한번 보면 잊을 수 없었다.

린샤오탕은 샤오링페이가 아무 말도 하지 않는 것을 보고는 얼굴에 철판을 깔고 말했다.

"안녕하세요. 저는 스타라이트 엔터테인먼트 소속 연예인, 린 샤오탕이라고 합니다."

"스타라이트?"

샤오링페이는 그 이름을 듣는 것만으로도 반감이 들었다.

"저한테 무슨 용건이 있습니까?"

린샤오탕이 계속해서 말했다.

"듣자 하니 샤오 사장님께서 스타라이트 엔터에 오해가 있으신 듯해서요. 사실은……."

"오해한 거 없습니다."

눈앞에 있는 린샤오탕이 스타라이트의 저우밍위가 보낸 로비스트라는 것을 깨닫고, 샤오링페이는 만면에 불쾌함을 드러냈다. 린샤오탕은 샤오링페이의 반감을 모르는 척, 교태를 부리며 웃었다.

"사실 계약을 할 때면, 면밀하게 고려하지 않은 조항들이 으레있기 마련이지요. 사장님께서는 이미 회사 법무 책임자를 해고하셨어요. 부디 사장님과 진정성 있게 파트너십에 대해 이야기를……."

"귀사의 호의에 감사드립니다."

샤오링페이는 마음속으로 탐탁지 않았지만, 변함없는 품위를 유지했다.

"기회가 되면 다시 협력할 수도 있겠지만, 확실히 지금은 때가 아닌 것 같군요."

샤오링페이가 더는 상대하고 싶지 않은지, 린샤오탕이 방심한 틈에 양옆으로 피해 문을 나서 버렸다.

멀어지는 뒷모습을 응시하며 린샤오탕은 속으로 은밀히 따져 보았다. 아이비뷰뮤직 사장이 이렇게 젊고 잘생겼다니, 이직을 고려해 봐도 되겠는걸⋯⋯. 린샤오탕이 단꿈에 깊이 빠져 있을 때, 뤄위안이 다가와서 물었다.

"어떻게 됐어?"

린샤오탕은 성가시다는 듯 그를 노려보았다.

"왜 네가 잘못한 일을 내가 뒤치다꺼리해야 해? 흥! 어떻게 되긴 뭘 어떻게 돼. 가서 저우밍위한테 말해. 파트너십 전략, 분명 실패할 거라고!"

린샤오탕에게 한 소리 들은 뤄위안은 곧바로 비아냥거리며 말했다.

"저우 대표님이랑 너랑 그렇고 그런 관계인데, 네가 직접 말하면 되잖아? 나 먼저 간다."

"⋯⋯너!"

린샤오탕은 주변 사람들의 시선 때문에 마음속 가득 치민 분노를 억누를 수밖에 없었다.

그날 〈휘녀〉 속 '여동생'의 정체가 웨이보에서 화제를 불러일으켰다. 각 언론에서는 큰 지면을 할애하여 정면 사진을 보도했다. 사진 속 구닝안은 아름다운 드레스를 입고 있었는데, 어깨 위의 붉은 난초꽃이 그녀의 담박한 분위기에 운치를 더해 주었다. 게다가 이목구비가 오목조목 아름답고 웃을 때 눈망울이 영롱하니, 호감을 사지 않을 수 없었다.

네티즌들의 댓글이 연달아 올라왔다. 다들 구닝안에게 웨이보를 개설하라고 한 것이 인기 토픽에 오르기도 했다.

> ㄴ 여신님께 인사 올립니다. 하트
> ㄴ 전부 나가. 우리 마누라 관심받는 거 안 좋아해. 감사~
> ㄴ 구닝안이랑 쑹이 잘 어울리잖아, 어쩜 좋아! 나는 분명 이웬 커플 지지였단 말이야아아아아!
> ㄴ 잘 어울리는 거 같아 2222
> ㄴ 현실을 인정하고 싶진 않지만...
> ㄴ 린샤오탕이랑 구닝안 드레스 엄청 비슷한 거 발견한 사람? 나만 그런 거야?
> ㄴ 앞에 댓글 단 사람, 나도 그럼! 드레스 진짜 똑같은 듯 2222

기숙사로 돌아온 팡란은 웨이보를 훑어보았다. 자신에게 꽤 긍정적인 방향으로 이야기가 흘러가는 것을 보고는 마음 놓고 잠을 청했다.

반면, 극에 달한 피곤함에 전혀 알아차리지 못한 사이, 그녀와 린샤오탕을 중심으로 한 웨이보 설전이 한바탕 벌어지고 있었다. 웨이보에 '드레스가 매우 비슷하다'라는 말에서 비롯하여 수많은 토론이 벌어졌다. 네티즌들은 계속해서 댓글을 달아 댔다. 우선 린샤오탕과 팡란이 같은 브랜드의 옷을 입은 게 아닌가 하는 말이 나왔지만, 네티즌 수사대에 의해 유명 브랜드 중에는 이런 디자인의 드레스가 없다는 것이 밝혀졌다.

같은 옷을 입은 게 아니면, 디자인 표절인가?

린샤오탕의 대중적인 이미지는 그동안 좋기도 하고 나쁘기도 했기 때문에, 이 문제가 수면 위로 떠오르자 적지 않은 안티들이 몰려왔다.

ㄴ 린샤오탕 드레스 표절!!

린샤오탕의 팬들은 기분 나빠 하며 반대로 구닝안을 헐뜯었다.

ㄴ 우리 탕탕이가 그런 질 떨어지는 짓을 왜 해? 분명 아무것도 모르는 신인 구닝안이 그런 거야! 우리 탕탕이 드레스를 따라한 거라고!

치열한 설전이 벌어졌으나, 구닝안은 팬덤이 아직 없었기 때문에 이야기가 불리한 쪽으로 흘러갔다. 많은 연예 매체에서 표절 사건을 보도했는데, 그들 역시 대부분 린샤오탕의 편을 들었다.

막 잠에서 깨어난 팡란은 자신의 핸드폰이 방전된 것을 뒤늦게 발견했다. 그녀는 우선 구루이안에게 전화를 걸었다.

"웨이보 뉴스 봤어?"

통화가 연결되자마자 구루이안이 물었다.

"아니, 아직. 왜?"

팡란은 아직도 잠이 덜 깬 듯했다.

"어제 네가 입었던 드레스, 네티즌들이 린샤오탕 거 표절했다고 난리야."

"그럴 리가."

그러나 구루이안의 말에 화들짝 놀라 정신이 번쩍 들었다.

"그 드레스는 LIXID 설립자 리웨이지가 맞춤 제작한 거라서 하나밖에 없어. 리웨이지는 남의 디자인을 베끼는 짓을 할 사람이 아니야."

구루이안은 이 말을 듣고 순간 확신이 들었다.

"그럼 됐어. 이 일은 나한테 맡겨."

팡란이 계속해서 말했다.

"리웨이지는 정말 상냥한 사람이니까, 도움이 필요하면 쑹이한테 연락하면 돼."

"알겠어."

구루이안이 전화를 끊었다.

비서에게 구루이안이 분부하기 무섭게, 쑹이를 통해서 리웨이지와 연락이 닿았다. 루이황 엔터의 일 처리는 매우 빠른 편이었다. 리웨이지는 한창 스튜디오에서 작업에 몰두하고 있었는데, 구루이안의 연락을 듣고 나서야 비로소 자신이 표절 사건에 휘말렸다는 것을 알게 되었다. 리웨이지가 곰곰이 생각해 보더니 말했다.

"린샤오탕이 입은 드레스야말로 표절이에요. 드레스를 처음 디자인할 때 여러 가지 스타일로 직접 스케치했었어요. 그 옷은 제가 디자인했던 스타일 중 하난데, 진작 탈락시켰었죠. 언젠가 디자인 북을 잃어버렸는데, 그때 누군가가 제 디자인 시안을 주워 가서 드레스를 만든 듯싶네요."

디자인 원고를 누가 주워 갔다고? 구루이안이 계속해서 물었다.

"디자인 북을 어디서 잃어버렸는지 기억하십니까?"

리웨이지는 잠시 기억을 더듬은 끝에 답했다.

"지난달 귀국할 때 공항에서 잃어버렸을 거예요. 이 일에 제 책임이 전혀 없다고는 말할 수 없으니, 잠시 후 LIXID 공식 웨이보 계정에 성명을 발표하도록 할게요."

"감사합니다."

구루이안은 제안을 거절하지 않았다.

리웨이지는 전화를 끊고 다시 한번 웨이보에 올라온 린샤오탕의 드레스 사진을 살펴보았다. 노트북에 있는 초안을 비교 대조하며 여러 번 확인한 후에야 그는 LIXID 공식 웨이보를 통해 성명을 발표했다.

[LIXID 설립자입니다. 제 작품이 표절 사건에 휘말렸다는 소식에 매우 놀랐습니다. 엄밀히 말해서 린샤오탕 씨와 구닝안 씨가 입은 두 드레스 모두 제가 디자인한 것이나, 구닝안 씨께서 입은 드레스가 최종 디자인입니다. 공항에서 디자인 시안을 분실

한 적이 있습니다. 누군가가 시안을 습득한 후 디자인을 도용해 린샤오탕 씨의 드레스를 만든 것 같습니다. 이 사건과 관련하여 LIXID의 자문 변호사에게 전권을 일임하였음을 알려 드립니다.]

리웨이지는 성명문과 함께 디자인 원고의 디지털 파일을 첨부하였다. 수십 가지에 달하는 드레스의 디자인 초고가 파일 생성 시각과 함께 분명히 기록되어 있었다. 린샤오탕의 드레스 디자인 역시 그 안에 든 채였다.

리웨이지의 성명이 발표되자 여론은 즉시 다른 방향으로 흘러 갔으며, 모두 구닝안과 LIXID를 응원했다. 물론 루이황 엔터의 바람잡이 역할도 한몫했다.

◦

같은 시각, 스타라이트 엔터테인먼트의 이사 사무실. 린샤오탕 이 저우밍위의 앞에서 울며불며 하소연하고 있었다.

"그게 LIXID 설립자가 잃어버린 디자인인지 제가 어떻게 아나고요. 디자인 스쿨 학생이 잃어버린 건 줄 알았는데……."

"그러니까, 출처 불명 디자인을 가져다가 디자인 팀에 드레스를 만들어 달라고 한 거야?"

화가 머리끝까지 난 저우밍위가 린샤오탕에게 삿대질하며 욕을 퍼부었다.

"도대체 생각이 있는 거야?"

"저우 대표님. 이 일은 제가 잘못했어요. 대표님이 저 대신 좀 해결해 주세요······."

린샤오탕이 고분고분한 말투로 말했다.

"해결? 아직도 그런 말이 나와? 이 사고뭉치야. 문제가 터졌을 때 팬들 꼬드겨서 구닝안을 모함했잖아. 일이 이 지경이 된 건 다 너 때문이야!"

저우밍위는 속이 부글부글 끓어 올랐다.

"원래 다른 이슈로 덮을 수 있는 사소한 일이었어. 그런데 지금 LIXID가 공식 성명을 내 버렸으니, 제대로 따지고 들면 소송당할 수도 있다고!"

린샤오탕은 저우밍위가 심각하게 말하자 왈칵 눈물을 터뜨렸다.

"대표님, 나 몰라라 하시면 안 돼요······. 열여섯부터 대표님을 따랐어요. 제가 잘못되면 대표님도······."

"입 닥쳐! 또 협박하려고?"

저우밍위는 화가 나서 탁자를 내리쳤다.

린샤오탕이 다급히 말했다.

"제가 어떻게 감히 대표님을 협박하겠어요. 제가 말하는 건 전부 사실이에요. 제가 만약 소송당하면 법원에서 조사를 받을 텐데, 그렇게 되면 제가 대표님 도와드린 일들은 더 이상 못 숨겨요······."

저우밍위가 콧방귀를 뀌었다. 비록 화가 나긴 했지만, 린샤오탕의 말에도 일리가 있었다. 그는 이를 갈며 이렇게 말하는 수밖에 없었다.

"나가 봐. 더 이상 웨이보에 올리지 말고. 네 팬들한테 조용히 하라고 해. 이 일은 내가 알아서 처리할 테니까."

"감사합니다."

린샤오탕이 얼굴을 가리고 흐뭇한 미소를 삼켰다.

저우밍위는 암암리에 다른 스타들의 열애설 정보를 흘렸다. 이처럼 정보가 홍수처럼 범람하는 시대에, 이브닝드레스 표절 시비는 역시 금세 대중들 사이에서 시들해졌다.

❦

〈휘녀〉는 쉴 새 없이 홍보 활동을 이어 갔다. 팡란은 조연이기도 했고, 그녀의 학업을 고려해 준 리치앤샨 덕분에 홍보 활동에 모두 참여할 필요는 없었다. 그런데도 그녀는 기진맥진했다.

쑹이와 페이웬은 말할 것도 없었다. 두 사람은 영화 홍보뿐만 아니라 다른 스케줄까지 소화해야 했으므로 눈코 뜰 새 없이 바빴다.

〈휘녀〉가 개봉한 후로 흥행 수익은 나날이 급증했다. 루이황 엔터테인먼트의 배급사 파워와 더불어 작품 자체에 대한 평가 역시 매우 훌륭했다. 국내의 저명한 영화 평론 사이트에서 〈휘녀〉에 대해 다룬 평가가, 같은 시기에 개봉한 민국 시대 영화 〈난세해당〉을 절대적으로 압도했다. 영화가 정식 개봉했을 때, 리치앤샨은 약속했던 대로 제작비 사용 내역을 발표하여, 영화에 관련된 추문이 사실이 아니라는 것을 밝혔다. 이렇게, 리 감독의 제작비 횡령 혐의는 완전히 벗겨졌다.

샤오링페이는 이 일을 전혀 염두에 두지 않았다. 그가 〈난세해당〉에 투자했던 건 구루이안을 한번 시험해 본 것으로, 리치앤샨의 스캔들 역시 라이벌인 루이황 엔터의 솜씨를 떠보기 위함이었다. 결과가 빤히 드러났어도 그와는 전혀 관계없는 바였다.

영화 홍보 활동이 계속되면서 구닝안의 얼굴을 기억하는 사람도 많아졌다. 하지만 광란은 아직 때가 아니라는 생각에 웨이보 계정을 개설하지 않았고, 사람들은 갖가지 추측을 하기 시작했다. 정작 그녀는 영화 홍보 활동으로 바빠서 사소한 것들에 마음을 쓸 겨를이 없을 뿐이었다.

그런 와중에, 이번에는 제작진을 따라 D시에 머물기로 했다.

D시는 국내에서 가장 유명한 영화 스쿨이 있었기 때문에, 국내 영화에 대한 관심이 매우 짙은 도시라고 할 수 있었다.

비행기에서 내려 공항에 들어선 제작진은 열렬한 환영을 받았다. 특히 영화의 두 주인공 페이웬과 쌍이의 팬들로 공항이 마비되었다. 가까스로 홍보 장소에 도착한 제작진은 〈난세해당〉의 주요 제작자들과 좁은 길에서 마주쳤다. 리치앤샨이 담당자에게 조용히 물어보았다.

"이게 어떻게 된 일이야?"

D시의 관계자가 매우 죄송스러운 듯 말했다.

"저희가 미처 신경 쓰지 못하는 바람에, 두 제작진의 홍보 스케줄을 잘못 잡았습니다. 하지만 〈난세해당〉은 활동을 마치고 떠날 준비를 하고 있으니, 신경 쓰지 않으셔도 됩니다."

상황을 살펴본 리치앤샨은 쓸데없이 일을 벌이는 것보다 삼가는 편이 낫다는 원칙에 동의했다. 그는 제작진에게 다른 대기실에서 대기하도록 말했다.

팡란이 떠나며 쓱 훑어보니, 린샤오탕 역시 〈난세해당〉의 홍보 팀에 있었다. 린샤오탕은 그 영화에서 여자 조연이었는데 분량이 꽤 많았다. 그와 별개로 지난번 웨이보에서 한바탕 설전이 일어났던 탓에, 원래도 그리 좋지 않았던 린샤오탕을 향한 인식이 더욱 나빠졌다.

팡란은 서둘러 자리를 피했다. 팡란은 갈아입을 의상과 구두를 들고 아무도 없는 작은 대기실을 찾았다. 페이웬이 자신의 매니저에게 팡란을 신경 써 달라고 했지만, 자꾸 민폐를 끼치는 것 같아 죄송스러운 마음에 대부분 팡란 스스로 움직였다. 그녀는 현재 매니저가 따로 없는 상태였다. 페이웬은 이 점을 오히려 조금 의아하게 여겨, 팡란을 보고 '곱게 자란 아가씨가 아닌 것 같다.'라고 했다. 이 말을 들은 팡란은 속으로 생각했다.

'전생에서도 곱게 자랄 운명도 아니었던 데다 지금도 온갖 고난을 겪고 있는데, 내가 어떻게 곱게 자란 아가씨 같겠어?'

우선 드레스를 갈아입고 메이크업 아티스트를 찾아가 메이크업을 받은 다음, 마지막으로 하이힐을 신을 순서를 생각하니 팡란은 마음이 급해졌다. 그녀의 홍보 의상은 구루이안이 루이황 엔터테인먼트의 디자이너에게 미리 분부하여 준비해 둔 것이었다. 구두와 의상, 액세서리가 한 세트로 매우 편리했다.

팡란은 재빨리 의상을 갈아입고 메이크업을 끝냈다. 제작진의 홍보가 곧 시작되려 하자, 팬들의 시끌벅적한 소리가 무대 뒤로 어렴풋이 들려왔다. 그녀는 시간이 얼마 남지 않은 것을 알고, 구두를 갈아 신으러 대기실로 종종 뛰어갔다. 하지만 대기실에 도착해 무언가 발견한 순간, 그녀는 매우 경악했다. 하이힐의 굽이 부러져 있었다!

그녀는 주변에 있던 스태프를 막고 서서 물었다.

"갑자기 죄송합니다. 그런데 혹시 이 방에 누가 들어오는 걸 본 적 있으세요?"

조금 전까지만 해도 멀쩡했던 구두 굽이, 잠시 나갔다 온 사이에 부러져 있다니……. 누군가가 손을 쓴 게 틀림없었다.

스태프가 잠깐 생각하더니 답했다.

"죄송합니다. 사람이 너무 많아서 신경 쓰지 못했어요. 무슨 문제라도 있나요?"

팡란은 바닥에 있는 구두를 가리켰다.

"제 구두 굽이 부러졌어요. 혹시 여기 하이힐을 빌릴 만한 곳이 없을까요?"

일반적으로 홍보 장소에는 의상실이 준비되지만, 안타깝게도 스태프의 답은 팡란의 기대와 달랐다.

"저희 의상실이 지금 수리 중이라, 여분이 없네요."

어쩔 수 없이 고개를 끄덕이며 감사 인사를 한 후, 그녀는 페이웬의 방으로 갔다.

페이웬은 메이크업을 마친 뒤, 패션 위크에서 나온 최신 스타일의 원피스를 입고 있었는데, 차분함 속에 세련됨이 묻어나와 홍보하려는 분위기와 아주 잘 어울렸다. 그 원피스는 코디가 솜씨 좋게 리폼한 것이었다. 페이웬이 막 무대에 오르려던 찰나, 구닝안을 발견하고 물었다.

"왜 아직도 거기 있는 거야? 곧 오프닝이 시작될 거야."

꽝란은 곤란한 표정을 지었다.

"하이힐 굽이 부러졌어요. 언니, 혹시 구두 있으세요?"

"있긴 한데, 네 발에 맞을지 모르겠네."

페이웬이 서둘러서 매니저에게 캐리어를 열게 했다. 캐리어 안에는 하이힐이 두 켤레 있었다. 한 켤레는 연한 색, 다른 한 켤레는 짙은 색이었는데 모두 기본적인 디자인이라 어느 의상에도 잘 어울릴 법했다. 스케줄 준비를 빈틈없이 해 온 게 분명했다. 예의를 차릴 겨를도 없이 꽝란은 연한 구두를 골라 신었다.

"이건 저한테 너무 크네요."

꽝란이 두어 걸음을 걸어 보다가 비틀거리자, 페이웬이 얼른 그녀를 부축해 주었다.

"안 돼. 이렇게 무대에 올라갔다가 넘어지면 상황이 더 안 좋아져."

꽝란은 자신의 발을 바라보았다. 구닝안이 과거에 발레를 배운 적이 있기에, 손끝과 발끝 모두 다른 여자들보다 비교적 굵은 편이었다. 꽝란의 머릿속에 갑자기 영감이 떠올랐다.

"언니, 혹시 리본 있어요?"

페이웬이 매니저에게 똑같은 질문을 했고, 매니저가 바로 답해 왔다.

"있어요. 이런 리본이긴한데……."

팡란이 매니저가 들고 있던 리본을 받아 들었다.

"괜찮아요. 이거면 돼요."

그녀는 흰색 리본으로 자신의 발목에 예쁜 나비매듭을 감았다.

"전에 발레를 할 때 이렇게 묶곤 했어요. 오랫동안 연습하지 않아서 솜씨는 서툴지만."

리본이 헐겁게 묶여 있는 것을 알아챈 페이웬이 팡란의 발목에 리본을 마저 매듭지어 주며 만족하듯 말했다.

"괜찮네. 이러고 가면 되겠어."

팡란이 페이웬을 끌어당기며 재촉했다.

"맨발 투사인 셈이네요. 얼른 가요. 시작됐어요."

두 사람이 차례대로 무대에 올랐다. 한 명은 성숙하고 우아한 분위기에 다른 한 명은 젊음에서 나오는 활기가 넘치니, 무대 위에 두 가지 아름다운 장면이 연출되었다. 이미 무대에 올라 기다리고 있던 쑹이는 구닝안을 보자 미소를 머금었다.

홍보는 순조롭게 진행되었다. 눈썰미가 있는 사회자가 팡란이 신발을 신지 않은 것을 발견하고는 넌지시 물어보았다.

"구닝안 씨, 스타일이 매우 독특하시네요. 신발을 신지 않으셨어요."

팡란은 얼굴을 붉히며 사실대로 말했다.

"사실은 구두 굽이 부러져서, 임시방편으로 생각해 본 거예요. 이 나비매듭은 발레를 연습할 때 배운 건데, 여러분들께서 예의 없다고 생각하지 않으셨으면 합니다."

사회자가 재빨리 되물었다.

"발레도 할 줄 아시는군요. 이왕 이야기한 김에, 관중분들께 발레를 보여 주시면 좋을 것 같은데요?"

팡란이 고개를 끄덕였다.

"그런데 부탁드릴 게 한 가지 있어요. 동영상을 찍으실 분들은 제 발은 찍지 말아 주세요. 맨발이라 분명 발바닥이 까말 거예요."

"하하하!"

팡란의 부탁에 관중들은 재밌다는 듯 웃음을 터뜨렸다.

쑹이와 페이웬은 구닝안을 바라보았다. 이 여자아이는 아무리 봐도 신인 같지가 않았다. 무대를 장악하는 능력이 마치 연예계에 오랫동안 몸담은 베테랑인 듯했다.

음악이 울려 퍼지고, 팡란은 피아노 소리에 맞추어 간단한 발레 동작 몇 개를 가볍게 선보였다. 발레 슈즈를 신지 않아 많은 발동작을 단순하게 해야 했지만, 날렵한 몸놀림 속에서 수년간 연습한 발레의 기본기를 엿볼 수 있었다.

무대 한쪽에서는 화가 난 린샤오탕이 주먹을 불끈 쥐고서, 무대 위를 응시하며 불만을 삼키고 있었다. 분명 구닝안은 그녀보다 몇 살이나 어렸지만, 구닝안을 만날 때마다 늘 기선을 제압당하는 느낌이 들었다.

'흥, 이 여자앤 뭘 믿고 매번 내 머리 꼭대기에 서려는 거야? 하이힐을 부러뜨린 것조차, 묘한 솜씨로 해결했어.'

린샤오탕은 팡란의 뒤를 이어 싫어하는 사람이 한 명 더 생겼다. 구닝안이었다.

D시에서의 〈휘녀〉의 홍보 활동은 잘 마무리되었다. 리 감독은 쑹이와 페이원을 데리고 이어서 다음 장소로 향했고, 팡란은 내일 수업이 있었기 때문에 A시로 돌아갔다. 시간이 얼마 지나지 않아, 팡란이 춤을 추는 영상이 웨이보에서 큰 관심을 받았다. 특히 팡란이 춤을 추기 전 말했던 진솔한 농담이 네티즌들에게 좋은 반응을 얻었다.

    ㄴ 괜찮아. 우리 부인 정말 매력 있어~
    ㄴ 돈 모아서 우리 구구한테 신발 사 주자. 동의하는 사람 좋아요
       눌러~

비행기에서 막 내릴 무렵, 팡란의 핸드폰에 부재중 통화 알림이 떠 있었다. 아버지와 어머니가 각자 몇 번씩이나 통화를 걸어왔다. 어머니는 문자까지 보내왔다.

    [빨리 집으로 와라. 아주 혼쭐날 줄 알아!]

불안해진 팡란은 우선 오빠 구루이안에게 전화를 걸었다.
"오빠. 무슨 일이야? 엄마 아빠는 왜 저렇게 화가 나신 거야?"

구루이안은 차를 몰고 집으로 가던 중이었다.

"집에 가는 중이야. 부모님께서 네 기사를 보시다가, 얼마 전에 네가 촬영하다 다친 일을 눈치채신 모양이야. 우리 둘 다 집에 돌아와서 벌 받을 줄 알라고 하시더라. 어디야?"

팡란은 끙끙 앓는 소리로 말했다.

"방금 D시에서 돌아왔어. 공항이야."

구루이안은 방향을 틀었다.

"공항에서 기다려. 데리러 갈게."

두 남매는 차에서 머리를 맞대고 고민했지만 적당한 해결책을 찾지 못한 채, 안절부절못하며 집으로 돌아갔다.

구루이안은 큰 회사의 대표였지만, 어머니 앞에서는 늘 겁먹은 아이였다. 팡란은 더 그랬다. 아버지께서 눈을 크게 부릅뜨면 그녀는 흠칫하며 떨 뿐이었다. 두 사람은 서로 용기를 북돋워 주며 대문을 열고 들어갔다. 거실에 들어서자 아버지가 노발대발 화를 냈다.

"이 녀석들, 감히 무슨 배짱으로 집에 돌아와? 나 모르게 이런 일을 벌이다니! 너희 눈에 이 아비가 보이긴 하느냐?"

팡란이 급히 앞으로 걸어가 아버지께 용서를 빌었다.

"아빠. 제가 잘못했어요!"

"흥! 뭘 잘못했는데?"

화가 난 아버지가 찻잔을 내려놓았다. 찻잔이 받침에 떨어지며 둔탁한 소리를 냈다. 깜짝 놀란 팡란은 온몸을 흠칫 떨며 말했다.

"제가 다 잘못했어요! 아빠, 화내지 마세요. 화내시면 건강에 안 좋아요."

아버지는 아무 말 없이 콧방귀를 뀔 뿐이었다. 어머니 역시 언짢은 듯 입을 열었다.

"내가 오늘 신문을 보지 않았다면, 밖에서 네게 일어난 그 많은 일을 다 몰랐을 거 아니냐! 게다가 골절까지 됐으면서 말도 하지 않다니! 너, 또 다른 일을 숨기고 있는 것 아니야?"

구루이안이 여동생을 대신해서 황급히 해명했다.

"없어요. 절대 없어요. 제가 밖에서 닝닝을 지켜봤다고요!"

그 말에 어머니가 오히려 더 크게 화를 냈다.

"그래, 말 잘했다! 너는 오빠라는 애가 어떻게 닝닝이랑 짜고서 속일 수가 있어! 닝닝이가 다쳐서 심각한 일이라도 생겼으면 어쩌려고!"

팡란은 마음속으로 비명을 질렀다.

"엄마. 엄마가 알면 걱정하실까 봐 그런 거예요. 이미 다 나았어요! 아무렇지도 않아요!"

말이 떨어지기가 무섭게 제자리에서 몇 번 뛰면서 자신의 발이 활동에 전혀 지장이 없다는 걸 보여 주었다.

어머니는 그제야 얼굴빛이 조금 누그러졌지만, 아버지가 계속해서 말했다.

"앞으로 연예계 활동 같은 건 절대 허락 못 한다! 연극부도! 네가 무얼 좋아하든 아빠는 널 지지할 거야. 하지만 촬영은 고되고 힘들어! 연예계는 전부 엉망진창이야. 앞으로 절대 안 된다!"

제14장
사라진 전생의 재산

팡란과 구루이안 두 사람이 여러 번이나 용서를 빌었지만, 아버지의 태도는 단호했다. 하지만 팡란은 절대 타협할 수 없었다. 연기는 그녀가 인생에서 가장 중요시하는 것으로, 결코 포기할 수 없었다. 차라리 끝까지 고집을 부려서 아버지가 그녀의 성공을 똑똑히 보도록 만들고 싶었다.

"내 말을 듣지 않으면, 네 카드 정지시킬 거야!"라고 아버지가 크게 외쳤을 때, 팡란은 조금도 망설이지 않고 말했다.

"아빠. 저 혼자 힘으로 살 수 있어요!"

화가 머리끝까지 난 아버지는 책상을 탁 내려친 다음 침실로 들어갔고, 뒤이어 어머니가 말했다.

"너희 아버지가 농담하는 거로 생각하지 마라!"

팡란이 어쩔 수 없다는 듯 대꾸했다.

"그렇게 생각 안 해요. 정말로 제힘으로 살 수 있어요. 엄마가 가서 아버지 기분 좀 풀어 드리세요. 화내지 마시라고요."

어머니는 결국 모질게 구는 대신 팡란에게 조용히 일렀다.

"필요한 게 있으면 네 오빠에게 말해라. 난 가 보마."

구루이안은 소파 위에 널브러져 있었는데, 화가 나는 한편 우스운 기분도 들었다.

"네가 카드까지 정지당할 줄은 몰랐다."

팡란은 구닝안의 기억이 있었기 때문에 웃으며 말했다.

"그때 창업한다고 집 나가서 루이황 엔터 차렸을 때, 오빠도 정지당했었지?"

"맞아. 우리 둘 중 어느 한 명도 부모님 걱정을 덜어 드리지 못하는구나."

구루이안의 말에 팡란은 오히려 자신만만하게 답했다.

"우리 둘이 두 분을 자랑스럽게 해 드리면 되지."

팡란의 눈동자가 반짝반짝 빛나고 있었다. 미래에 대한 확고한 의지였다. 그 모습을 본 구루이안도 따라서 웃기 시작했다.

"믿는다, 동생아. 돈 필요하면 전화해."

팡란이 손을 내저으며 비밀스럽게 소곤거렸다.

"일단은 그럴 필요 없어. 나도 비자금 있어."

그녀가 말한 비자금은 바로 전생의 은막 여제 팡란이 남겨 둔 저금이었다.

다시 태어난 후, 구씨 집안의 배경 덕분에 그동안 돈 걱정을 하지 않아도 괜찮았다. 게다가 눈코 뜰 새 없이 바빴던지라, 아직 전생의 재산을 찾을 틈이 없었다. 전생의 그녀는 의지할 곳이 전혀 없었는데, 갑자기 세상을 떠나 버렸다. 그녀가 생전에 저금한 돈은 아마 여전히 은행에 있을 것이었다. 물론 회사가 그녀의 사망 증명서를 가지고 계좌를 해지했다면, 그 돈은 없을 테지만.

생각난 김에, 팡란이 은행에 전화를 걸어 알아보았는데, 그녀의 계좌는 해지된 상태였다. 법정 상속인이 없는 탓에 잔고는 결국 복지원에 기부되었다. 돈을 되찾을 생각은 결코 없었지만, 팡란의 생각이 그녀의 집 한 채에 머물렀다.

전생에 그녀는 모은 돈으로 집을 두 채 사들였다. 한 채는 A시의 교외에 있었는데, 이미 예금과 함께 경매에 부쳐 기부되었다. 다른 한 채는 A시의 구시가지에 있었는데, 팡란이 우연히 급매물을 내놓은 집주인을 돕기 위해 사들인 매우 낡은 집이었다.

집을 구입할 때 그녀는 자신의 신분증을 사용하지 않고 복지원 원장 명의를 이용했었다. 전생에 고아였던 팡란은 인애 복지원에서 자랐다. 팡요우란이라는 원장을 그녀는 매우 존경했다. '팡'이라는 성도 원장님의 성을 따른 것이었다. 팡란이 유명해진 후, 원장님이 연로하신 것을 고려해 구시가지에서 살기 좋은 곳을 골라 원장님 명의로 집을 구매했다. 하지만 원장은 도시 생활에 익숙하지 않다며, 정년퇴직 후 농촌으로 돌아갔다. 팡란은 이 집을 기념으로 남겨 두고 명의도 바꾸지 않았다.

차를 몰고 구시가지에 도착한 그녀는, 무사히 집이 있는 곳에 찾아갔다. 입구에 팻말이 걸려 있었다.

[주택 매매]

어떻게 된 일이지? 당황스러운 나머지 팻말에 적힌 전화번호로 전화를 걸었다.

"안녕하세요. 풍림로 28번지에 있는 집을 보고 전화했는데요."

"예. 나온 지 두 달밖에 안 된 집입니다. 구조가 정말 좋습니다. 작은 이층집인 데다가 구시가지에 위치해서 편리하고……."

상대방은 전화를 받자마자 쉬지 않고 말을 내뱉었다. 팡란이 그에게 물었다.

"부동산 중개인이세요?"

"그렇습니다. 아가씨께서 집에 관심이 있으시거든 저희 부동산에 오시면 됩니다. 같이 가서 집을 보여 드릴 수 있습니다."

"좋아요. 수고스럽겠지만 부동산 주소 좀 보내 주세요."

팡란은 일단 어떻게 된 일인지 알아보기로 했다.

중개사 사무소의 위치는 매우 찾기 어려웠다. 이 건물이 뜻밖에도 깊숙한 골목 안, 눈에 잘 띄지 않는 차고 뒤에 있었기 때문이다. 이를 보고 팡란은 중개인에게 분명 문제가 있다고 확신했다.

집을 사고 싶다는 말에 중개인은 매우 친절했다. 팡란은 몇몇 주택 자료를 보는 척하면서 화제를 풍림로의 집으로 돌렸다.

"풍림로에 있는 집이 괜찮던데요. 판매자가 누군지는 모르세요? 집을 왜 파는 거죠?"

중개인이 아주 비밀스럽게 말했다.

"판매자 정보는 말씀드릴 수 없습니다만, 돈이 급히 필요해서 상속받은 집을 처분하는 거랍니다."

상속? 팡란은 이 말을 놓치지 않았다.

'팡 원장님께 아들이나 손자가 있었나?'

"그래요?"

팡란이 아무런 내색하지 않고 물었다.

"여기 사무소, 믿을 만한 거죠? 매물로 나온 집, 등기서류는 있어요?"

"있습니다. 당연히 있지요!"

그는 아주 자신만만한 말투로 못 믿겠거든 등기서류를 보여주겠다고 말했다. 팡란은 절박한 마음을 억누르며 그 자리에서 잠시 기다렸다.

중개인이 마침내 두꺼운 서류 더미 속에서 부동산 등기 권리증을 찾았다.

"보세요. 풍림로 28번지. 절대 가짜가 아닙니다."

팡란은 부동산 등기 권리증 위에 적힌 이름을 응시하며 두 손에 피가 날 정도로 주먹을 꽉 쥐었다!

뤄위안!

뤄위안이라니!

분명 이 집을 산 것을 뤄위안에게 숨기지는 않았지만, 이건 그녀의 회사도 모르는 일이었다. 하지만 뤄위안은 그녀에게 부동산이 한 채 있다는 것을 알고 있었다. 이 집에는 예비 열쇠가 하나 있었는데, 그게 뤄위안의 손에 들어간 것이었…….

"아가씨? 아가씨, 어떠십니까?"

중개인이 팡란을 불렀다.

팡란은 앞에 놓인 찻잔을 들어 한 모금 마신 후, 마음속에 끓어

오르는 한을 삼키고서야 입을 뗐다.

"꽤 괜찮네요. 전화 번호 남겨 주시겠어요? 다음에 시간 날 때 친구랑 함께 다시 올게요."

"아이고, 잘됐네요!"

중개인은 진심으로 기뻐하며 명함을 남겨 주었다.

중개사 사무소에서 나온 팡란은 배신감에 사무칠듯한 오한을 느꼈다. 그녀가 죽은 후 뒤통수를 친 것으로 모자라, 재산을 횡령할 계획까지 세우고 있었다니……. 팡란은 뤄위안이 어떻게 집 명의를 그 앞으로 옮겼는지 알 수 없었다. 딱 하나 명확하게 아는 것이 있다면, 그녀는 절대로 가만히 있지 않을 거란 것이다! 하지만 그 전에, 뤄위안이 두 발 뻗고 잘 지내는 걸 볼 순 없었다.

그녀는 핸드폰을 꺼내 바로 구루이안에게 전화를 걸었다.

"오빠. 사실 전부터 오빠한테 숨기는 게 있었어. 저번에 쯔펑산에서 다쳤을 때, 뤄위안이 일부러 상자를 떨어뜨린 게 아닌가 의심돼."

그동안 조금 의심스러웠지만 확신할 수는 없었다. 지금 이 일을 확신하듯 말하는 건, 앞으로의 계획을 위한 적당한 핑계일 뿐이었다.

"그 말, 진짜야?"

구루이안의 목소리가 일순간 아주 낮은 저음으로 확 바뀌었다. 신경이 매우 곤두선 목소리였다.

"그 며칠 동안 스케줄을 소화하면서, 항상 뤄위안이 내게 반감을 품고 있다고 느꼈어. 그동안 일들을 회상해 보니 90%는 맞는 것 같아."

여기까지만 말해도 팡란이 더 할 일은 없었다. 구루이안이 당연히 뤼웨이안을 괴롭게 만들 테니까.

팡란은 전화를 끊고 기숙사로 돌아가 먀오페이페이를 찾았다. 집을 사는 일에 팡란이 얼굴을 내미는 건 좋지 않았다. 일단 뤼웨이안이 그녀의 얼굴을 본다면 경계할 테니.

외출하기 전에 눈만 보이는 모자를 쓴 것은 매우 다행이었다. 중개인은 그녀가 어떻게 생겼는지 확실히 보지 못했을 것이었다.

먀오페이페이는 수업을 마치고 기숙사로 돌아오자마자 심각한 모습으로 앉아 있는 팡란을 발견했다.

"닝닝아, 왜 그래?"

먀오페이페이가 물었다.

팡란은 일의 내막을 어떻게 말해야 좋을지 몰라 곰곰이 생각해 보고는 입을 열었다.

"내가 늘 존경하던 대배우님이 있어. 팡란이라는 분이야. 혹시 알아?"

구닝안이 지금까지 팡란에게 관심을 가졌던 건 사실이었기 때문에, 먀오페이페이도 당연히 알고 있었다.

"뜻하지 않은 사고로 돌아가신 분 아니야? 그분은 왜?"

팡란은 무거운 표정을 지었다.

"내가 조사해 봤거든. 그분께 집 한 채가 있었는데, 그분이 돌아가신 후에 어떤 사람이 그 집을 불법으로 점거했어."

"뭐라고?"

먀오페이페이는 이 일에 대해 약간 의아해하며 물었다.

"그런데 그건 왜 조사한 거야?"

팡란은 어물쩍 넘어가는 수밖에 없었다.

"너도 누군가의 팬이 되면 이해할 수 있을 거야. 내 우상이 그렇게 세상을 떠났다는 걸 믿을 수 없어서……."

먀오페이페이가 고개를 끄덕였다. 구닝안의 신분과 배경을 생각하면, 어떤 일을 조사하는 것쯤은 그리 어려운 일이 아니었다. 그래서 더 의문을 품는 대신 팡란에게 물었다.

"넌 어떻게 하고 싶은데? 경찰에 신고할 거야?"

팡란은 고개를 내저었다.

"나랑 대배우 팡란 님은 아무 관계도 없잖아. 경찰에 신고하는 건 아무런 명분이 없어. 게다가 그 사람이 미리 알아채기도 쉽고. 더 중요한 건, 팡란의 집을 점거한 그자가 절대 단순한 사람이 아니라는 거야."

"그 사람이 대체 누군데?"

말을 듣는 먀오페이페이도 마음속으로 매우 긴장했다. 팡란이 차갑게 미소 지었다.

"말해 줘도 못 믿을 거야. 뤄위안이야."

"뤄위안?"

먀오페이페이가 깜짝 놀라 소리쳤다.

"팡란이 죽고 나서 진심으로 슬퍼하지 않았어? 그런데 팡란 재산을 가로챘다고?"

"그래. 누가 생각이나 했겠니? 이번에 〈휘녀〉를 같이 촬영했는데, 뤄위안이랑 나랑 조금 안 맞았거든. 내가 자길 조사한 걸 알면 분명 매우 경계할 거야. 그래서 너한테 도와줄 수 있는지 부탁하고 싶어."

먀오페이페이가 얼른 고개를 끄덕였다.

"좋아. 내가 뭘 하면 될까?"

팡란이 답했다.

"별거 아니야. 집을 알아보는 척 중개인을 찾아가서 그 집을 살 것처럼 굴어. 맞다! 두 선배를 데리고 가는 게 좋겠어. 신혼부부로 위장할 수도 있고, 안전도 보장되니까."

팡란이 여기까지 말하고 눈을 깜빡거리자, 먀오페이페이가 얼굴을 붉히며 두 눈을 별처럼 반짝였다.

"할 수 있을 것 같아."

다음 날. 먀오페이페이가 두뤄페이와 중개사 사무소를 찾아가기로 약속했다. 팡란을 위한 일이라고 하자, 두뤄페이는 자세하게 묻지 않았다. 어쨌든 팡란은 그의 졸업 작품에 최선을 다해 주었기 때문이다. 중개사 사무소에 도착한 두 사람이 찾아온 이유를 말했다. 사무소 소장은 성심성의를 다하여, 바로 두 사람을 데리고 집을 보러 갔다.

먀오페이페이는 팡란과 약속한 대로, 집이 비교적 마음에 드는 척 연기했다. 하지만 그때 바로 구매 결정을 하지 않고, 다른 집도 둘러보고 싶다고 말했다. 이후 한동안 먀오페이페이는 두뤄페이를 여기저기 데리고 다니며 집을 구경했다.

보름이 지난 후에야 처음 만났던 그 중개인을 다시 찾아갔다. 보름 동안 줄곧 중개인은 끈기 있게 전화를 걸어 두 사람에게 안부를 묻곤 했다. 먀오페이페이와 두뤄페이가 결국 풍림로에 있는 그 집을 사겠다고 결정하자, 중개인은 자신의 진심이 두 사람의 마음을 움직였다고 생각하며 매우 만족스럽게 계약서를 작성했다.

먀오페이페이가 계약서를 살펴보았다. 계약상 집을 사려면 선금으로 주택 가격의 50%를 먼저 내고, 중개인이 명의 변경을 마치고 나면 잔금 50%를 내게 되어 있었다. 만약 중도에 어느 한쪽에서 계약을 파기한다면, 다른 한쪽이 위약금을 물어야 했다.

풍림로의 그 집은 A시 시내에 있는 2층짜리 단독 주택이었다. 비교적 오래된 집이었지만, 신규 분양 주택과 값의 차이는 없었다. 면적으로 계산했을 때, 전체 금액이 적어도 몇십억 원 정도는 될 것 같았다. 아마 이것도 뤄위안이 나쁜 마음을 먹게 된 원인 중 하나일 것이었다.

먀오페이페이가 계약서의 복사본을 받으며 말했다.

"금액이 커서, 집에 돌아가서 가족들과 한번 상의해 봐야겠어요. 너무 신경 쓰진 마시고요."

중개업자는 그런 걸 신경 쓸 리가 있냐는 듯, 친절하게 답했다.

"문제없습니다."

팡란은 먀오페이페이가 가져온 계약서를 자세히 살펴보았다. 그녀는 먀오페이페이에게 값을 흥정하지 말라고 특별히 부탁했는데, 그래서인지 계약 금액이 시장 가격보다 다소 높았다.

팡란이 만족스럽게 고개를 끄덕이며 말했다.

"너 정말 대단해! 계약금, 내일 너한테 줄게."

그녀가 말한 계약금은 주택 가격의 반액이었다. 먀오페이페이가 쯧쯧 소리를 냈다.

"부동산 회사 집안은 스케일이 크긴 그구나. 손짓 한 번에 거액이 나오다니."

팡란이 능글맞은 미소를 지으며 구루이안에게 전화를 걸었다.

"오빠. 나 돈 좀 빌려줘."

"얼마?"

구루이안은 아무렇지 않다는 듯 물었다.

"오백만 위안."

팡란이 단번에 액수를 말하자 구루이안이 말했다.

"너한테 줄 수 없는 건 아니지만, 그렇게 큰돈을 어디에 쓸 건지는 물어봐도 괜찮지?"

팡란은 매우 침착하게 답했다.

"여동생한테 투자한 셈 치는 건 어때? 다음 달에 갚겠다고 약속할게. 은행 이자의 다섯 배로. 어때?"

"어? 꽤 수지맞는 장사로 들리는데."

구루이안은 자신의 여동생이 가끔 알 수 없는 행동을 하긴 해도, 큰일에 있어 절대 실수하지 않는다는 것을 알았다. 그래서 이 거래를 두 손 들고 반겼다.

"거래 성립. 네 은행 카드는 정지됐으니까, 내 카드를 써. 퇴근하고 가서 줄게."

"됐어. 내가 오빠 회사 가서 받을게."

"그래, 비서실에 맡겨 둘게. 비밀번호는 네 생일로 해 둘게. 그럼 난 회의가 있어서 이만."

통화를 마친 팡란은 금세 루이황 엔터테인먼트의 대표 비서실에 가서 카드를 받았다. 떠나는 길에 뒤에서 사람들이 수군대는 소리가 들려왔다.

"회장님은 역시 여동생을 끔찍이 아끼시는군요! 선물로 은행카드라니."

"나도 돈 주는 오빠가 있었으면……."

그녀는 이 돈을 먀오페이페이에게 건네준 후, 그동안 사설탐정이 수집한 증거를 A시에 새로 부임한 신임 검사에게 우편으로 보냈다.

계획을 실행하기 전, 미리 확실하게 조사해 두었다. A시의 신임 검사는 정직하고, 가슴에 큰 뜻을 품은 사람이었다. 이런 사람이 가장 좋아하는 것은 바로 사람들의 이목을 끄는 송사였다. 연예인의 범법 사건은 분명 그의 구미를 당길 법했다.

게다가 팡란은 확신했다. 이 검사는 절대로 승진을 위해 뇌물을 받고 사건 수사를 포기하는 경우는 없으리라는 것을. 만약 포기한다고 하더라도 뤄위안이 검사를 매수하기 위해 막대한 대가를 지불할 것이 틀림없었다.

모든 것이 계획대로였다. 먀오페이페이는 이틀 후 중개소에 가서 계약을 체결하며, 선금 오백만 위안을 선뜻 지불했다. 즐거움에 입을 다물지 못한 중개인이 곧바로 집주인에게 좋은 소식을 알렸다. 중개인은 집주인의 증명서 원본을 받은 후, 곧바로 주택 명의를 변경했다. 하지만 곧이어 부동산 관리과 공무원이 중개소에 도착했고, 중개인은 넋이 나가고 말았다.

"이 부동산은 관할 법원에 의해 보호 중입니다. 사건이 종결된 후 정상적으로 거래하실 수 있습니다."

⌒⌒

중개인이 뤄위안에게 이 소식을 알렸을 때, 뤄위안은 아파트 입구에 있는 우편함에서 법원 소환장을 보고 있었다.

그동안 뤄위안의 커리어는 유달리 순조롭지 못했는데, 잡아 두었던 스케줄이 대부분 취소되었었다. 그는 어쩔 수 없이 외지의 스케줄을 주로 소화할 수밖에 없었고, 따라서 소환장을 이틀 늦게 받고 말았다.

"뤄 선생님, 지금 저 괴롭히는 겁니까?"

전화 너머의 중개인이 한숨을 내쉬며 이어 말했다.

"선생님 주택이 입건됐는데, 저한테 미리 알려 주셨어야죠. 지금 고객분과 계약을 맺었는데, 저더러 어떻게 설명하란 말입니까!"

뤄위안은 법원 소환장을 두 손으로 꼭 쥐고서, 가까스로 진정하며 답했다.

"저도 방금 알게 된 일입니다. 계약은 일단 연기하세요. 어떻게 처리할지는 추후 말씀드리겠습니다."

뤄위안은 단호히 전화를 끊고서 봉투를 열어 보았다. 법원에서 보낸 서류에는 소송의 사유가 상세하게 진술되어 있었다. 게다가 풍림로 주택이 불법 이전된 각종 증거들도 동봉된 채였다.

그는 증거들을 살펴보던 중 사건이 심상치 않은 것을 발견했다. 주택이 사건에 휩싸인 것이 단순한 우연의 일치라고는 느껴지지 않았다. 누군가가 자신에게 시시콜콜 맞서고 있는 것 같았다. 하지만 풍림로의 부동산 중개인 외에 이 일을 아는 사람이 아무도 없었기 때문에, 뤄위안은 섣불리 회사에 도움을 청하지 못했다. 그저 중개인을 찾아가 집을 산 사람이 누구인지 물어볼 뿐이었다. 하지만 안타깝게도 그가 말해 준 정보로는 전혀 실마리를 찾을 수 없었다. 법원이 관련된 데다, 공소를 제기한 것은 검찰이었다. 개인이 제기한 소송이 아니었다.

뤄위안은 이번에 자신이 아주 큰 문제를 일으켰다는 것을 알았다. 결국, 어쩔 수 없이 저우밍위를 찾아가야만 했다.

"뭐? 소송을 당했다고?"

근래의 스타라이트 엔터테인먼트는 일이 여간 잘 풀리지 않았으므로, 저우밍위의 낯빛 역시 뤄위안 못지않게 어두웠다. 지칠 대로 지친 뤄위안이 말했다.

"구체적인 상황은 법무 팀에서 해결하게 해 주세요. 배상금은 제가 낼게요."

저우밍위의 안색이 붉으락푸르락해졌다.

"우리 회사에 연예인이 너 하난 줄 알아?"

뤄위안 또한 그에게 한마디도 양보하지 않았다.

"둘 다 손해 보는 꼴을 보고 싶으신 거면, 상관 마시고 그냥 두시던가요."

그 말에 저우밍위의 눈빛이 매우 날카롭게 빛났다.

"감히 네가 날 협박해?"

뤄위안은 어이없다는 듯 웃었다.

"제가 그럴 리가 있나요. 저도 어쩔 수 없어요. 해결에 필요한 돈은 제 정산금에서 빼 주세요."

그제야 저우밍위는 표정이 조금 풀렸다.

"너 요즘 누구한테 원한 산 일 있어?"

뤄위안이 고개를 절레절레 흔들었다.

"그건 불확실해요. 이 일은 제가 좀 더 알아볼게요."

검찰이 확보한 증거는 충분했고, 새로 부임한 검사마저 이 사건을 손 놓지 않고 끈질기게 조사했다. 집 파는 일을 계속할 수 없다는 것을 깨달은 뤄위안은 눈물을 삼키며 저축한 돈을 꺼내, 계약자에게 세 배의 위약금을 물어 줄 수밖에 없었다.

수중의 오백만 위안이 눈 깜짝할 사이에 천오백만 위안이 되자, 먀오페이페이가 무척 흥분하며 말했다.

"와, 요즘 돈 벌기가 이렇게 쉬워?"

팡란은 은행 카드를 들고 있었다. 이 일을 겪은 뤼위안의 표정을 상상하니 매우 통쾌했다.

"네 공이 커. 가자. 언니가 쇼핑시켜 줄게!"

먀오페이페이가 환호성을 질렀다.

"물주님 은혜에 감사드립니다!"

이후, 팡란은 약속대로 구루이안의 돈을 갚았다. 그러고 나서도 돈이 많이 남았기에, 부모님이 은행 카드를 정지해서 난처했던 상황을 해결할 수 있었다.

시간이 빠르게 흘러가고, 명봉 영화제는 예정대로 거행되었다. 팡란은 기말고사 때문에 영화제에 참석하지 않았다. 모두의 예상대로 〈휘녀〉는 영화제에 속한 여우 주연상, 감독상, 남우 조연상, 촬영상, 의상상 총 다섯 부문에서 상을 차지했다.

다만 예상하지 못했던 일이 있다면, 채 10분이 되지 않는 영화 분량만으로 구닝안이 최우수 신인 여우상에 노미네이트된 것이었다. 하지만 이 상은 다른 배우인 위샤오야가 받았다.

위샤오야에 대해 말하자면, 팡란은 그녀를 아는 것뿐만 아니라 몇 번 만난 적도 있었다. 그녀는 A대학 연극학과 4학년 학생으로, 용모가 매우 출중하고 연기도 괜찮았다. 그녀는 이번 명봉 영화제에서 예술 영화를 통해 신인상을 탔다.

먀오페이페이는 컴퓨터 앞을 지키고 앉아 영화제 생중계를 시

청하며 놀라워했다.

"위샤오야가 언제 영화를 찍은 거지? 사람들한테 단단히 숨겼네. 상을 받지 않았다면 아무도 몰랐겠어."

팡란이 옆에서 한마디 덧붙였다.

"국내에선 아직 개봉하지 않은 영화라 그런가 봐."

정식으로 상영되기 전, 요즘 영화 대부분이 영화제를 통해 먼저 선보여지곤 했다. 시간상 미처 개봉일을 정하지 못했거나, 혹은 인기를 더 끌어모으기 위함이었다. 사유가 어떻든 간에, 영화계에서는 흔히 볼 수 있는 풍경이었다.

시상식을 보고 난 후, 팡란은 컴퓨터를 끄고 기말고사 준비에 온 힘을 다했다. 그녀는 A대학에서 경제학을 전공했다. 그다지 흥미는 없었지만, 늘 학교 공부에 충실했다.

팡란이 시험을 마쳤을 무렵, 쑹이는 시기를 맞추기라도 한 듯 귀국했다. 그는 비행기에서 내리자마자 팡란에게 전화를 걸었다.

"축하해요. 무거운 트로피를 하나 더 받았네요."

쑹이와 전화가 연결되었을 때, 팡란은 가장 먼저 축하의 말을 건넸다. 쑹이는 그 덕분에 기분이 매우 좋아졌다.

"아쉽게도 너 말고는 축하해 주는 사람이 없네. 나한테 한턱내는 게 어때?"

팡란은 당연히 '축하해 주는 사람이 없다'라는 말을 믿지 않았다. 하지만 마침 그에게 물어볼 것이 있어, 초대에 응했다.

"좋아요. 장소는 오빠가 정하세요. 제가 밥 살게요."

전화 너머로 쑹이의 웃음소리가 들려왔다.

"너 자금줄 끊기지 않았어?"

좋은 일은 쉽게 드러나지 않고, 나쁜 일은 천 리 밖까지 간다더니……

"걱정하지 마세요. 밥 사 줄 돈은 있어요."

두 사람의 약속 장소는 A시의 유명한 레스토랑이었다. 이곳은 프라이버시 보장으로 이름난 곳이어서, 많은 스타와 정치인이 만나곤 했다. 팡란도 전생에 진작 와 본 곳이었다. 뤄위안과 함께.

인테리어는 예전과 같았다. 풍경은 여전해도 사람은 달라진다더니…… 팡란은 레스토랑에 걸어 들어오며 세상사가 변화무쌍함을 느꼈다.

웨이터가 팡란을 프라이빗 룸으로 안내했다. 벌써 도착하여 안에 앉아 있던 쑹이가 팡란에게 말했다.

"더 좋은 곳으로 가고 싶었는데, 밖에 기자들이 너무 많아서."

그는 오늘 풀오버 스웨터를 입고 있었다. 머리카락은 방금 바람에 마른 듯, 이마 위에 살포시 닿아 곧고 짙은 눈썹을 감추었다. 순수하고 섬세한 두 눈빛이 아래를 향하고 있었다.

레스토랑의 부드러운 조명이 비치자, 그의 눈에 촉촉하고 따스한 물빛이 드리웠다. 팡란은 인정할 수밖에 없었다. 쑹이는 확실히 매력적인 사람이라는 것을. 볼 때마다 다른 오라를 풍기니, 눈을 뗄 수가 없었다.

팡란이 짐짓 아무렇지 않은 척 답했다.

"방금 명봉 영화제에서 상을 받으셨잖아요. 당연히 기자들이 틈을 주지 않겠죠."

쑹이는 팡란을 바라보았다. 그녀가 웃으면 어린 여자아이 특유의 깨끗함이 느껴졌다. 잔물결이 넘실대듯 사랑스러움이 담긴 두 눈동자는 언제나 마음을 사로잡았다.

두 사람이 식사를 주문한 후, 팡란이 술잔을 들어 올렸다.

"다시 한번 수상 축하드려요."

쑹이가 생글생글 미소를 지었다.

"너도 잘했어. 첫 영화인데, 벌써 명봉 영화제에서 노미네이트 되다니."

팡란이 여기서 말을 끊고 답했다.

"저도 의외였어요. 오빠가 은근히 도와준 건가 해서 물어봤는데, 다들 아니라고 하더라고요."

쑹이가 진지한 눈빛으로 팡란을 바라보았다.

"하지만 정말 잘했는걸. 게다가, 이번 영화제의 수상은 역대 명봉 영화제 사상 가장 공정했다고 할 수 있지."

"어? 그게 무슨 말이에요?"

술을 한 모금 마신 쑹이가, 매우 흐뭇한 미소를 지었다.

"영화제 측에서 무징이를 최종 심사 위원으로 초청했었거든."

무징이는 국제 영화계에서 매우 이름 높은 사람이었다. 열여섯의 나이에 영화계에 입문하여 평생 수많은 유명 인물들을 연기했으며, 지금까지 개인 박스오피스 1위를 지키고 있었다. 명실상부한 국내 영화계 일인자였다. 강직하고 시원한 성격은 그녀의 뛰어난 연기력만큼이나 유명했다. 한마디로, 영화계에서 무징이의 인정을 받는 것은, 영화제에서 받는 트로피보다 더 값진 상이나 다름없었다.

"무징이는 해외에 은거한 지 오래라, 명봉 영화제 주최 측에서 그분을 모셔 올 줄 몰랐어요."

팡란은 이렇게 말하면서 동경하지 않을 수 없었다.

쑹이가 말했다.

"오래전 내가 해외에서 유학했을 때, 작품에서 하찮은 역을 맡은 적이 있었어. 그때 어떤 숙녀분께서 이런 말을 해 주셨지. 배역에는 구분이 없고, 마음먹기에 따라 누구나 영화의 주인공이 될 수 있다고. 그 이후로 이 말은 내 좌우명이 되었어. 그 숙녀분이 바로 무징이라는 걸 나중에서야 알았지. 그래서 명봉 영화제 수상은 내게 의미가 남달라."

팡란이 부러운 듯 대꾸했다.

"무징이의 조언을 들을 기회가 있었을 줄은 몰랐어요."

술잔을 내려놓는 쑹이의 눈이 반짝였다.

"너도 기회가 있을 거야."

그 말을 들은 팡란의 얼굴에 서서히 감동이 어렸다.

제15장

생일잔치(1)

"그게 무슨 말이에요?"

"영화제에서 무정이와 다시 만나 즐겁게 이야기를 나누다가, 무징이가 단편 영화제 개최를 준비하고 있다는 걸 알게 됐어. 우승자는 무징이가 투자하는 영화의 여주인공이 될 수 있을 거야."

무징이가 투자하는 이상, 퀄리티는 말할 것도 없고 흥행을 신경 쓸 필요도 없었다. 무징이와 함께 일할 수 있다면, 그것만으로도 하늘이 내려 주신 기회였다.

쏭이를 바라보는 팡란의 눈빛이 반짝거렸다.

"설마 제가 여주인공역을 따낼 수 있다고 생각해서 말해 주는 거예요?"

쏭이는 확신에 찬 눈빛으로 말했다.

"네 연기력이면, 아마 반은 가능할 거야. 만약 나와 함께한다면 8할은 자신 있어."

팡란은 오래 시간을 끌지 않고 답했다.

"조건은요?"

"나와 계약하는 것."

〈휘녀〉의 개봉 후, 꽝란이 연예 기획사의 계약 제안을 받지 않은 것은 아니었다. 하지만 아무리 생각해도, 쑹이의 소속사와 함께하는 것이 현재 그녀에겐 최고의 선택이었다.

꽝란이 쑹이를 바라보았다.

"오빠 소속사는 오빠 말고 다른 연예인은 없지 않아요? 제가 알기로는 오빠가 매우 신중하기 때문이에요. 그런데 저에 대한 믿음이 어디서 온 건지 모르겠네요?"

쑹이는 꽝란의 눈빛 속에서 혼란함을 읽었다. 그는 잠시 말없이 있다가, 나지막하게 말했다.

"일종의 신앙 같은 걸지도 모르지. 너는 그 사람과 정말 많이 닮았어. 내가 잘못 봤을 리 없어. 이미 그 사람을 잃었는데, 너까지 또 놓치고 싶지 않아."

"그 사람?"

넌지시 묻는 꽝란의 가슴이 두근두근 뛰었다. 형용할 수 없는 복잡한 느낌이 몸속에 퍼져 나갔다. 쑹이는 시선을 피했다. 마치 눈을 마주치면 바로 들켜 버리는 모종의 감정을 숨기는 것 같았다.

"꽝란 말이야."

꽝란은 이 말을 듣고 온몸이 부들부들 떨렸다.

"꽝란과는 무슨 사이였어요?"

그녀는 테이블 아래에 두 손을 꽉 쥐고 있었다. 과도한 긴장감으로 인해 손바닥에 손톱자국이 또렷이 남았다.

쏭이는 오히려 매우 담담하고 소탈하게 말했다.

"이미 세상을 떠난 벗인 셈이지."

그는 더는 이 이야기를 하고 싶지 않은 듯, 화제를 돌려 팡란에게 물었다.

"계약 건은 생각할 시간이 필요하댔지?"

"그럴 필요 없어요."

비록 쏭이와 전생의 자신이 무슨 관계였는지 분명하게 알 수는 없었지만, 한 가지는 확신할 수 있었다. 쏭이는 절대 그녀를 해치지 않을 것이다. 어쩌면 그녀를 도와서 모든 실마리를 풀어낼 돌파구가, 바로 쏭이일지도 모른다.

"계약에 동의할게요."

팡란이 이 말을 내뱉었을 때, 그녀의 눈빛은 하늘에 떠 있는 별처럼 영롱하게 빛나며 쏭이의 눈길을 사로잡았다. 그녀의 솔직함은 예상하지 못한 것이기도 했지만, 당연한 선택이기도 했다.

쏭이의 눈가에 한줄기 따스함이 스쳤다.

"믿어 줘서 고마워."

팡란이 미소로 답했다.

"그건 제가 하고 싶은 말이기도 해요."

계약 합의가 이루어지고, 두 사람의 사이에도 한 단계 진전이 있었다. 쏭이가 팡란을 바래다줄 때, 차 안의 분위기가 매우 부드러웠다.

차가 두 사람을 실은 채 레스토랑을 느리게 빠져나갔다. 차의 선루프를 열자, 부드러운 바람이 위에서 불어 들어와 둘의 머리끝을 가볍게 스쳤다. 팡란의 머리카락이 바람에 휘날려 쑹이의 어깨 위에 흐트러지며 떨어졌다. 고개를 숙여 이를 본 쑹이의 입꼬리가 슬며시 올라갔다. 지금 이 찰나의 분위기가 매우 달콤해서 이런 생각마저 들었다. 팡란이 죽은 후 처음으로 행복함을 느낀 순간이었다.

A대학이 금세 눈에 들어왔다. 차에서 내리려던 참에, 갑자기 백미러에 비친 불빛을 발견한 팡란이 즉시 얼굴을 가렸다.

"왜 그래?"

쑹이가 팡란에게 물었다. 팡란은 눈썹을 찌푸리며 확실하지 않은 듯 말했다.

"파파라치들이 몰래 사진을 찍는 것 같아요."

쑹이는 아무런 내색 없이 앞으로 조금 나아갔다.

"네 말이 맞아. 기자야."

팡란은 즉시 결론을 내렸다.

"차에서 내리지 않을래요. 우리 어디 가서 피해 있어요."

두 사람은 조금 전 레스토랑의 지하 주차장에서 차를 탔는데, 그곳은 보안이 무척 삼엄했다. 길에서 차 번호판을 알아보고 미행한 듯, 차에 누가 탔는지까지는 파파라치가 모르는 듯했다.

팡란은 이미 쑹이와 한차례 스캔들에 휘말린 적이 있었다. 팡란의 얼굴이 찍히지 않았는데도 그렇게 시끄러웠으니, 이번에는 단연코 피해야 했다.

쑹이는 속도를 내서 도시를 이곳저곳 달렸다. 갈림길을 여러 번 지나고 나서야 꼬리에 따라붙은 파파라치들을 무사히 따돌릴 수 있었다. 차의 성능이 좋은 덕분이었다.

"저 사람들, 아마 A대학 근처에서 우릴 기다리고 있을 거야. 지금은 돌아가지 않는 게 좋겠어."

쑹이가 이렇게 말하면서 차 머리를 돌렸다.

"어차피 당분간은 돌아갈 수 없으니까, 내친김에 영화 보여 줄게."

"영화요?"

팡란은 의아했다. 쑹이가 지금 영화관에 나타난다면, 그가 영화를 보는 게 아니라 관람객들이 그를 볼 게 뻔했다.

"당연히 영화관은 가지 않아. 좋은 데로 모실게요."

쑹이의 고운 손가락이 기분 좋은 듯, 리듬을 타며 핸들을 톡톡 두드렸다.

팡란도 기말고사를 마무리한 참이었고, 기숙사에 중요한 일 같은 건 없었기 때문에 쑹이를 따라갔다. 두 사람은 한밤중에 옆 도시까지 가서 영화를 보았다. 다소 낭만적이면서도 열정적이었다. 지금 이 순간, 팡란은 자신의 마음이 살짝 설렌 것을 인정해야만 했다.

❧

A시의 남쪽, 관광으로 조금 유명한 도시가 있었다. 두 사람은 늦은 시간에 도착한 데다, 여행 철도 아니었기 때문에 길에 지나가는 사람이 거의 없었다. 쑹이는 평소에 많이 와 본 듯, 내비게이

선을 켜지도 않고 익숙하게 도시를 누볐다. 자동차는 굽이굽이 달려 어느 낡고 오래된 건물 앞에 멈추어 섰다. 온 거리에 옛 숨결이 배어 있었는데, 눈앞에 있는 건물이 특히 더 오래되어 보였다.

"여긴 원래 영화관이 있던 건물인데, 곧 철거될 거야."

대문을 밀고 들어간 쑹이가 벽을 더듬어 스위치를 켰다. 건물에 불이 들어온 순간, 조금 전까지만 해도 음산했던 건물에 불빛이 가득해졌다. 팡란은 쑹이를 따라 안으로 들어가다, 깨끗한 의자를 보고 조금 의아했다.

"철거된다고 하지 않았어요? 철거될 기미가 전혀 없어 보여요."

쑹이의 눈빛에 그리움이 돋아났다.

"이곳을 관리하는 쒀 어르신께서 매일 청소를 하러 오시거든. 머리가 맑으실 때면 이웃들에게 무료로 영화를 보여 주셔."

"그걸 어떻게 알아요?"

"내가 가장 힘들었을 때 여기서 지냈었거든."

사람마다 제각기 사연이 있게 마련이었다. 팡란은 더 이상 묻지 않았다.

이런 오래된 영화관은 으레 스크린 맞은편에 영사실이 있었다. 쑹이는 팡란을 데리고 관객석의 맨 끝까지 올라갔는데, 그곳에 눈에 띄지 않는 작은 방이 하나 나왔다. 손을 뻗은 쑹이가 나무 문 맨 위의 문틀을 더듬어 열쇠를 찾았다.

팡란이 쑹이를 놀리듯 말했다.

"쒀 어르신이랑 사이가 좋았나 봐요."

쑹이가 문을 열었다. 밖에서 봤을 땐 허름해 보였던 방의 안쪽은 막상 매우 깨끗하게 정돈되어 있었다. 위쪽에 영화 필름이 가득 꽂힌 책장이 눈에 들어왔다. 아래쪽에는 영사기가 있었고, 그 앞에 등나무로 엮은 의자가 자리했다. 팔걸이와 등받이 부분에 광이 나는 것으로 보아, 사람이 자주 앉았던 것이 분명했다.

"원래 필름은 저장실에 보관해 놓잖아요. 저장실이 철거되니까 쒸 어르신께서 필름을 여기로 옮기셨나 봐요."

쒸이가 책장을 뒤적이며 말했다.

"보고 싶은 거라도 있어?"

팡란이 다가섰다.

"딱히 없어요. 알아서 찾아봐요."

쒸이의 손가락이 아주 큰 책장 속 겹겹이 쌓인 필름을 헤집었다. 팡란도 호기심에 앞으로 걸어가 훑어보았다. 바로 이때, 쒸이가 무언가 건드린 건지, 책장 위에 있던 필름이 갑자기 떨어졌다. 팡란은 자신도 모르게 한 발짝 걸어갔는데, 앞으로 다가선 쒸이와 얼굴을 마주치고 말았다.

두 사람 간의 거리가 무척이나 가까워서 쒸이의 속눈썹을 한 가닥, 한 가닥 볼 수 있었다. 쒸이 역시 멍하니 팡란을 바라보았다. 둘은 그렇게 우두커니 서로를 마주 보고 서 있었다. 팡란이 먼저 정적을 깨고, 손에 든 필름을 매우 어색하게 잡으며 말했다.

"이걸로 해요."

팡란의 얼굴에 떠오른 붉은 빛을 본 쒸이는 기분이 상당히 좋았다. 살짝 가늘게 뜬 눈이 그의 미소를 은근히 앙큼하게 보이도록 만들었다.

"확실해?"

팡란은 그제야 자신이 들고 있는 필름이 오스트리아의 유명한 에로 영화 〈세 가지 사랑, 정사〉라는 것을 알아차렸다. 이 영화의 훌륭함을 부인하는 건 아니었지만, 지금 상황상 이런 영화를 감상하는 건 적절하지 못했다. 발그스름해졌던 팡란의 얼굴이 순식간에 더 타올랐다! 그녀는 다급히 필름을 책장에 쑤셔 넣고, 재빨리 다른 필름을 하나 골랐다.

"이, 이게 낫겠어요. 〈엘리자베스 타운〉이요. 고전을 복습하는 것도 나쁘지 않죠."

더듬더듬 말하는 팡란의 모습은 쑹이에게 매우 귀엽게만 느껴졌다. 그는 참지 못하고 손을 내밀어 머리를 쓰다듬으며, 그녀가 들고 있는 필름을 받았다.

팡란이 비록 겉보기에는 갓 스무 살이 넘은 대학생이었지만, 전생의 나이를 합치면 반백을 훌쩍 넘었다. 하지만, 갑자기 쑹이가 그녀의 머리를 어루만지니, 팡란은 순간 머리가 멍해졌다.

"뭘 멍하니 있는 거야? 이리 나와서 앉아."

그녀가 멍하니 있는 동안, 쑹이는 벌써 영사기를 작동하고 있었다. 오래된 영사기가 삐익 하는 굉음을 냈다. 이상한 점은, 이 소리가 전혀 시끄럽지 않고, 오히려 묵직한 안정감을 느끼게 했다는 것이다.

팡란은 쑹이를 따라 영사실을 나갔다. 이때 영화관의 불이 꺼져 있어, 쑹이가 신사답게 손을 내민 다음 그녀의 손을 잡고 한 걸음 한 걸음 계단을 내려왔다.

쑹이의 손바닥에서 따스한 온도가 전해졌다. 팡란의 마음속에 알 수 없는 한줄기 그리움이 스쳐 지나갔다. 이대로 그에게 끌려가고 싶었다. 다시는 놓고 싶지 않았다. 하지만 전생의 아픔이 떠오른 팡란은 말없이 손을 뺐다.

"우리, 여기에 앉아요."

쑹이가 고개를 끄덕이며 어둠 속에서 주먹을 움켜쥐었다. 조금 전, 그 순간의 온기를 간직하려는 듯이.

두 사람은 적당한 자리를 골라 앉았다. 수백 평은 되는 상영관을 독차지하고서 나란히 앉아 있으니, 말할 수 없는 로맨틱함이 느껴졌다.

"팝콘 사는 걸 잊었네."

쑹이가 아쉬운 듯 말했다.

팡란은 문득 무언가 생각나서, 핸드백 안을 한바탕 뒤적였다. 팡란이 무얼 꺼냈는지 쑹이에게는 뚜렷하게 보이지 않았다. 바스락바스락하는 포장지 소리가 멈추고 은은한 초콜릿 향기가 코를 파고들었다. 쑹이가 슬며시 침을 꿀꺽 삼켰다.

"이걸 왜 가지고 다녀?"

쑹이는 단 것을 좋아했는데, 그중 초콜릿은 그가 가장 좋아하는 것이었다. 하지만 칼로리 섭취를 줄이기 위해 먹지 않은 지 오래였다.

팡란이 말했다.

"가끔 바빠서 밥을 깜빡할 때가 있거든요. 먀오페이페이가 연극 연습할 때 준 거예요."

초콜릿을 쪼갠 팡란이 쑹이에게 건네주었다.

"여기요. 없는 것보단 나을 거예요."

쑹이는 1초 동안 망설이다, 저항을 포기하기로 했다.

"그래. 먹고 두 바퀴 뛰면 되지……."

이럴 때 빛이 있었다면, 스크린 황제 쑹이가 죽음따윈 두려워하지 않는 표정으로 초콜릿을 먹는 모습을 볼 수 있었을 텐데.

"요새 다이어트 중이에요?"

팡란이 쑹이에게 물었다.

"항상 하는 중이야. 사실 나는 살이 잘 찌는 체질이거든."

"그래요? 전혀 그렇게 안 보여요."

쑹이의 몸매는 정석 그 자체였다. 연기할 때 팡란이 본 쑹이의 몸은, 근육이 과하지도 않고 선이 매우 균형 잡혀 있었다. 쑹이의 팬들은 그를 걸어 다니는 옷걸이라고 불렀다.

"몸매를 유지하기 위해 노력한 결과라고 할 수 있지. 언젠가 뚱뚱한 주인공이 등장하는 작품을 찍는 게 꿈이야. 당당하게 마음껏 먹을 수 있을 테니까."

쑹이가 이렇게 유치한 말을 하다니, 팡란은 스크린 황제의 오라 외에 조금 더 다양한 쑹이를 발견한 것 같았다.

영화가 시작되고, 두 사람은 더 이상 아무 말도 하지 않았다. 반 조각의 초콜릿에서 느껴지는 입속의 달콤한 여운이, 마음속까지 번지는 것만 같았다.

다음 날, 팡란은 쑹이의 소속사와 계약하기로 한 것을 숨기지 않고 구루이안에게 말했다. 구루이안은 이 소식을 듣고 아주 오랫동안 울적했다. 비록 쑹이가 눈에 거슬리긴 했지만, 그는 인정할 수밖에 없었다. 여동생이 루이황 엔터테인먼트와 계약하고 싶지 않다면, 쑹이의 소속사가 확실히 가장 나은 선택이었다.

그녀는 학교에 돌아와 여행 가방을 꾸리기 시작했다. A대학은 학점제를 채택해 학기의 제한이 없었고, 정해진 학점만 이수하면 졸업할 수 있었다. 원래의 구닝안은 열심히 공부하는 학생이어서, 벌써 학점을 다 딴 상태였다. 학교에서 치른 기말고사도 통과했기에 졸업을 앞당길 수 있었다. 쑹이와 계약하기로 한 이상, 학교에서 지내는 건 불편했다. 원래 팡란은 모처럼 학교생활도 즐겨 볼 겸, 시험 성적이 나올 때까지만 기다렸다가 학교를 떠날 생각이었다. 그러나 어머니의 전화 한 통에 어쩔 수 없이 단념해야 했다. 원인은 다른 게 아니라, 이틀 후 다가올 구닝안의 생일이었다. 어머니가 가족끼리 생일 파티를 열겠다 하여 집에 돌아가야만 했다.

사실 팡란은 알고 있었다. 생일은 결국 변명일 뿐이라는 것을. 당신의 딸 걱정이 진짜 이유였다. 이전의 짧았던 언쟁으로, 아버지는 더욱더 화가 나신 듯 보였다. 그녀가 연기를 포기하지 않는다면, 영원히 그녀를 용서하지 않을 것 같았다. 하지만 세상에 자식을 이기는 부모가 어디 있을까?

팡란이 정리해야 할 짐은 많지 않은 편이었다. 애초에 그녀는 연극 연습을 위해 기숙사에 들어갔기 때문이다. 그녀는 간단하게 가방 세 개에 짐을 나눠 담고, 집에서 보낸 운전기사를 기다리고 있었다. 먀오페이페이가 옆에서 한숨을 내쉬었다.

"네가 떠나면 이젠 누구랑 수다 떨지."

팡란이 말했다.

"그냥 집으로 돌아가는 것뿐이야. 해외로 가는 것도 아니고……."

먀오페이페이가 입을 비쭉거렸다.

"그런 말이 아니야. 네가 정식으로 계약을 해서 연예계에 들어가잖아. 앞으로 대박 나서 톱스타가 되면 우리 사이도 멀어지지 않겠니?"

팡란은 이 물음에 답하는 대신 먀오페이페이에게 물었다.

"내가 스타가 되면, 나에 대한 네 생각도 바뀔까?"

먀오페이페이가 곰곰이 생각해 보았다.

"아마 아닐걸."

"네가 아니면, 나도 아니야. 우정은 서로 나누는 거잖아. 안 그래?"

팡란의 말을 듣자 먀오페이페이의 얼굴에 웃음이 피어났다.

"네 말이 맞아! 아아, 너무 사랑해. 얼른 와서 언니 좀 안아 줘."

두 사람은 웃으면서 서로를 껴안았다. 팡란은 약간 감동에 젖었다. 전생의 자신은 정말이지 어리석었다. 허황된 감정을 지키기 위해, 또래들과 어울릴 기회를 포기했다. 친구도 사랑하는 사람도 없이 처량하고 비참하게 죽은 후에는, 자신의 결백을 증명해 줄 사람조차 없었다.

이렇게 생각하니, 다시 쑹이가 생각났다. 그와 전생의 자신은 도대체 무슨 관계였던 걸까? 먀오페이페이와 간단하게 작별을 고한 후, 팡란은 집으로 돌아갔다.

❧

비록 아버지는 체면상 팡란에게 여전히 화를 냈지만, 사실 딸이 집에 돌아와 매우 기뻤다. 아버지가 주방에 한 상 크게 차리라고 한 것을 보면, 그 마음을 알 수 있었다. 팡란이 집으로 돌아오자, 구루이안도 특별히 시간을 내 집에서 밥을 먹었다. 온 가족이 함께 앉아 있으니, 아버지는 더할나위 없이 기분이 좋았다.

"이제야 좀 집답구나. 너희 둘, 크면 클수록 내 말을 안 들어서 말이지. 너희들에게 집에 와서 밥 먹으라고 하는 게, 거래처랑 이야기하는 것보다 더 어려워!"

"아빠, 거래처랑 이야기할 필요가 있어요? 회사가 그렇게 잘되고 있는데, 거래처가 제 발로 찾아와도 만날 틈이 없으실 텐데요."

팡란이 싱긋 미소 지었다. 아무리 아부를 해도 모자랐다. 아버지는 언짢은 듯 콧방귀를 뀌었다.

"회사가 잘되면 뭐 해? 너희 남매 둘 다 물려받을 생각이 없는데. 이 나이 먹고서도 이런 일로 걱정할 줄은 몰랐다."

구루이안이 한마디 했다.

"다른 집안 영감탱이들은 자식들이 재산 다툼을 할까 걱정한다는데, 저랑 닝닝이는 이렇게 잘 지내잖아요. 저희가 걱정을 얼마나 덜어 드린 건지……."

핑란이 여기에 한마디를 보탰다.

"게다가, 돈이 아이를 망친다는 말도 있잖아요. 오빠는 이렇게 좋은 조건에서 자랐는데도, 부잣집 자식들 습성에 물들지 않고 오히려 스스로 창업하기를 원했어요. 원해도 못 얻는 자식이에요! 지금 오빠 회사는 자리를 잡았고, 저도 제 능력으로 먹고살 수 있어요. 우리 두 사람, 절대 아버지 실망하게 해 드리는 일 없을 거예요."

핑란의 이 말은 핵심을 찌른 셈이었다. 두 아이에게 집에서는 불만이 많은 아버지였지만, 막상 밖에서는 자랑스럽게 생각하지 않을 수 없었다. 다른 집안의 아들딸보다 자신의 아이들이 몇 배나 더 훌륭한지 몰랐다. 이렇게 여기니 더는 인상을 쓰기 어려웠는지, 아버지가 말없이 식사를 시작했다.

어머니가 이 틈을 타 말을 꺼냈다.

"모레가 네 생일이잖니. 엄마가 친구를 초대하려 하는데."

핑란이 말했다.

"가족 파티라고 하지 않았어요?"

마음 같아서는, 파티를 너무 번거롭게 하고 싶지는 않았다. 가족이 다 같이 함께 즐겁게 밥을 먹는 것으로 충분했다.

어머니가 말을 이었다.

"엄마 친구는 남이 아니야. 네가 저번에 왔더라면, 아마 진작 만났을 게다."

자신이 다쳤을 때 어머니가 맞선 이야기를 꺼냈던 것을 떠올린 팡란이 물었다.

"지난번 그 남자를 소개해 주려고 하시는 건 아니겠죠?"

"맞다. 샤오 이모는 엄마의 소꿉친구인데, 나중에 프랑스로 시집을 갔단다. 올해 아들이 귀국해 일하는 김에 따라와서 휴가를 보내고 있어. 두 모자는 우리와 남이 아니야. 지난번 샤오 이모가 엄마에게 프랑스 요리를 대접했는데, 그 답례로 마침 네 생일날 정통 항주 요리 전문가를 부르기로 했다."

팡란은 한껏 아양 떨며 말했다.

"친구분께 대접할 기회는 많은데, 하필이면 제 생일을 핑계 삼으세요. 엄마가 무슨 속셈인지 제가 모를 것 같으세요?"

"내가 무슨 속셈이 있다고 그러니. 다 널 위해서 그런 거야."

팡란의 아무런 효과 없는 반대 속에, 이 일은 그대로 진행되는 것으로 결정되고 말았다.

어머니의 사심에 따라, 생일 파티는 정오에 하기로 했다. 식사를 마친 후 두 사람이 나가서 데이트하게 할 생각이었다.

팡란은 어머니의 재촉 아래 화려한 차림으로 한바탕 꾸몄다. 어머니가 비단 장사를 했기 때문에, 특별히 팡란에게 가장 좋은 비단 예복을 골라 주었다. 최고의 공예로 짜 낸 비단으로, 옷감이 부드럽게 몸에 맞아떨어지며 팡란의 완벽한 몸매를 남김없이 드러냈다. 팡란이 옷을 갈아입고 나왔을 때, 밖에는 손님이 도착해 있었다.

샤오링페이는 몸에 딱 달라붙는 캐주얼 정장을 입고 왔다. 너무 엄숙하지도 않으면서 예의를 지키는 차림새였다. 좁은 칼라의 디자인이 그의 맵시를 한층 미끈하게 해 주었다. 그는 우아한 발걸음으로 걸어 들어와, 검푸른 눈동자로 팡란을 바라보았다. 그의 눈빛 속에 찬탄하는 빛이 숨김없이 드러났다.

"당신은?"

샤오링페이를 만난 팡란은 매우 의아했다.

"세상 참 좁네요."

"어? 너희 만난 적 있는 거니?"

어머니가 호기심에 물었다.

"한 번 만난 적 있어요."

구씨 집안에서는 그녀가 연예계에 발 들이는 걸 지지하지 않았기에, 팡란은 영화 시사회에서 만난 사이라고 굳이 말하지 않았다.

샤오링페이가 팡란을 바라보면서, 미소와 함께 말했다.

"한 번은 아니죠. 확실히 제가 구닝안 씨와 인연이 있나 보네요."

샤오란이 고개를 돌려, 진지한 얼굴을 한 아들을 보고서 이렇게 말했다.

"어쩐지, 이번에 오라고 했을 때 시원스럽게 대답하더니. 진작 첫눈에 반한 모양이구나."

샤오링페이는 전혀 부인하지 않았다.

"요조숙녀는 군자의 좋은 짝이죠."

그 말과 함께 팡란의 눈을 응시했다. 마치 자신의 마음을 선언하는 듯.

팡란은 어색하게 화제를 돌렸다.

"당신이 엄마 친구분 아들인 줄은 몰랐어요."

어머니가 말했다.

"샤오란이 출국하지만 않았어도, 너희 둘이 어렸을 적부터 진작 짝을 지어 줬을 텐데."

그녀는 어떻게 답해야 좋을지 도통 알 수 없었다. 분명 어머니는 샤오링페이를 매우 마음에 들어 하고 계셨다.

샤오링페이가 웃으면서 선물을 꺼내더니, 검푸른 눈동자로 부드럽게 눈웃음 지었다.

"구닝안 씨. 생일 축하해요."

"이미 아는 사이라면서 낯설게 굴지 말렴. 앞으로 닝닝이라고 부르면 돼."

어머니가 빙그레 웃으며 준비를 시작했다. 샤오링페이가 어머니의 제안을 자연스럽게 받아들였다.

"닝닝아."

팡란은 선물을 받아 들었다. 무척 아름다운 검푸른 종이 상자였는데, 위에 묶여 있는 레이스는 한눈에 봐도 프랑스 최고의 공예품임이 분명했다. 포장에 쓰는 레이스조차도 이렇게 정교한데, 안에 있는 선물도 보통 물건이 아닐 게 틀림없었다.

팡란은 선물을 열어 볼 생각을 하지 않고, 그저 예의 바르게 받으며 말했다.

"선물 고마워요."

어머니는 사람들에게 자리를 청했는데, 의외의 일이 생기지 않도록 샤오링페이를 팡란의 옆에 앉혔다. 사람들이 뒤따라 의자에 앉았다. 어슬렁거리며 늦게 들어온 구루이안은 문을 들어서자마자 여동생과 샤오링페이가 함께 앉아 있는 것을 발견했다. 하지만 그는 전혀 내색하지 않고 샤오링페이에게 힐끗 눈짓을 한 번 건넸다. 샤오링페이는 웃는 것 같기도 하고, 아닌 것 같기도 한 얼굴로 구루이안을 바라보았다. 자리를 옮길 생각은 전혀 없어 보였다.

"왜 이렇게 늦게 왔어? 너 하나 기다리고 있었잖니. 얼른 앉아라. 닝닝이가 촛불 불 거야."

어머니가 소리 내어 말했다.

구루이안은 예의 바르게 사람들에게 인사를 한 후 자리에 앉았다. 요리사가 작고 깜찍한 케이크를 가져왔다. 냄새를 맡아 본 팡란이 입을 열었다.

"또 스위스의 디저트 가게에서 만든 거예요?"

"네가 맛있다고 해서, 항공편으로 시켰다."

어머니가 말했다.

"매년 준비하지 않으셔도 되는데. 너무 번거로워요. 간단히 가족끼리 파티하기로 말씀드렸잖아요."

팡란은 어머니의 사랑에 어쩔 도리가 없었다.

"번거롭긴 뭐가 번거로워. 일 년에 단 한 번인데."

어머니가 팡란을 재촉했다.

"얼른 촛불 붙거라."

케이크 위에 장식된 사탕은 '21'이라는 숫자가 정성스럽게 조각되어 있었다. 사탕의 가운데에서 뻗어 나온 심지 위에 작은 불꽃이 흔들리고 있었다. 팡란은 순간 눈시울이 뜨거워졌다. 전생의 그녀는 자신에게 이렇게 행복한 순간이 오리라고는 생각지 못했다. 가족들과 함께 생일을 보내는 것은, 상상도 못 해 본 그림이었다. 그녀는 급히 고개를 숙여 자신의 표정을 숨기며 가볍게 숨을 내쉰 다음, 바람을 불어 초를 꺼트렸다.

"이런!"

어머니가 소리를 질렀다.

"소원을 빌지 않았잖니?"

팡란이 웃으며 말했다.

"괜찮아요. 가장 원하는 일은 이미 이루어졌거든요."

팡란이 웃음기 넘치는 눈빛으로 어머니를 바라보았다.

구루이안은 조금 호기심이 일었다.

"가장 원하는 게 뭔데?"

"말 안 해 줄 거야."

팡란의 대꾸에 구루이안은 어이가 없었다.

"여자애는 크면 오빠 말을 듣지 않는다더니, 정말이네. 어렸을 땐 무슨 일이든 나한테 말해 줬는데."

팡란이 조금 더 크게 웃었다.

"이런 거 보면, 오빠 회사 대표 같지가 않다니까."

샤오란은 이 말을 듣고 한마디가 절로 나왔다.

"리에이도 그렇단다. 집에서는 영 변변치가 않아."

어머니는 사위를 보는 것 같은 태도로 빙긋 웃으며 말했다.

"가정적이라는 거지. 집에 가서도 대표 티를 내서야 되겠니?"

"맞아. 닝닝이도 철이 들었고. 참, 예정보다 일찍 졸업한다면서?"

"응. 마지막 시험이 끝났어. 우리 부부를 걱정시킨 적이 없다니까. 학점도 진작 다 채우고……."

잠시 동안, 어머니와 샤오란이 말을 주거니 받거니 하며 상대방의 아이들을 칭찬했다. 팡란과 샤오링페이는 이야기의 주인공이었지만, 누구도 중간에 끼어들 수 없었다.

구루이안이 고개를 숙이고 팡란에게 눈짓했다. '이게 무슨 상황?' 팡란이 눈빛으로 답했다. '오빠, 살려 줘…….'

구루이안이 헛기침을 하고, 두 여인의 주의를 끌었다.

"밥 먹고 나면 닝닝이 데리고 놀러 나갈게요."

어머니가 입을 열기도 전에 팡란이 재빨리 말했다.

"좋아, 좋아! 오빠 시간 내기 어려운데, 나랑 좀 놀아 줘."

"구루이안. 일이 매우 바쁘다고 하지 않았니? 평소엔 여러 번 재촉해도 코빼기도 안 보이던 놈이, 오늘은 어쩌다 시간이 난 거야?"

어머니는 분위기 파악을 못하는 구루이안에게 무척 불만스러웠다.

구루이안이 말했다.

"오랜만에 힘들게 시간이 난 거예요."

샤오링페이는 웃는 듯 마는 듯하며 급히 말을 꺼냈다.

"마침 저도 오늘 시간이 나네요. 닝닝아, 밥 먹고 같이 나갈까?"

팡란이 얼른 대꾸했다.

"그럼 너무 죄송스럽잖아요. 샤오 선생님께서 일이 매우 바쁘신데, 오셔서 제 생일을 축하해 주신 것만으로도 이미 정말 감동했어요."

샤오란이 말했다.

"왜 그리 사양하니. 그리고 닝닝아, 링페이 이름을 부르렴. 너보다 몇 살 안 많아."

팡란은 난처해서 자리를 피하고 싶었지만, 안타깝게도 샤오링페이의 짙고 푸른 두 눈동자는 마치 먹잇감을 보는 듯 팡란을 응시하고 있었다.

그녀는 어쩔 수 없이 그 이름을 불렀다.

"샤오링페이."

기분이 상당히 좋은지, 샤오링페이의 얼굴에 웃음기가 가득 번졌다.

제16장
생일잔치(2)

마침내 '험난했던' 식사 자리가 끝나고, 응접실에 아름다운 음악이 울려 퍼졌다. 구씨 저택의 응접실은 매우 넓었는데, 식탁은 응접실의 한쪽 구석에 있었다. 그때 샤오링페이가 일어서서 팡란 앞으로 한 걸음 한 걸음 걸어왔다.

"아름다운 아가씨, 한 곡 청해도 되겠습니까?"

팡란은 샤오링페이에게 전혀 관심이 없었지만, 인정할 수밖에 없었다. 그는 뼛속까지 프랑스 남자의 낭만이 배어 있어, 행동 하나하나에 신사다운 매너가 느껴졌다. 특히 검푸른 눈으로 그녀를 바라볼 때면, 두 눈동자 속에 드넓은 바다가 담겨 있는 듯 빠져들었다. 어른들이 지켜보고 있으니, 팡란은 빙긋 웃으며 일어나 말할 수밖에 없었다.

"영광이죠."

샤오링페이가 팡란을 끌어당겼다. 두 사람은 아름다운 피아노 선율 속에 왈츠를 추었다. 샤오란이 나긋이 웃으며 한마디 했다.

302

"링페이가 이렇게 상냥한 건 처음 봐. 타고나기를 무덤덤한 줄 알았는데, 잘 맞는 사람을 만나지 못한 거였어. 닝닝을 아주 좋아하는 것 같아."

어머니가 눈빛에 미소를 머금었다.

"그런데 닝닝이 저 녀석이 마음에 안 드는 눈치네."

샤오란이 말했다.

"닝닝이는 아직 어리잖아. 맞선에 반감도 있겠지. 하지만 링페이가 마음을 품은 이상, 안면 몰수하고 말할게. 닝닝이에게 다른 사람 소개해서 링페이의 경쟁 상대가 생기게 하면 안 돼."

어머니가 샤오란을 쏘아보았다.

"링페이에게 그렇게 자신이 없어?"

"닝닝이가 너무 괜찮기도 하지만, 내가 급해서 그래."

이 말에 어머니는 마음속으로 매우 기뻐하며 말했다.

"나도 링페이가 정말 마음에 들어. 하지만 감정이란 게 결국 자기 자신을 보는 거라, 다른 사람이 끼어들 수가 없잖니. 닝닝이는 아직 어리잖아. 네가 아니었다면, 나도 이렇게 급하게 선을 보도록 하진 않았을 거야."

"그래, 그래, 맞아. 나도 다 이해해."

샤오란이 미소를 지었다.

"내가 고지식한 사람도 아니고, 결혼을 강요할 수 있겠니?"

옆에서 두 사람의 친밀한 대화를 듣고 있으니, 마치 이미 사돈이 된 것 같았다. 구루이안은 언짢은 마음에, 자신도 모르게 샤오링페이와 쑹이를 비교했다. 그러곤 결론에 도달했다. '꼭 두 사람

중에 매제를 골라야 한다면, 쑹이가 좀 더 낫겠어. 어쩔 수 없네.'

❦

응접실 안. 샤오링페이와 팡란은 서로 몸에 뿌린 향수 냄새를 맡을 수 있을 정도로 매우 가까워졌다.

"너와 참 잘 어울리는 향이야."

샤오링페이가 나지막이 말했다.

두 사람 사이의 가까운 거리 때문에, 샤오링페이의 목소리에 옅은 바람이 일어나 팡란의 귓가를 스쳐 지나갔다. 그녀의 얼굴은 새빨갛게 물들었다.

"고마워요."

팡란이 예의 바르게 감사의 말을 했다.

샤오링페이는 고개를 숙여 잠깐 팡란의 아름다움을 감상하더니 입을 열었다.

"연예 기획사에서 수많은 미녀를 봤지만, 이 말을 할 수밖에 없겠어. 넌 정말 아름다워. 아주 매력적이고. 제안을 하나 하고 싶은데."

"무슨 제안이요?"

"나랑 계약해."

샤오링페이의 낮은 목소리가 귓속을 무척이나 선명하게 파고들었다.

팡란이 문득 장난기 가득한 미소를 지었다.

"죄송하지만, 늦으신 것 같네요."

"무슨 뜻이야?"

샤오링페이의 검푸른 눈동자가 팡란을 빤히 바라보았다. 팡란은 눈을 들어 그와 마주 보았다.

"그쪽은 아마 모를 거예요. 보기엔 점잖고 예의 바르지만, 모든 걸 손에 쥐고 있는 것 같은 느낌이 들어요. 아마도 그런 자신감이 당신 일을 순조롭게 해 주었겠죠. 하지만 제가 말하고 싶은 건, 여자를 상대하려면 이런 방법은 통하지 않는다는 거예요."

샤오링페이의 날카로운 눈썹이 보기 흉하게 찌푸려졌다가, 다시 풀어졌다.

"그걸 알게 되면, 네가 날 좋아하게 될까?"

팡란은 물음에 답하는 대신 이렇게 말했다.

"제안에 감사드려요. 하지만 저는 이미 다른 회사와 계약했어요. 만일 앞으로 아이비뉴뮤직과 협력하게 되면, 샤오 사장님께서 많이 가르쳐 주세요."

음악이 끝나고, 그녀는 예의 바르게 사과했다.

"실례하겠습니다."

샤오란과 어머니는 두 사람이 함께 있을 공간을 만들어 줄 속셈으로 진작 정원에 산책하러 나갔다. 구루이안도 어머니에게 붙잡혀 자리를 떴는데, 오히려 팡란이 집을 떠나기 좋은 틈을 제공했다. 팡란은 재빨리 위층으로 뛰어 올라가 옷을 갈아입고, 어머니가 주의하지 않는 사이, 밖으로 줄행랑쳤다.

집을 나온 팡란은 부재중 목록을 남겼던 먀오페이페이에게 다시 전화를 걸었다.

"페이페이, 미안해. 엄마한테 붙들려서 맞선 보느라, 핸드폰 소리를 못 들었어."

전화 너머의 먀오페이페이가 말했다.

"괜찮아. 그냥 생일 축하해 주려고 전화했어. 그런데 너희 어머니 너무 서두르시는 거 아닌가. 아직 정식으로 졸업하지도 않았잖아!"

"휴……."

팡란이 한숨을 푹 내쉬었다.

"사실 팔 할은 아빠가 재촉하시는 거야. 나도 부모님 뜻은 알아. 무슨 일을 해서라도, 내가 연예계에 입문할 마음을 사라지게 하시려는 거지."

"그럼 넌 어떻게 할 생각인데?"

"어쩌겠어. 천천히 생각해 보는 수밖에. 너 학교야? 나 집에서 도망쳤거든. 우선 너한테 가서 숨어 있을래."

"나 지금 화실이야. 여기로 와."

먀오페이페이는 미술을 전공했다. 팡란이 화실에 도착했을 때, 화실에는 먀오페이페이 한 사람뿐이었다.

"왜 혼자 있어?"

먀오페이페이가 걱정스러운 표정을 지었다.

"교수님께서 내 기말 과제를 전시회에 신청하셨는데, 뽑힐 줄 몰랐거든. 전시회 측에서 작품을 하나 더 달라고 했는데, 만족할 만한 걸 찾지 못해서. 하나 더 그리려고."

"좋은 일이네!"

평소 먀오페이페이는 평소에는 매우 건성건성 하는 성격이었지만, 전공과 관련된 분야는 절대 대충하는 법이 없었다.

"그동안 네가 바랐던 일 아니야?"

"아니, 그게……."

먀오페이페이가 한숨을 푹 내쉬었다.

"두뤄페이 선배가 오늘 만나자고 했는데, 갈 수가 없잖아……."

"그것 때문이었어?"

팡란은 킬킬거리며 웃었다.

"걱정하지 마. 너의 두 선배는 널 탓하지 않을 거야."

먀오페이페이는 완성을 눈앞에 둔 자신의 그림을 바라보며 말했다.

"그림 그리느라 지쳤어. 내 모델 해 줄래? 너 스케치하면서 스트레스 좀 풀게!"

먀오페이페이는 팡란이 거절하기 전에, 억지로 그녀를 단상 위로 밀어붙였다.

"여기서 편한 자세로 앉아 있으면 내가 그릴게."

팡란은 어쩔 수 없이 의자에 앉아 포즈를 취했다. 펜을 들고 공중에서 팡란의 실루엣을 따라 한바탕 손짓을 한 먀오페이페이가, 이내 도화지 위에 빠른 속도로 펜을 그어 내려갔다. 그녀는 그림을 그리면서 중얼중얼했다.

"예쁜 사람은 뭘 해도 예쁘네. 네가 나한테 잘해 주지 않았다면, 분명 난 너를 질투했을 거야."

팡란이 웃으려 하자, 먀오페이페이가 말렸다.

"움직이지 마. 아직 다 못 그렸어."

편안한 자세라 해도, 오래 앉아 있으니 온몸이 뻐근했다. 그림을 그리던 먀오페이페이의 눈빛이 바깥을 떠돌자, 팡란은 결국 참지 못하고 재촉했다.

"얼른 그려. 뭘 보고 있는 거야?"

말이 끝나기가 무섭게, 밖에서 한 사람이 걸어 들어왔다. 그곳에는 쑹이가 디자인이 돋보이는 후드 맨투맨 티셔츠를 입고 있었다. 부드럽게 이마를 덮고 있는 앞머리 사이로 드러난 깊은 두 눈은 팡란을 바라보고 있었다. 그는 애정 가득한 눈빛으로 한 걸음 한 걸음 걸어 들어오더니 말했다.

"생일 축하해, 나의 공주님."

그의 입에서 나오는 말에는, 특유의 우아함과 낭만이 감돌았다. 멍하니 앉아 있던 팡란은, 놀랍기도 하고 기쁘기도 한 감정을 조금 숨기면서 답했다.

"어머, 여긴 어쩐 일이에요?"

말을 하자마자 팡란은 어느 정도 상황 파악이 됐다. 어쩐지 먀오페이페이가 자기도 모르게 계속 입구를 쳐다보더라니, 진작부터 쑹이와 서로 짠 거였어…….

먀오페이페이가 메롱 혀를 내밀었다.

"원망하지 마. 쑹이 님이 나한테 MapleYe 사인받아 주신다고 약속했단 말이야."

팡란이 한쪽 눈썹을 들어 올리며 장난스러운 표정을 지었다.

"아이돌 때문에 친구를 판다고?"

먀오페이페이가 다급히 손을 내저었다.

"판다고 말하면 안 되지! 너 잘되라고 그런 건데. 쑹이처럼 잘생긴 남자를 놓치고서 네가 후회할까 봐. 맞다, 갑자기 할 일이 생각나서. 나 먼저 갈게!"

먀오페이페이는 쏜살같이 도망쳤다.

쑹이는 그제야 입을 열었다.

"네 친구 말이 맞는 것 같은데, 넌 어떻게 생각해?"

팡란이 얼굴에 수상한 홍조를 띠었다. 쑹이처럼 영민하고 빼어난 사람에게 간접적으로 고백을 받았는데, 마음이 전혀 움직이지 않는다면 거짓말이었다. 하지만 전생의 쓰라린 경험은 일찍이 그녀의 마음속에 장벽을 쌓아 놓았다. 이런 이유로 팡란은 냉정을 되찾고 일부러 화제를 돌렸다.

"생일 축하해 줘서 고마워요."

쑹이는 팡란이 답을 회피하는 걸 전혀 신경 쓰지 않는다는 듯, 오히려 주머니에서 선물을 꺼냈다.

"케이크는 이미 집에서 먹었을 거 같아서, 선물만 가져왔어."

팡란이 선물을 받아 들었다.

"안 열어 봐?"

분명 선물이 팡란의 마음에 들 거라는 확신에 찬 듯, 태연한 목소리였다.

팡란은 조심스럽게 상자를 뜯어 보았다. 섬세하고 정교한 가죽 공예로 만들어진 작은 지갑이었다. 지갑 위에 새겨진 무늬가 매우 특별했는데, 한눈에 알아볼 수 있었다.

"LIXID 첫 시즌 리미티드 에디션이잖아요?"

쑹이가 고개를 끄덕였다.

"항상 갖고 싶어 했잖아?"

팡란은 너무 좋아서 잠시도 손에서 떼지 못하는 모양새로 조심조심 지갑을 꺼냈다.

"하지만 LIXID 첫 시즌은 여러 해 전이라, 그때 한정판은 살 수 없잖아요. 어디서 난 거예요? 보기엔 아직 새것 같은데."

쑹이가 능글맞은 눈빛을 번뜩였다.

"다른 사람은 없어도, 리웨이지에겐 확실히 있지."

"리웨이지가 보관하고 있던 걸 가져온 거예요?"

브랜드의 디자이너들은 일반적으로 브랜드 히스토리의 전시 용도로 작품을 하나씩 남겨 두었다. 특히 리웨이지처럼 디자인에 열정 넘치는 사람이라면, 결코 쉽게 내줄 리 없었다.

쑹이가 팡란을 바라보았다.

"너한테 줄 거라고 말했더니, 거침없이 꺼내 오더라고. 지난번 드레스 일로 마음속에 죄책감이 있던 모양이야."

팡란은 쑥스러워하며 말했다.

"이렇게 미안해하지 않아도 되는데. 제게 LIXID 모델을 제의해 준 일에 아직 감사도 드리지 못했거든요. 브랜드 전시용으로 보관하던 물건이면 정말 귀중한 건데, 제가⋯⋯."

쑹이는 한쪽 눈썹을 들어 올렸다.

"그래? 그럼 다시 돌려줘야겠다?"

그러면서 다시 지갑을 가져가려는 척하자, 팡란은 자신도 모르게 소중히 감싸 안았다.

"헤헤. 줬다 뺏어 가는 법이 어디 있어요?"

의미심장한 눈빛을 숨김없이 드러내며, 쑹이가 팡란을 응시했다.

"그거 알아? 너, 내 친구랑 정말 닮았어. 좋아하는 브랜드, 디자인까지도⋯⋯."

쑹이가 늘 '친구' 이야기를 꺼낸 것 때문인지, 팡란은 그가 말하는 사람이 바로 전생의 자신일지도 모른다고 생각하곤 했다. 그러나 이번에는 숨기지 않고 이렇게 말했다.

"오빠가 말하는 사람이, 또 팡란은 아니겠죠?"

그녀의 솔직함이 조금 의외라고 느껴진 듯, 쑹이의 눈가에 의심이 스치고 지나갔다. 그러나 그는 재빨리 눈빛을 숨겼다.

"팡란 맞아. 너는 팡란과 많이 닮았어. 집안 배경은 물론이고 인생의 경험까지. 겉보기엔 정말 다른 두 사람 같지만 항상 그런 느낌이 들었어. 심지어 가끔은 이런 생각도 했지. 네가 바로 팡란이라고."

"!"

〈2부에 계속〉

그림자 여왕

1부. 다시 태어난 풍란

2023년 8월 30일 초판 1쇄 발행

지은이 추월(追月) **옮긴이** 송원미
펴낸이 박시형, 최세현

책임편집 김명래 **디자인** 정아연 **교정교열** 박솔샘
마케팅 권금숙, 양근모, 양봉호, 이주형 **온라인마케팅** 신하은, 현나래
디지털콘텐츠 김명래, 최은정, 김혜정 **해외기획** 우정민, 배혜림
경영지원 홍성택, 김현우, 강신우 **제작** 이진영
펴낸곳 팩토리나인 **출판신고** 2006년 9월 25일 제406-2006-000210호
주소 서울시 마포구 월드컵북로 396 누리꿈스퀘어 비즈니스타워 18층
전화 02-6712-9800 **팩스** 02-6712-9810 **이메일** info@smpk.kr

ⓒ 추월(저작권자와 맺은 특약에 따라 검인을 생략합니다)
ISBN 979-11-6534-810-6 (03820)

쌤앤파커스(Sam&Parkers)는 독자 여러분의 책에 관한 아이디어와 원고 투고를 설레는 마음으로 기다
리고 있습니다. 책으로 엮기를 원하는 아이디어가 있으신 분은 이메일 book@smpk.kr로 간단한 개요와
취지, 연락처 등을 보내주세요. 머뭇거리지 말고 문을 두드리세요. 길이 열립니다.